芄　兰

谭　白　著

天津出版传媒集团
百花文艺出版社

图书在版编目（CIP）数据

芄兰 / 谭白著 . -- 天津 : 百花文艺出版社，
2024.5

ISBN 978-7-5306-8826-7

Ⅰ . ①芄… Ⅱ . ①谭… Ⅲ . ①长篇小说－中国－当代
Ⅳ . ① I247.5

中国国家版本馆 CIP 数据核字 (2024) 第 076735 号

芄兰
WAN LAN
谭白 著

出 版 人： 薛印胜
责任编辑： 郑 爽
装帧设计： 时代出书网 www.chushu.cc
出版发行： 百花文艺出版社
地址： 天津市和平区西康路 35 号 **邮编：** 300051
电话传真： +86-22-23332651（发行部）
+86-22-23332656（总编室）
+86-22-23332478（邮购部）
网址： http://www.baihuawenyi.com
印刷： 三河市宏顺兴印刷有限公司
开本： 710 毫米 ×1000 毫米 1/16
字数： 295 千字
印张： 19.25
版次： 2024 年 5 月第 1 版
印次： 2024 年 5 月第 1 次印刷
定价： 69.00 元

如有印装质量问题，请与三河市宏顺兴印刷有限公司联系调换
地址：河北省廊坊市三河市杨庄镇闵各庄村三河市宏顺兴印刷有限公司
电话：（0316）3650042 邮编：065200

谨以此文，纪念我的母亲诞辰100周年！

同时，也献给所有为生活、为爱情而奋斗的人们！

目录

（一）姑娘三十一

每个人的青春都是美好的，也是短暂的，尤其是女性。一句“三十而立”，增加了光阴的迫切和岁月的沉重。

我，一个相貌平平的乡下姑娘，有幸考取广州某 211 大学，毕业后被分配到东莞某乡镇中学。我不满足于乡镇中学的环境，辞职应聘到深圳某文化公司。该公司隶属地方宣传部，规模不大，有百多名员工，有的员工颇有来头，为了在单位站稳脚跟，我辈只能忘我地工作，希望以傲人的业绩来获得领导的认可。刚去公司那三四年，我几乎忘却了节假日，披星戴月，无数黑白颠倒的日子，数不清的风雨兼程。四年里，我眼镜从 250 度变成了 500 度，胃也落下病根（浅表性胃炎），还养成了越晚越兴奋的恶习……我这样拼搏的付出，终于得到了满意的成绩：我获得了公司单月校雠文字数量最多的桂冠、年度接待业务冠军的桂冠……期间，还荣获了“韬奋奖”。领导给我颁发了一张中层副职的任命书，并鼓励我说：“好好干！我们不会让老实人吃亏。”于是，我又铆足了劲，开始了新征程。

没过多久，因机缘巧合，我遇见了一位客户。这位尊贵的客户叫李毅，他们单位的总部设在广州，深圳有他们的分公司，为了宣传深圳公司的事迹和业务，他们准备出两本宣传资料。在长达数月的业务交往中，我与李毅成了忘年交，他比我大了两轮，我呼之为前辈，他叫我春媚。通过交流，我才了解到李毅前辈原是我们当地耆宿，他的老家距我家不足十公里，追溯上去，我们还沾亲带故。

李毅前辈顾念乡情，资料发行后不久，他就以单位筹办内部刊物需要引进人才的名义，把我调入了他所在单位。我因此来到广州，成为某大型国有企业的员工。

当我收到商调函时，感觉就像做了一场梦。工作算是稳定下来，离家也近了，但我个人的问题却一直悬而未决。我自问：我是不是太贪得无厌，要求太多？我想：一个人，有身、有业、有家应属正常吧，有身无业无家，才不正常呢。期间，同学和同事也为我介绍了几个相亲的对象，结果都无疾而终。向介绍人打听原因，从他们吞吞吐吐的言辞中，我大致明白：对方嫌我长相太丑，又没有背景，因此不愿与我相处。故在个人问题上，不是我愿不愿意的问题，对于我这样出身的人，先前忙于生计，顾不上解决个人的问题；现在生计问题解决了，有了时间和精力，却因背景、容貌、年龄等原因，不断碰钉子。人生，谁不想按照自己的想法来安排自己的生活？可是，人生的小船总是被社会激流挟裹，在惊涛骇浪中沉浮漂泊，让我们时时处在动荡不安之中。

又一个四年一晃过去了，我也跨过了三十岁的门槛，本姑娘今年三十一岁了！正式步入“老姑娘”行列。关于“老姑娘”的定义多少有些蹊跷，人们为什么要把时间定格在三十岁这个时间点上？仅仅因为圣人说了一句“三十而立”，就把三十岁视为“老与年轻”的分界线？这多少有点武断，何况岁月不一定使人老，这要看她是否具有充沛的精力和健康心态；过度的劳动和贫穷，或者放荡的行为都会耗尽人的精力，让人的心态变得扭曲，即使她还没有到达三十岁，她就已经 “老”了。

我有时悲观地想：过去，仅仅因为相貌问题，已在我爱情婚姻的道路上架起了一座难以攀登的“高山”，现在又增加了年龄这条难以飞渡的“鸿沟”。

真是前路多忧，不用多想，我的爱情婚姻道路将充满荆棘与坎坷。

每次相亲，我抱着满满的希望去，最终抱着满满的失望而归。后来，被抛来摔去的次数多了，也就麻木了。尽管这样，我心里还是免不了要抱怨那些有眼无珠的男人。齐宣王那么高贵，不是找了一个又老又丑的钟无盐吗？钟无盐最后助齐王成就霸业。江山与美人，英雄总把江山看的比美人重，比凡人们有识见。我自信，我的容貌，定比钟无盐要好看得多罢。才智嘛，没有放入囊中，怎比？经历多次相亲失败，我的心已经被痛苦这把钝锉磨出了老茧，我对自己的爱情婚姻曾一度失去信心，对相亲产生了深深畏惧心理。

现在，我对相亲，已经很淡然。别人给我介绍相亲对象，我抱着虚应其事的态度，不抱希望。只是我不想拂朋友的面子。我自觉自己堕落了，心态扭曲了，远离了母亲的教导，远离了我接受的教育，远离了平和心态。我的情感世界正风潇雨晦！

我想：时间是毁灭者，也是建造者。多年的奋斗，没有让我成为社会精英，但至少比上不足，比下有余罢。人为希望活着，人活着就有希望，前者高扬，后者挣扎。我辈属于后者，只要身体还在，根本未灭，一切就有希望。因此，我心中始终抱定一个信念：宁缺毋滥！如果让我用最美好的青春，去赌明天的幸福，我认为这样并不可靠。

“可是，我的心志，父母能理解吗？没有父母理解就枉论获得他们的支持了。我们的父母都是传统思想，‘宁缺毋滥’的想法，父母并不理解，我又不能对他们说出实情，否则他们一辈子也不会安生。我不能给他们带来幸福，也不应该给他们带来新的痛苦啊！父母、亲朋依然催婚。催婚对我的威压，如同核的链式反应，变得越来越频繁，越来越强烈，我被抬上‘火山口’。生活中许多的压力，就是来自自己身边的人。连辩解的话我都说不出口。”想到这，我深深地叹了一口气，不经意露出了一丝苦笑。

“我的父母亲，你们了解吗？现在两性相处，不再像你们那个年代。那时大家的家庭条件都差不多，都是苦出身，男女走到一起，不害怕吃苦，甘愿为对方付出。因此，只要彼此对上了眼，就成双成对了。现在，无论男女，大家都想坐享其成。于是，相亲的双方首先关注的是对方背景与财产，其次才是品貌与工作。压我有什么用？不是我不想，而是不能。爱，也是一种能力。背景与财产是硬件，品貌与工作是软件。硬件不具备，软件就缺少支撑。硬件得靠家庭，自己毫无背景、相貌又平平、银行存款不足六位数，硬件就是硬伤，是看得见的。没有硬件的支撑软件，是硬不起来的，除非你特别出众。”想一想，我就发怵。

为了跳出农门，从少年时代就拼命地读书。从我记事以来，我好像再没有像孩子一样打闹过，更别提玩游戏了。上了大学，以为万事大吉，到时能够分配一个好单位，也就心满意足了。上班后，形势逼人，让我深深体味生活工作压迫感。为了得到领导的认可，为了站稳脚跟，我没日没夜拼命地工作，总算得到公司领导的认可，原以为可以松一口气了。可是，检视自身，却发现为了生计，我们无形中付出了更多不可逆转的代价，身体落下病根、年龄变大了、个人问题已经错过了“班车”。命运、性格和自己的过错，共同起了作用：旧问题刚被抹平，更多新的问题又出现在我的生活中。生活如一头猎豹，虎视眈眈地紧盯着我们，想把我们按倒在它的利爪和尖牙之下，各种各样的忧虑烦恼，再加上懊悔的感觉，我们只能悻悻不停地向前走、跑和飞奔，为了美好的明天而努力奋斗、拼搏。

（二）芄　兰

如果说真性是散发天香的花蕊，家庭就是它的花萼花托，而自我养护能力就是花冠。没有花萼花托承载，没有花冠的保护，花蕊无论多么香艳，它也无法经受风雨的侵袭，早早地凋零。

青春的女子好比鲜花，师长无数次告诫我们：“亲爱的女孩们，你们为爱情而生，请不要虚掷妙龄年华，请不要为相思苦恼，爱神在合适的时候降临，帮助你们！届时，请你们尽情地享受爱情，享受幸福的婚姻生活。”我心中总是孩子气地把爱神勾画，把爱情、婚姻幻想成为纯粹欢乐的弦歌，琴瑟相和。然而，当我真正到爱情婚姻的年龄，在与异性相识相处时，才发现“丘比特”的箭只射向鲜艳耀眼之物。

不是吗？我的那些相亲对象就是如此。看看身边的人，他们择偶条件也是从背景、相貌、财产、学历、工作、收入等来丈量情感深浅，决定婚配与否。背景、相貌、财产，来自上一辈遗赠，品行、学历、工作、收入，才算我辈的丰润。看长辈的，我们无法改变；看个人的，我一直在奋斗。凭借个人奋斗，我应该比上不足，比下有余罢。可是，即使这样，因为先天的不足，也无法进入别人法眼。更令我失望的，在这众多的条件中，独独没有感情这一项。男女谈恋爱，不谈感情，不再关心爱情本身，不再重视对方个人品行，这难道是现代人爱情婚姻独特的现象？这对相信爱情、相信真情的我来说是多大的讽刺。

我好羡慕、敬佩我的好友芃兰，她比我年轻、漂亮、出身好（出生在城里，毕业于北大），她是一位才貌双全的广西女子，追求她的男人都可以组成一个加强连了。在对待两性关系，我抱着宁缺毋滥的思想已是大胆，而她却想追求平淡、本真、自由、真性的生活，在众人的眼里，多少有点离经叛道。普通人难以理解她，与她产生恩怨的有权贵族们，处处限制、中伤、打击她，令她无处安身，以此来报复她的桀骜不驯和简傲绝俗。不管别人如何刁难她，芃兰父母始终支持她，她也从家庭的支持中得到钢铁般的力量，让她勇敢地面对生活中的疾风骤雨。她始终捍卫自己的信念，追求自己想要的生活方式。芃兰为此付出了巨大的牺牲，经历许多咄咄怪事，她自始至终不屈不挠，再现广西女子的义烈，与古代广西有名的义烈美女绿珠，有得一比。芃兰轻禄傲贵，不肯依附权贵，因藉藉无名，不为世人所知，绿珠因为石崇得以传名。

我与芃兰是在那家深圳文化公司相识、相知。当初，芃兰刚辞掉了北京的公干，来到深圳求职，进入了我们的公司。她出身好，是北大中文系的高才生，因此，芃兰来我们单位求职，相当顺利。当时，公司一把手樊大姐与人事主管亲自主持面试，她们看了芃兰的各种证书、个人简历，问了她一些关于语言文学和哲学方面的问题，拿了一篇文章让她修改。樊大姐和人事主管对面试结果非常满意，面试当天就表示要接收她。

芃兰来公司上班的第一天，樊大姐带着芃兰到各部门，介绍给大家认识，这是我第一次见到她，即使第一次相见，她就给我留下了深刻的印象。我惊诧于芃兰的美丽：她有高挑的个子，雪一样的肌肤，画一样的五官，一双乌溜溜的大眼睛就像一对飞翔的百灵鸟，浑身上下散发着桂花般的香气。芃兰是我见过最漂亮的女子，如果不是樊大姐介绍，我一定会产生幻觉，以为她是从古代名画穿越过来的人物。

芃兰超凡的美，只能属于天上、属于诗、属于传说，我一见她，从心里就喜欢上了她。但因我们之间没有太多工作上的交集，艽兰刚来公司那一阵子，我与她交往并不太多。

艽兰来到单位，公司安置她住在单位单身公寓，与我一栋，只是楼层不同。她来单位两个星期后的一个周末，突然造访我。当时，我正在宿舍看书，听到久违的敲门声，打开门一看，她静静地站在我的面前，眼笑眉舒地看着我。我惊奇地、肆无忌惮地上下打量着她，竟然忘记了请她进屋。这一刻，我一定显现出一副迷姐的呆样，惹得艽兰掩口而笑，飞霞上脸。

她小声地问我："姐，方便打扰吗？"

我这才悚然惊醒，不禁哑然失笑，为自己刚才的失礼自嘲："方便！方便！谁叫你长这样好看，竟让我忘记了招呼雅客。请进，请进。"说罢，我开怀大笑，笑声中侧身把艽兰让进了屋中。

艽兰嫣然一笑，道："姐，看我笑话不成？"

我端正道："哪能呢？我说的都是肺腑之言。"

我与艽兰对望了一眼，希望从对方眼里读出彼此真意，结果都一泓清水。于是，我们相视而笑，一时间横亘在我与艽兰之间的尴尬化作了云烟。艽兰这般美丽、卓越的人物到来，使我的陋室一时生机盎然。她身上散发出清新的精神气息，也使我感染了青春美好的活力。我十分欢迎这样雅客来我的陋室，就这样，我与艽兰私下相识了。

同为单身，同为女人，又住同一栋楼，所以，我与艽兰私下有了越来越多的往来。没过多久，我与艽兰成了无话不谈的好朋友。随着我对艽兰的深入了解，发现艽兰不仅相貌好，品行、才情都值得人尊重。她写的诗歌、散文是那么隽永与优美，给我留下了深刻的印象。

我举一例，这是她读大学时乘车去京的路上观感，足见其才情。

《列车上的早晨》

人生就是一辆奔驰不息的列车，只能在固有轨道上行驶。你想奔向何方？总是有一双看不见的命运之手，把你去向早已定好。你只能顺其轨道，任由生命的快车，把你捎带去想去或不想去却又不得不去的地方。

离去的是青山，迎来的还是青山。人生就是处在这山望那山，上山下山的路上。

早晨，人慵懒地醒来，一夜颠簸的疲惫，在四肢、在腰骨里弥漫，伸一个懒腰，伸一个懒腰，作一次快乐的挣扎，又一头扎进了无穷的慵懒的海洋里。车轮轻快节律托着缥缥缈缈的身心，思绪若有若无。如过去岁月，淹没在云雾中，迎来的是山是水，冷面地肃立着，让我惧怕。

又如这早晨斑驳的光阴，在我脸上虚晃着光明与晦暗交错的影子，恍若一声叹息。

这里是广大的华北平原，一望无际的大平原还沉浸在茫茫的雾霭中。

你，这北方的晨鸽，你，这平原上雅致的主人，已经醒来。盘旋着，盘旋着，在麦田上空，在绿油油白杨树的树梢上，与明媚的光阴齐翔，展示你的优雅和从容；你，这北方的八角，你是这里性急而勇敢的孩子，你快速地扇动黑白相间的羽翼，向前，向前；还有你，这北方的麻雀，与我故乡的小麻雀一样，都是生活中的局促者，你们无法安静，一会儿高高地扬起，一会儿又快速扎到麦地、高粱地里。无论是优雅的白鸽，还是性急的八角，还有局促不安的小麻雀，你们这些大地之子，大自然灵性的精灵，在经历一夜黑暗沉默之后，又鼓噪着生命的欢歌，为光明簇新的一天，开始了你们恒永的生命之舞。而人类对于光明的一天的到来，反应似乎很冷、很冷，至少我周围的人们是这样，他们已经被好莱坞离奇的噱头、歌星神经质的嘶嚎、平庸的诗人、庸俗的文人、炒作起来的名人和俗吏们的说教麻醉了自己判断力，骗尽了仅有的一点热情和理智。谁还为这平和而美好的早晨守望呢？

是你，这个走在田垄上的老农！你走在田间是土埂上，那样的优雅从容，神情是那样专注坦然，怡然自得其乐。是远离了浮华的喧嚣扰攘，脚踩着坚实的大地，才有这般酣畅淋漓的感知力。你们散居在大地各处，如一个民族不朽的灵魂。

人啊，只有脚深深扎在厚实的土地上，思绪才能生根。可是你我这一群迁徙者，一群无根的人，一群所谓有着坚定信仰而没有真正信仰的人，为了生计，为了所谓的浮华的梦想，碌碌无用之辈，不过是人世间的蠕虫而已！

今天，我欣然醒来，我侧耳细听，细听……在我灵魂的幽静处，响起一首宏大的歌，它来自大地的深处，来自历史的深处、来自人心的深处……

我开怀大笑！

我为大地歌之，为自然歌之，为历史歌之。

这个北方的早晨！

芄兰不愧是北大中文系的高才生，她那姣好的面容，高等学府的光环，高雅的气质，当她还在北大读书时，就是公认的校花。芄兰，在海淀区的其他学府中，也是芳名远播，即使出身富贵、在清北就读的青年才俊，在她面前也觉得自卑，其他高校的二代们，就更加可望而不可即了。芄兰并不以此骄矜，反而时时显露自然诚恳的姿态，眼睛闪耀着定慧的光辉，让人一看就觉得温润如玉，可亲可爱。换了别的姑娘，定会摆出了不起的神气和得意扬扬的姿态，睥睨物表的神情，拒人千里。

有一次，我们一起谈到个人问题，我问她："当时，在学校那个环境和条件下，应比社会纯洁，为什么没有给自己物色一个？"

芄兰引用古人的话来回答我："'温公云：娶妇必不及吾家者，嫁女必胜吾家者。娶妇不及吾家，则知俭素，嫁女胜吾家，则知畏谨。'时人以为箴言，我却不以为然，倒是唐代的李祐贵，身为王孙，却把自己的女儿嫁给一个小将领，称：'每见衣冠之家，缔婚大族，其子弟习于淫奢，多不令终。我以韬钤致位，自求其偶，何必仰高以博虚望。'闻者以为卓识。我也与'闻者'同感。再说，二代们天生的优越感，让他们骨子里瞧不起普通人家的儿女，大家不是一路人。今天，我容貌姣好，还有吸引力。一旦，年老色衰，就成了一根草。本来，我就是一个草根嘛，也做不来芝兰玉树。"

我想，许是芄兰读书太多，被书本毒害了。不过，我还是为芄兰点赞，毕竟，她比起那些削尖了脑袋也要钻进富贵之中的女人们活得通透，活得率真洒脱。

芄兰说："一些混社会的富贵之人，权、钱让这些半老的男人，比起青涩的学子来，自信油滑的多了。他们打着慕名而来的幌子，邀请我出席各种宴会、聚会等。”

我傻傻地问她：“你接受了他们的邀请了吗？”

芃兰用毋庸置疑的口气断然否定：“凭什么呢？我从来没有接受过他们的邀请。”

我问：“你拒绝他们，不怕得罪他们？”

芃兰睁大眼睛：“我一个穷学生，怕什么呢？”

我不合时宜地说：“多认识一个能人，对你将来分配有好处啊！”

芃兰自信地说：“姐，我要通过自己的努力来获得幸福。”

显然，芃兰知道自己的力量，她却丝毫不用它。在学校读书时，芃兰行止决定权在她自己，谁拿她都没有办法。这个时期，芃兰成了真正的幽兰在山了。毕业后，芃兰留在北京某机构工作，她的行动举止就不再那么自由了。

芃兰曾对我感叹：“我好羡慕大学的时光，那时，我多么自由自在。可是，毕业之后，反而没有那么自由了。在学校读书时，个人的行动举止决定权在自己。离开校园，自己的行动举止不再单纯地取决于个人，有时取决于自己的直属上司、上司的上司。因为，领导代表组织，如果领导免不了有私心，组织就成了‘帮凶’。”

我对此深有同感，现在公司机构小，与社会接触面窄，社交活动就少了。芃兰当初留在北京某机构，业务面向全国。因此，公事私事，上上下下都需要应对，让芃兰深深体会到人在江湖的滋味。

芃兰告诉我，当初，她的直属上司、上司的上司以工作、交流为由，带她出席各种会议、社交、宴会场合，她成了领导身边一张光鲜的名片。即使没有单位的接待任务，北京的房地产老板、山西的煤老板和北京官二代，经常开着豪车，到机构的门口堵她，并扬言，只要芃兰愿意，北京三环内的房子随她挑；兰博基尼、布加迪、宾利，随她要。不知就里的同事，还以为芃兰是一个交际花呢。实际上，她才是那个真真守得住的人。“女无美恶，入宫见妒；士无贤不肖，入朝见嫉”。身边的人越优秀，反而衬托自己的平庸。于是，种种不利于芃兰的流言，就在小范围里散播开来。

一次，她上司的上司，带她去接待他的“伯乐”。“伯乐”私下找她谈话，只要让他老人家沾沾她的芳泽，感受年轻人朝气，他保证：今后，她的道路会越走越宽广，三年内，定能给她正科级职位，八年内给她正处级。

芃兰拒绝了。

芃兰知道，自此以后，自己在机构的日子不会好过。果不其然，没过多久，过去讨好于她的上司，不知哪根筋搭错了，经常给她脸色看，批评是常态。

曾经，小范围的流言，现在在机构大院里盛传。各种捕风捉影、空穴来风的风评，铺天盖地。芃兰自觉坐得直、行得正，身正不怕影子斜。然而，在这样的单位，招人议论太多，成了负面的典型，结局是可以预料，前途基本是废了，个人的事也未必就好。

芃兰知道，自己在该机构待不住了，于是主动辞职。

芃兰作别北京的后海，来到深圳的前海。她如同坠落红尘的仙子，降临到我所在的公司。她来公司求职，成为公司的盛事，单位工作人员争相传颂，与有荣焉。芃兰不负众望，她的人品、她的学历、她的才华，彻底征服了公司领导和同事。

她是“凤凰”，我是“山鸡”，不同族类。我单身，她单身，我们同住在单位的宿舍楼，算是同在一个屋檐下的姐妹，而且我们爱好相同：我喜欢莎士比亚、席勒、纪伯伦、尼采、爱默生、帕斯捷尔纳克等，她喜欢叔本华、拜伦、海涅、济慈、缪塞、维尼、萨特、罗曼·罗兰等，于是，我们关系走近了。芃兰是真的缪斯，她的心是一片静谧幽深的海，眼睛是一泓清澈的灵泉，她全身洋溢着天地灵气的光辉。而我是一个苦行者，一个丑小鸭式的人物，无论才貌，我辈对她，心诚悦服，甘让其右者。

今天，关于芃兰的话题就暂且谈到这里。因为，记忆告诉我，我谈得还不够精确，必须梳理清楚，才不至于让芃兰——我的朋友，应有的风华有一点点遮蔽。

（三）初来乍到的青春期

从生物学的角度出发，青春期是从人出现第二性征开始的。这个时期，男生长胡须、突喉结、变声音；女生是乳房发育、来月经，变声音。按此原理，无论男生女生，在第二性征还没有出现之前，男生女生理应像麻将桌上的白板一样，没有区别。

可是，从两三岁起，母亲就告诉我："你是女孩，哥哥是男孩，是不同的。"每年新春，母亲请人缝制衣服，我的花鲜，哥哥的简素。从出生，我被要求留长发；而哥哥，每月必剪。夏天，我光着膀子，左邻右舍的大人们就用手指刮着脸说："女孩子，不怕羞！"于是，在别人的笑声中，我从小就穿严衣服。而五六岁的哥哥，赤条条地在院子里跑来跑去，被所有人无视。

女生身体，为什么从小就要求严封起来？这种神秘性和严格管制，让我对自己的身体产生了一种好奇、自卑和罪恶感。长大后知道：女人要保护好自己的贞节。尤其是自己的处女地、处女膜。女人的那一层薄膜，是女德的象征，是干净的明证。为了迎合世俗，女性对自己的身体有了一种的病态要求。现在，医院有了修复处女膜、人工再造的服务。听说，生意还格外火爆。

我在上大学时，有同学说起肖洛霍夫《被开垦的处女地》，我误以为讲的男女关系的书，嗤之以鼻，拒之千里。后来才知道，我的思想太龌龊了，肖洛霍夫讴歌的是：在苏联共产党的领导下，顿河流域哥萨克地区开展农业集体化运动的故事。那是一场开天辟地、改造自然的伟大运动。可是，我却想歪了，按照我们惯常的认知，处女才拥有未开垦的“处女地”。处女要变成女人，对女人一生来说，无疑也是一场伟大的改造运动，不啻开天辟地。因为，人，纵其一生，能称得上大事的没有几件。

我扯远了。

我应回到青春期的正题。我青春期从什么时候开始？我记得，大概得从十四岁那一年起算的。因为，那一年，我有了初潮。

在此之前，我的胸部已经有了动静，从过去的平坦胸脯，突然地涌金莲，开始是个小蓬蓬，后来，与日俱增，变成了大蓬蓬，还支起了我上衣。当时，我真害羞，我向母亲讨了一块布条，每天，上学前，我用布条紧紧地捆住它。

可是，身体的发育，一块布条怎么能捆得住？就像岩柏，即使是生长在石缝中，也挡不住它向上生长的力量。这还不是最可怕的，可怕是月经。

我在我们班的所有女生中，初潮算是晚的。那时，在乡下中学，月经被看成最神秘的、最肮脏的、最不可言说的事情。即使是女生之间私下提起，也是遮遮掩掩，欲说还休，称月经为“那东西”。到大学时，大家才改称为“大姨妈”。例假始终是一个禁忌语。

我还清楚地记得，初潮的那天，我还在读初三。那天是十月份的一个晴朗下午，灿烂的阳光从外照射进来，校内里，桂花树正开；校外农田、水田里的水稻长势正浓。校园里的空气中弥漫着稻香和桂花的香气，让人微醺。在这样的环境中，我的心情本来很好。这时，我突然感觉下体流出湿漉漉的、黏糊糊的东西。待我去卫生间看，内裤上布满一片猩红色的液体。坏事了，来月经了，我毫无准备，这下我要出洋相了。

我的脑袋“嗡”地如炸开一般，估计脸色也一定很难看。我沮丧极了，仿佛做了错事，又羞又愧，我真想大放悲声，狠狠地哭一场。但是，学校环境不允许，理智不允许，我只能低下头颅，任由头发散开，遮住我的面庞。

我忐忑不安地等待放学。可是，时间在这一刻仿佛凝固似的。我一直忍着，不敢再动，即使最好的女伴同学邀请我去玩，我依然拒绝了。

同学关心地问：“春媚，你的脸色很难看。是不是病了？”

我说：“有点不舒服，但是不要紧。”

同学又问：“要不要向老师报告？”

我慌慌张张地制止她：“不可！”我想，那时的我，一定显得有点神经质，我的态度弄得同学很不好意思。

我知道，只要我站起来。血痕就如蜡染一样，会在椅子上留下一朵猩红的“花”。那血红的“花”，就会成为“玩意儿”在班上传开，成为一个笑话—— 一个少女无法承受的笑话。

我决定，等到放学，大家都离开了教室，我再悄悄地擦干椅子上的血痕，消灭“罪证”，还自己一个“清白”。

我不知道，自己是怎样挨过最后的那两堂课，又是用什么样的理由，支走一直一起上下学的同伴。当我确定，班里的同学都走了，我才用一张洁白稿纸，擦净椅子上的血迹。我把那张带着血的纸揣到裤兜，逃也似的溜出校园。

在回家的路上，要路过一条山涧。这已经是清秋天气，涧水如蓝。我把那张带血的纸，折成小纸船，放进水里。小纸船在粼粼的波光中，折折回回，随着流水，把它带到远方。

在山水清，出山水浊。

一个对自己身体无知的时代，一定是一个蒙昧的时代、一个没有开化的时代。

别了，我的初潮。别了，我的童年时代。别了，我的蒙昧时代。有人说，人的心智开悟，是从身体的觉醒开始的。

后来，我想：那一天，我的行为一定十分反常。现在，我明白，为什么青春期的男女生，脾气性格反复无常，烦躁不安，心气不佳了，让大人们觉得他们逆反了。因为，内心的省察，总是落后身体感官的觉识，在人类妄想把自己的法则置于自然法则之上的狂想作用下，人类就想方设法去束缚、约束自然赋予人类的第一性，用蒙昧、无知、魔化、丑化、伦理化等各种圈套，让青春的男女，思想跟不上身体上的生理变化。然而，自然的法则如高山坠石，敏感的青春就是西西弗斯在高山滚石下做无用的挣扎。

没有一个人站出，告诉他们真相：在伟大的自然法则面前，人类只是它的仆从。

我的青春期，就是从无知与恐惧里开始的。

（四）初识蓝梓

你去寻找爱情，未必找得到它；我们没有等待它，它反而来了。因为一个偶然的机会，仿佛爱情突然来抓住了自己。

事情是这样的。

这天上午，我在办公室接到教我高中物理郭敏老师的电话。郭老师在电话里说：“春媚，我是郭敏，你还记得我吗？”

毕业将近十三年，我不曾想到，高中物理老师还记得我这个不起眼的学生。

我一下子听出了她的声音，立即恭敬地答道：“怎么不记得，您是我们一班的物理郭老师。”

“还好，没有成为一个被遗忘的人。”郭敏自嘲地说。

“哪能呢？一日为师，终生为母。恩师怎能忘记。”我借用社会流行的说词，妥帖地对答。

“谢谢你，还记得我。当初，你是你们班优秀学生之一。大学你考到广州 211 的大学。后来，听你的同学说，你大学毕业后，先是在深圳教书，后来改行到了广州工作？”郭敏有点动情有点讨好似地问。

我回答道：“是的。毕业之初在东莞一所乡镇中学教书，后来辞职去了深圳一家文化公司。在文化公司干了将近四年，后来，因为老乡的帮忙，调到广州，这样离家近一些。”

郭敏赞赏道：“春媚，你真厉害。现在大学毕业找份工作都不易，你却能步步高升，真是好样的。”

我隔着电话难为情地说：“郭老师，您太看得起我了。我是‘瞎猫碰上了死耗子’，纯属意外。”于是，我把自己从深圳调到广州的前前后后讲给了郭老师听。

郭老师听后骤生感慨：“春媚，你这是‘煤灰堆里捡了一个糯米粑，真是好运’。可是，我们家的颖现在真不知咋办。”

我知道，颖是郭老师的女儿，自己上高中那会颖才八九岁，掐指算来颖当是到了工作的年龄了。于是，我忍不住问道：“郭老师，颖应该参加工作了罢？”

郭敏叹了一口气，说：“颖今年毕业，现在都快四月份了，工作还没着落，你说急不急人呢。”说完，电话那头传来了一阵粗重的叹息声，接着听到郭老师嗫嚅道：“春媚，老师……老师有一个不情之请，你人面宽，能不能帮帮我家的小颖推荐一下？”

我知道，郭敏老师是一个脸皮很薄的人，不是情非得已，她不会开这个口的。面对昔日的恩师卑辞恳求，我无法坚词拒绝。那样不仅伤了恩师的心，也伤了一个做母亲的心。在我的支支吾吾声中，郭老师说：“没有关系，试一试，成与否，都不怪你。眼下，大学生，找工作难，天下共知。你尽力了，我就感激你。”

恩师卑词恳求，令我耸然动容。感谢之意，令我辈汗颜，不敢认领。但，恩师的大度，给了我大胆的借口。我想：尽人事，听天命。我要了颖的简历，颖学的是会计专业，这专业，社会的需求量还是很大的，也适合女性。于是，我把颖的简历发给昔日的同学、同事，希望有同学或同事看在与自己昔日同窗或共事的情分上，能援手，拉人一把，给年轻的颖一条道路走。

人活着，总得有一条道路走才可。

我也答应恩师，带颖到我们单位去碰碰运气。四月末的周六，颖来到我的出租屋。陪同颖一道来的，还有她的姑姑丽云老师。

颖，长相一般，大脸盘，五官还算周正，鼻子有点翘，嘴唇有点厚，依稀能辨出小时候的模样。脸蛋，不生动，显得有点木讷、苍白，身材偏胖，个子不高，本本分分，惹人怜爱。

她的姑姑，皮肤很好，白白的，胖胖的，个子也不高，穿着一件浅绿色丝绸上衣，一条黑色毛料西裤，很讲究。脖子上挂着翡翠坠子，右手腕戴着一个浅绿的玉镯，左手无名指上戴着一个金戒指，浑身上下打扮得珠光宝气，让人一看就知道是有钱人。

颖毕业于一个普普通通的院校，我又人微言轻，如何能作保让颖顺利找到一份工作？颖在我单位面试失败了，到朋友介绍的单位应聘，不是入职工资低，让人难以接受，就是嫌颖学历、学校不好。

颖找工作的事很不顺利，这对一个刚步入社会的年轻人，在心理上会产生什么影响，实在不能在短时间内评估，也许对她一辈子都产生不可磨灭的影响。

当初，我与颖的姑姑丽云老师初次见面时，她说要给我介绍一门亲事。介绍颖的工作失败后，我就不敢奢望她还记得此事。中国有句古训：无功不受禄。何况，我是什么成色，自己心里清楚。

当我已渐渐忘却了这件事的时候，周四的中午，我突然接到丽云老师的电话。先是一阵寒暄，接着丽云老师说：“你本周周末有空吗？”

我玩笑道：“我除了月光可绾，什么时候都闲着。”

“我想给你介绍一个男朋友，有没有时间出来，见见面？”

“有的，谢谢丽云老师关怀。”

“那个男的比你大四岁，你不介意吧。”

“我都要成老梳女了，还有资格挑剔别人？”

“你不可妄自菲薄。你看你身材多好，我羡慕死你了。你有稳定的工作，收入又不错。我想：男主外，女主内。一个家庭，有一方稳定，就如泰山一样稳固。”

我又问了一些其他情况。知道，丽云老师介绍的那个男生叫蓝梓，学的是土木工程，原在长沙某筑路公司工作。蓝梓嫌公司工资待遇太低，在原单位工作没有两年，就跑出来单干。现在，依然挂靠在一家建筑公司里，还考了全国注册建筑工程师。除了没有稳定的工作、没有房外，其他都是好的。

丽云老师说，在老家，蓝梓与她同住一条街，丽云老师的弟弟还是蓝梓的同学。蓝梓把丽云老师当成自己的姐姐，有时有些苦水不愿与父母讲的，倒愿意向她倾诉。

丽云老师对这个异姓的弟弟打心底爱护，同在广州，没缘由地心痛他，怜惜他。同情他的孤单，佩服他的毅力。丽云老师曾经给蓝梓介绍几个广州本地人。可是，别人嫌蓝梓没有房、没有车，见面归见面，吹灯照吹灯。见面是给丽云老师面子，不处，是对蓝梓感情的真实态度。

我不知道丽云老师为什么要跟我说这些，她是希望我与蓝梓成功，还是希望我们不成功？是表示她与蓝梓深厚的关系以及她对蓝梓的关心？还是要揭蓝梓的老底，让我增添几分信心？鲁鱼亥豕，不知丽云老师弄错了版本，还是别有深意。以我的愚钝，实是猜不出，于是只能支吾过去。

第一次与蓝梓见面，是在荔湾某园林酒家。丽云老师替蓝梓定了一间包厢，可以容纳七八人，倒也安静。平时，我不太喜欢到外面吃饭，固然是为省钱，更主要的是觉得太吵，花时又久。我是一个习惯独处的人，无福消受人间喧腾的快乐。

丽云老师约定，六点十分在酒家门口相见，我准点到达。我到的时候，丽云老师和蓝梓已经到了，旁边还站着一个十一二岁的男孩。丽云老师见我，立即快步迎过来，牵着我的手，向蓝梓招手：“蓝梓，过来，这就是我给你介绍的才女——春媚。”

你不能不佩服丽云老师的机变，知道我不漂亮就说是“才女”，如果比我漂亮的女人，她可能称之为“美女”；如果那女子又漂亮，又有才，那该称之为“仙女”了罢。

蓝梓走过来，确实高大，他留着郭富城式的长发，国字脸，五官周正，皮肤黝黑的脸膛，显着油光。他穿着一件淡黄色T恤，深麦色手臂粗壮，有棱有角，显然是在工地上晒的，干活干的。整个人给我初步印象是：阳光、帅气、健康。

蓝梓走到我的面前，瞅了我一眼，不好意思地搓着手，说完“你好，认识你真高兴”就没有词了。在工地，惯是与男人打交道，见了女子，便不好意思。都三十好几的人，还这般怯女人，也难怪还单着。

好一个正人君子，我心中窃笑。

丽云老师用手打了一下蓝梓的手臂，说：“蓝梓，还不请才女进屋坐。”她又向小男孩招手，说：“贝贝，过来，介绍一个学霸姐姐给你认识，叫阿姨。”真是颠三倒四。

那男孩顺从地走过来，轻轻地叫了一声：“阿姨。”就退后了。这年月，这样听话的孩子很少，足见家教。我不知他是姓贝，还是名贝，还是昵称。我只得跟他的妈妈一样称他：“贝贝，真乖。”

丽云老师立即向我解释：“真是不好意思，这种场合，本不该带小朋友出来。可是，我想，大家都是熟人，孩子他爸爸今晚又有应酬，留他一个人在家不放心。”

我心里想：就是你一家三口都来，吃一顿饭，也没有什么，这年月谁还缺一顿饭吃？多一人少一人，并无大碍。

与往常一样，我对本次见面不抱希望。

但是，为了不给别人留一个更坏的印象，我下午确实认真地化了妆。由于我的皮肤粗黑，毛孔大，我先擦了些收敛水，然后又涂一层亮底的油，再打了粉底，才补了胭脂，画了浅浅的眼影，勾画了黛色的眉毛，抹了一些肉红色口红。还特意挑了一件麦苗色针织开衫，里穿一条白底蓝色碎花的连衣裙，脚上穿着一双中帮浅棕色的皮凉鞋，背着一个棕色小坤包。由于我眼睛近视，一直戴一副金框近视眼镜。我认真准备，至少不让人嫌恶，也是出于对人的礼貌。

用餐中，贝贝安静地吃着，我与丽云老师、蓝梓有一句没一句地聊着。她儿子“贝贝”，“贝贝”非名非姓，纯粹是一种昵称。这也难怪，现在城里的人，只准生一个，能不宝贝吗？叫“佳佳”“美美”“果果”“萌萌”，多的是，总是寄予父母的美好、希望、爱怜与亲昵。这与农村的习惯大相径庭，农村给小孩取的小名，越贱越好，什么“狗儿”“板儿”“胖墩”“猴儿”的不少，多少含有贬损、作践的意味。可见，表达爱怜的感情时，城乡有着两种截然相反的文化氛围，产生两种截然相反的表达方式。贬也好，誉也好，都能寄托人最美好的祝愿！这要看出自谁之心、谁之口，入谁之耳了。

蓝梓问我单位的情况，我简单地回答：某部驻穗直属单位，从事涉海方面的工作。我则在单位宣传部门工作，主要负责一份内刊，朝九晚五，最是平常不过。

蓝梓却艳羡说：“我们工作最没有规律，赶工期，就得打破正常的时间顺序和生活节奏。朝九晚五的生活，从事工程工作的人员而言，是一种可遇不可求的幸福。”

我们彼此问了对方的家庭情况，我家在粤北农村，奶奶健在，父母务农，兄妹两人。哥哥在广州某IT行业工作。家庭虽不富，目前，却没有什么负担。

蓝梓告诉我，他家在湖南某市，是家里的独子，母亲已退休，父亲还在工作。自己第一份工作在长沙某筑路公司，在公司工作两年多，因嫌当地工资太低，赶热潮，就辞职来了广州。

我知道辞职人员，人事档案一般放在户口所在地的人才交流中心。我问他：“你的人事档案在长沙？”

“不，在广州人才交流中心。”

“你不是在长沙工作吗？”

“我考了全国建筑工程师，又在广州工作五年以上，已符合职称入户的条件。前年，已经迁入了广州。”

我说：“现在户口在哪里，不重要。”

丽云老师当即笑我天真：“户籍不重要？我们小区附近有一所重点小学，广州市户口，户口在学区内，上小学不要钱；跨区，缴五万元赞助费。没有广州市户口，在本学区内有房，缴八万元赞助费。没有广州市户口，在本学区内没有房，就不是八万元赞助费能解决得了的。还有初中升高中，非户籍生，分数要高二十分。”

蓝梓也附和道：“没有广州市户口，想在广州市区买房都难。”

我虽是学生物学的，但在大学里自修过政治学。从政治学原理出发，所有的政策出台，都有自己最初美好的政治理想和精神。中央政府取消城乡户籍的区别，目的是打破城乡二元结构的壁垒，解决人员的流动问题，实现城乡人口的福利共享。但是，地方政府在执行具体事务中，却不得不考虑地方的利益。因为地方政府手里的资源是有限的，它必须首先考虑和满足辖区内居民的权益。

政治理想和社会现实总是有一定的差距。现在看来，我是一个理想主义者，或者，没有沉到生活中去。

我问蓝梓工资关系挂靠在哪，他说挂在“鲁禹建筑公司”。“鲁禹建筑公司”这名字实在拗口。我问是哪个“lǔ”，哪个“yǔ”。

蓝梓说：“鲁班的‘鲁’，大禹的‘禹’。”

我问：“是什么意思？”

蓝梓答：“鲁班和大禹。”

我调侃道：“鲁班治木，大禹治水，岂不是水木公司了？”

我们大笑。

蓝梓不以为忤，心平气和地解释：“禹，五行属土。鲁班治木，这样‘鲁禹建筑公司’就实为土木建筑公司。”

原来如此。一个名字也取得如此深奥，实在难坏了我们这些没有学问、头脑简单的人。

真是，人生识字忧患始。

离开的时候，我与蓝梓互留了手机号和微信，说是便于今后加强联系。

一天后，丽云老师给我打电话，说蓝梓对我的印象不错。这样的考评，颇出我意外。实际上，蓝梓给我的印象真不错，只是我不敢攀附。既然人家不嫌我，我就烧高香了。人生还是简单的好，为什么要为难自己，为难别人？

可是，你我都不是出命题的人。

（五）由贝贝引起的遐思

贝贝，长得秀气又聪明，是个可爱的孩子。在吃饭的时候，有些淘气。可是，一个十一二岁的小男孩，刚解事，进入了叛逆期，能不淘吗？如果死死板板，不是蠢，就是呆，那才叫父母担心。

贝贝，虽然淘气，却懂礼仪：如主动给大家倒茶；谁动筷搛菜时，他绝不会转动桌上的转盘；他搛菜时，都是搛自己那一方的，定不会来个底朝天地抄翻。如此细节，足见他平时家教。爱孩子，是女人的天性。我一直想有自己的孩子，但是一直没有自己喜欢或喜欢自己的人。我知道，自己额头向前，颧骨太高，面颊没肉，下巴也向前突出，鼻子、眼睛就挤在额骨、颧骨、下颌骨构成的畦地里。这在中国人的面相里，不是有福之相，长相丑，自然不招人喜爱。按照相师的说法，我的命格刚硬。一个人的长相，竟能影响一生的运程？任何一个男人，都希望找一个有旺夫之相的女人。这许是我多年推销不了、嫁不出去的原因罢。

我有自知之明，可我又有什么办法呢？肤发受之父母，我也没有选择自己长相的权力。小时候，我从来没有为自己的长相而忧愁，我虽然长得不漂亮，但父母给了我一个聪明的脑袋。在小学，我像野小子一样好动，但是，我的学习成绩总是名列前茅，这一优势掩盖了我长相之丑，我甚至成为小伙伴的偶像。长得不好，对我而言，仅仅是种缺陷，我没有因此而自卑过。进入青春期就不一样了。当初，个个如一只毛弹鸟的小女生们，现在个个成了光鲜的凤凰，高傲如凤凰，男生乌央乌央地围着她们大献殷勤，我却如乌鸡落进凤凰窝，自顾尤怜。

中学，毕竟与社会不同，对农村年轻人最大的命运转变就是高考。高考成功，就是鱼化龙。我成了她们中间的幸运儿，考取了广州某211大学。我在同学仰慕的目光中，飞离了家乡，成为老师和村里老人们口中的“金凤凰”。

大学真是人才荟萃的地方，如我聪明和比我聪明的学子比比皆是，女生大都漂亮，因此她们从内到外都给我一种咄咄逼人的气势。一些城里来的男女学生，更是能吹拉弹唱、琴棋书画，总有一两项拿得出手的业余爱好，我不过是一个捧着书本苦读的书呆子。在大学里，我又成了躲在课室一角苦读诗书的可怜虫。寒暑假，我回到家乡，却又成为村里少年学习的偶像。“偶像”与“可怜虫”，两者都是真实，两者又都虚无。我没有迷失，因为，只要照照镜子，我就知道：我是个丑女。自卑如病毒一样在我体内繁殖，对我产生压迫。

面对镜子，我明白一个事实，于女人而言：貌比才更管用。

步入社会，对人评价的标准与学校更是不同，学校总还有一个相对客观的考试标准来度量，而社会、单位考评，上司的评价的权重占分较大。即使圣贤似孔子，都感叹：“吾以言取人，失之宰予；以貌取人，失之子羽。”他人就更不堪了。可是，官们哪个不是信心满满？类孔子对宰予、子羽的错误，能少？

组建家庭，男男女女产生异性的吸引，关键在外表。打一辈子光棍的丑男司汤达，结合自己一生的际遇，就曾感慨：漂亮，是爱情的招牌。露骨、深刻。珠玉似的卫玠，让多少女人为之倾倒？《晋书·卫玠传》记载：“京师人士闻其姿容，观者如堵。玠劳疾遂甚，永嘉六年卒，时年二十七。时人谓玠被看杀。”

可见，无论男女，好色都是本能。爱美之心，人皆有之，我也不例外。可是，美，于我如星辰大海，属遥远的故事。

女子无才便是德。论贤，如果只论资质聪明、奉行道德仁义，这也单纯简单。当你的长处，是别人短处，即使你尽心竭力做成了事，你不要以为有功，说不定就成了你的罪过。即有了一切有名的、无名的、有意的、无意的各种罪过，还能称贤么？可能诽谤叠来，连身家性命都不保。

贤与不贤，不可轻言，不可轻信。

当然，否定之否定，也是有的。这让人们在绝望中看到一线希望。相传嫫母，因其貌丑，遂成了逐疫驱鬼之神灵。以恶制恶，以丑制丑，人们不会觉得突兀。

被《三国演义》包装成中国智慧化身的大帅哥诸葛亮，不是也找了一个头发黄、皮肤黑的黄月英做老婆吗？传说中黄月英虽丑，却有大才干。在那样的年月，读书人是有钱人的事。无论是竹简，还是帛书，都要一笔不菲的银子来置办。有谚语：遗子黄金满籯，不如一经。古代一经，也是用银子堆砌出来的。寻常的百姓，别说拥有，就要目睹一回都不易。何况黄氏熟读兵书，上知天文，下知地理，可见家藏丰厚。尽管她丑，但文韬武略，足智多谋，可见，她脑子好使。关键，她还有一个好父亲，其父黄承彦是沔阳的名士，名将蔡瑁是其舅父，益州牧刘表是其姨父。这样出自名门之丑女，“丑”也是“俊丑”。我这小家样出身的“丑女”，只能属于“净丑”。两者的丑与价值，有着天壤之别。

如是观，爱情就一定要求纯洁吗？不纯洁还算爱情？可见，爱情原是理想之物，理想之物也是难得之物。“想通天上银河易，力挽人间风气难。”即使是科技昌明的今天，卫星上天易，变更人性不易。

我上过大学又如何，温柔贤淑又如何，我愿意相夫教子，有闺德母容，又如何？只因我的丑，在常人眼中就难为好妻子、好母亲。

唐润州（今镇江）刺史韦诜有女当嫁之年，但他的女儿长得又高又瘦，也不漂亮，喜欢穿绿裙。别人讥讽韦诜女儿为“绿鹳”。韦诜却爱之怜之重之，说：“爱其女，必以为贤公侯事，可貌求人乎？”闻说裴宽参军廉洁，韦诜把女儿嫁给了裴宽。后来，裴宽真的做了礼部尚书。

只有非常之人，才能为非常之事。如果男人是个俗物，如何认得这些？自称浊物，不称俗物的贾宝玉有自知之明，其整天在粉脂堆里打滚，只寻一些灵秀可餐的小女儿相处，断不会沾染那些呆头呆脑或精于计算、模样可憎的“母大虫”，亲昵狎亵，相与共处。这与贾琏有着天壤之别。

“质本洁来还洁去”，谁为我作《芙蓉女儿诔》这般感天动地的文赋，纵遭晴雯那样冤弃，也肝脑涂地。

不知道谁说的：一等色男爱才女，二等色男爱淑女，三等色男爱美女，四等色男爱妓女。像黄帝、诸葛亮是一等一的色男，算得上是一个好男人。二等色男还说得过去，但是三等算是俗，四等就不堪了。

然而，凡事都有例外，风尘中人也有侠义、道德。如胡铨与黎倩，苏轼与王朝云。

自己与美女无缘。虽然读了几年大学，在这个高知的年代，才女就免谈了。淑女，也应出自名门，至少是一个小家碧玉吧？看来，自己哪一类也不是。平时宁静乖巧，或许勉强与静女搭上点边。做人难，做一个真实透彻的人更难。

我总不能恨我的父母，为什么不把我生成西施的模样，人见人爱。人见人爱就好吗？我又想起我的好友艽兰了。艽兰我暂且不表，因为，她的事，岂是三言两语能表达清楚？我姑且卖个关子，放到下回分解。

做丑女，命就好？看看自己，都三十多了，还处在广大的孤寂与空虚之中，与百无聊赖为伍，算哪门子好命？我有玲珑心，也有文辉，只是缺少读者。谁甘心？人生有几个三十？岁月如刀，青春易老。

要是，我还如贝贝一般年龄多好？少年事少故无忧。

(六)懂我的芄兰

在文化单位时，我几乎没有朋友。平时，除了工作，闲余无事，喜欢看书或写一些拗拙的小品文，目的是打发寂寞的漫漫长夜。特别是花气熏蒸的春夜、月光似水的秋夕或是阴雨如泣的深寒冬夜，听到街上往来车辙之声，看到远近广告牌的霓虹灯，灯光闪烁，在单身公寓玻璃窗上返照，忽红忽绿，忽紫忽蓝，光怪陆离地跳荡，荡得我的神经也突突地跳，这于我的精神不是一件好事。

人需要宁静，环境嘈杂还在其次，内心宁静才真静。神经的喧嚣如大海里看不见的暗潮，足可以倾覆巨轮、艨艟。人只有在安静的时候，才能内省。于是做深呼吸，凝神屏气，防心摄行，裹住暗潮，把全部心力用在声韵拗捩、词语艰涩的小豆腐块上，并乐此不疲。倒不是为卖弄文才，或为发表换几块零花钱，只是写一些读书偶感，或摆弄文字游戏，天马行空，想到什么就写什么，打发时间，舒散郁郁。

我出两例，作为例证：

例一：

有感于读《烛之武退秦师》。

本篇通旨：“利害”二字。

郑伯临危，恭请烛之武为说客，前倨后恭，知存亡利害故。烛之武肯去，因识得官家利害。烛之武说秦伯，亦从利害两字分说。原文：“邻之厚，君之薄也”。国与国交，利害相权，趋利避害，利己防邻，才不失聪明人也。烛之武退秦师，利害是宏旨，道义是说辞。古人云：“登利禄之场，处运筹之界者，窃尧舜之词，背孔孟之道。”

金句：“臣之壮也，犹不如人；今老矣，无能为也已。”气话，烛之武个人际遇堪嗟，又何如？

悲夫！烛之武尤有展足之时，而我辈抱瑟不吹竽，空度时日尔。

例二：

一园颜色四季花

——苏州园林

一月，白雪纷纷、清洁素雅。相约江南，赏雪黄昏。此时光影，室暗庭明；清寒天气，宜茶宜游。庭院沉寂，远塔近亭；小桥疏树，水滞石凝；冬青侧柏，被纨执素。负手而行，高靴皮帽；围巾手套，披风厚服；啸风吟雪，别有风味。坐轩倚栏，傍炉独坐；红泥小炉，炭火正旺；瓷釜砂壶，吹气如沙；咕咕噜噜，噼噼啵啵；宁静有轻语，晦暗有野明。有思无思，俱皆相宜。

二月，冬欲尽，春欲来。蜡梅红梅，昆山玉碎；花颜简素，幸临人间；黄色明艳，红色热烈；白雪安宁，湖水灰青；一枝照水，清浅横斜；暗香浮动，心想忘归；徘徊树下，杂沓有痕。青瓦白墙、庭院深深；花树依墙，冷月写梅；冰魂雪骨，冷香幽芳；冲寒西风，琅嬛美人；罗浮山远，蓬莱梦遥；钱塘不远，可伴幽人。

三月，轻阴漠漠，乍暖还寒；草色遥望，风暖鸳鸯；阳光布德，花满千树；辛夷娇俏，首称二乔；紫衣檀心，高刺云天；东林光烂，西园露滋；持花带露，满庭菲芳；细雨沙岸，曲江水满；蒌蒿芽短，上水豚肥；绿蚁新酒，饱沃膏肠；坞里王孙，乌衣冠盖；散与东风，只遗疏狂；岩栊碧树，年年花香；江南荒馆，赋予莺燕。

四月，桃花泛水，梨花照夜；印阶碧草，隔叶好声；仓庚于飞，熠耀其羽；晴鸣空山，雾起青萍。花槛烛照，金吾不禁；斗花飞英，踏歌入云；移春木槛，护花金铃。萱草宜男，壮士忘忧；国色天香，君王许春；仙山群玉，白首同盟；渔阳鼙鼓，玉环魂散；夜雨闻铃，三郎肠断；问情何物，终归无迹；天子尤是，布衣病竟。

…………

十二个月，每月一段，太过冗长，实没有什么深意，只是好玩，怕影响看官兴致，就此打住。

前说芃兰被文化单位录用，一日造访我的陋室，看见书桌上堆着一些稿纸，随手取了一页，原是漫不经心地看，后来竟正襟危坐，睁着一对美目，问我："你作的么？"

我红着脸，笑而点头："是。"

芃兰叹道："姐，真美文也。"

我说："在你前面，我是持布鼓过雷门，不自量力。可有可无之作，贻笑大方，不足观。请多指教。"

芃兰继而说："谁说的，这才是性灵之作。它倾诉你亲身经历的生活，及平日里所接触的人事。它是你对世界万事万物认知与感悟，纯出于自然。你的文字是纯粹的心语，因此它是那么美丽，那样丰富，同时又使人感到陌生。因为，它发出了人们惯常不用的语言和风格，抒发着郁积在胸中的一切痛苦和欢乐，如一股热流，皆出胸襟，不饰不娇，至真至实，与世无欺，纵有不迪，也自昭明德。高明，高明。"

我说："我哪能跟你这正儿八经学中文出身的高才生相比？常言道：'跛鳖难随骐骥足，伤禽莫随凤凰飞'，我不过是瞎闹腾。"

芃兰说："姐，你错了。你现在从事的正是安世补亡工作，我与你比差远了。我学的是中文，我们只是比你多认识些概念、文体、文字。这些概念却成了人们思想上最顽固的敌人，它变成了硬性的、坚固的囚笼，把人的心灵禁锢。我要打破它，很难。你不同，你没有这些概念，没有各种条条框框的约束，所有事物都顺应你的思想。与古人追求的'尊德性而道问学，致广大而尽精微，极高明而道中庸’的思路相契合。你遵循自己的内心，故能见万物之正理，做文章而抒天地人之正道，不是大畅快、极高明吗？在你的面前，花不是花，雾不是雾。时间或许是一只蝴蝶，可以抓在手里把玩。花鸟鱼虫，在活泛的思想河流中，自由自在地灵动，在思想的活水中它有了新的象征和模样。它们在你的作品中，各有了新的生命，已经超脱了它原有的面貌和属性。这就是创新、创见。”

我用怀疑的目光看着艽兰：“小妹，你搞错了吧！”

艽兰生气地睁大眼睛看着我，内心火一般的热情，使她白皙的脸颊上泛起一片光彩，如同四月盛开的桃花一样。

艽兰认真地说：“姐，没错。你要相信我这点鉴赏能力还是有的。你要相信你自己。芳菲郁馥之音，新声不断；开文化之曙色，光耀荒莽，文明才能昌盛啊。文学的旗帜就是全新的个性。大自然给人类的布道，入人双目，植入灵台，你能感悟多少，而不是你知道了多少皮相。知道多少皮相是可以教授的，而感悟多少是性灵关照。别人唾弃的残渣，你不需要，你是用自己的心灵之光去丈量世间的人与事、文化与宗教，政治与伦理，并真实地记录下自己的感悟。这样的灵性之作，也许与传统意义上的小说、诗歌、散文等体裁不一样，定被所谓的大家们交口非难。但是，任何一种体裁的发轫肇始，不是依靠新人的力量吗？不同时代有不同时代的思想，不同时代有不同的文学体裁来承载一个时代的新思想。于是就有了唐诗宋词元曲明清小说的共论。谁知道我们的时代会产生什么样的体裁和流派？”

艽兰说的也许是对的，对于文学体裁与流派的产生，是时代造就的，也是新人新思潮新作造就的。白居易说：“文章合为时而著，歌诗合为事而作。”没有新人对时代的关注、关切，并用心去感悟时代、体验时代，为时代而歌，就不会产生新的文学。可是，我从来就没有去关注太多社会现象，更谈不上与文学这么高尚的事业挂钩。我只是抒发自己个人苦乐情绪而已，既不想传世，也不想藏之名山供后人去欣赏，纯粹是玩。

我难为情地说：“小妹，你抬举我了，我没有那么高大上。我只是把自己直观和具体的事物感觉、个人感兴趣的寻常生活细节和印象，真实地纪录下来。离开这些，我就缺乏想象力了。”

芃兰有一种恨铁不成钢的郁郁，她显然被我的话气着了。她饱满的胸脯一起一伏，琼脂般的鼻翼上还渗出细密的汗珠，汗珠在鼻翼的一张一翕中发出珍珠般的光泽，与饱满潮润的红唇散出淡淡的光辉相印照，把一张脸孔衬托得格外生动，具有无法形容的魅力。没有想到芃兰生气的时候也这样好看。

芃兰不等我说完，就截住我的话，说：“姐，文学本质，是发人思想，怡娱性情。它纯粹是人思想的自然流动，不同人的思想是不同的星辰大海，神性的思想光芒照耀万物之上，万物在思想关照下得到欢乐与痛苦的信证。你只要真实、准确、形象地诉说眼睛和心灵对生活的感应，就是无比亲切的作品了。你能从世间的万物中觉悟，那是一种多么了不起的才能。”

我知道芃兰这样夸我、赞我，纯粹是出于一片真心、真情，全是一片好意或就事论事。我则因为自谦或对文学认识不到位，没有站在她那样的高度看待这事，因而出现认识的偏差。从而使我们之间的谈话变得艰难，仿佛我处处与她抬杠一般。我对自己创作的文字从来没有信心，现在得到芃兰的肯定，我心释然了，也清楚自己的段位，只是出于矫情，不肯承认。

为了说服我，芃兰又抬出她在北大读书时老师的观点来增加她的说服力：“我们在学校时，老师要求我们：写作时，我见生活、生活见我。为什么在我们笔下看不到生活的踪影？还不是我们甘愿落入公式化、程式化、理论化的、教条化的窠臼。我们把枯燥的写作理论奉为圭臬，把文章的格调上升到超越文章核心的地位，是我们想象贫乏，激情不再。可谁没有笑过、哭过、思想过？这些都是动情之物、之事，都是我们写作素材。结果出来，偏没有这些令人动容的内容，偏是引用一些牛头不对马嘴的诘屈难懂概念、义理、考据，为什么？是因为我们怯弱。我们怯弱于讲真话，讲真相、讲真情、讲真性。我们怕冒犯权威、冒犯政治、冒犯伦理，甚至怕冒犯我们自己。”

对于芃兰转述的理论或观点，我也深以为然。于是，我说：“对。确实是这样。”

芃兰的情绪一下子被调动起来，脸上的神色更加生动，脸颊和鼻尖上像抹了一层胭脂红，一对眉毛在跳舞，眼睛里有如千对阳雀在飞翔。她现在显得更妖娆、更迷人，真是一位热情澎湃的小美人。

芄兰嗔道："就是嘛。我们总说手中没有好的素材，为什么我们要舍近求远，放弃自己或身边丰满生活现成的材料不用？为的是懒惰，对于日常发生的种种现象，我们飘忽不定的眼睛总是缺乏细察。这恰好是你最大的优点。所谓表现一件物，只是，到处都要细察，丝毫不缄默，丝毫不疏忽，丝毫不做错；认识千百个侧面，一切从上看和从下看的观点，每个交叉点。然后一件物才出现，然后，它才是一座和那飘忽不定的大陆隔绝的岛屿。写诗也属于写作的范畴，我们中有几个人像翠鸟一样专注观察事与物？你看那翠鸟不管刮风下雨，都伫立在水边的树枝上，双眼紧盯着水面。哪怕水面上冒一个小小的气泡，鱼尾摆动形成的小小的旋涡，也逃不过它的双眼。翠鸟还得从气泡或旋涡的大小，来判断水面下的鱼儿是否适合下口，这样才能发现掩盖在杂乱无章生活中的鱼儿。为什么我们喜欢找一些与我们毫不相干的人、事或假、大、空的理论，或者他人提供的干巴巴的所谓经典案例、事迹材料作为我们写作的素材呢？因为，安全。"

是啊！芄兰说得很对啊。为了安全，人们在写作时不得不造假，不得不讲假话，不得不用与自己不相干的假材料。用别人用过的材料，就不用担心审核不过关。

防患于未然嘛。

芄兰落寞地说："这样我们堆砌出来的文字，只是小孩手中的积木，没有生命的血色尽显苍白，空洞索然而无味，神采枯槁而无病呻吟，与我们丰腴的生活格格不入。说白了，是我们没有忠实于自己的生活，没有忠诚于我们的感情，没有忠实于我们的内心。所以，我们笔下的文字才如此苍白、干枯、无趣。"

我不由得脸热："思想属于哲人。"

芄兰纠正我说："不，思想属于哲思。"

我很自豪，能被芄兰引为同类。因为，我们都喜欢读书，喜欢思考生活，喜欢把自己的所感所思所得记录下来。尽管都是急就草率随意之作，也得"行""草"二书的意趣，非难取得皇皇大著、正式的地位，重在申陈了自己的胸意，姑且称之为孤芳自赏罢。在个人的世界里，这种孤芳自赏让我们活得自尊、自信、自在、自由。

芄兰说，她懂我。大概是因为，我们有相同爱好，又同处在一个屋檐下，我们又都为男人烦恼。

我说："我们都为男人烦恼，你是因为被追逐的男人太多，我是因为被追逐的男人太少。不足或有余，都是人生的大病。"人只有在典型的环境，才有特定感悟，产生特殊的情感。

因此，芄兰对我几乎不设防。她拿出她在大学翻译爱拉斯莫的《愚人颂》手稿。关于《愚人颂》，我是第一次听闻，于是她耐心地向我介绍相关内容。她说《愚人颂》的主旨：立身人道，宣扬宽容，批判专制，崇尚自然。芄兰告诉我：愚人的话要从反面去理解。有时读书，你要在愚人的身上，看到愚人的智慧；要在所谓智者的身上，看到智者的无知；要在人的身上，看到人的鬼魅伎俩；要在鬼神的身上，看到人性的光辉。《山海经》《西游记》《聊斋志异》《安徒生的童话》等，都是这样。这些神话或童话，都有一个特点，就是爱憎分明，恰好符合儿童单纯的心思。爱恨教育，被西方伦理界视为基础。人怎么起步，决定了他以后的人生。儿童从小接受爱憎分明的教育，有利于他们心智的成长。单一的爱或恨的教育，是不能培养出心智健全的人格。

人心是可触摸的，关键在于默而识之。

芄兰富有哲理之话，令我大开眼界，旷扩胸襟。她在作如是说的时候，目流华彩，本来华美的外表下，平添几分端严、凛然不可轻亵的神色。

古人说："石韫玉而山辉，水怀珠而川媚。"所谓的平庸，就是缺乏力量，缺乏想象力、表现力和才力。听芄兰娓娓道来，条分缕析，洞见症结，她的才气令我心生仰慕之情。

我与芄兰因文成友，实属难得。只是这些自娱自乐的呻吟，实出庸凡。既不能与古人灵会，宗圣人的天口，继古代的绝学；又不能弘扬时代精神，反常俗，弘扬正气，感动时人，为人传习。不过率情任性的一时游戏、覆瓮之作。只是当时我们还年轻，因而臭腐神奇，沆瀣一气。那年，我二十六，她二十三，我们都那么年轻，有着非凡的精力，有许多超越现实的理想。

就目前而言，我有稳定的工作和稳定的收入，我的工作性质和我在公司的地位，能够保证自己生活无忧和别人的尊重。但是，即便如此，我还是如此卖力不断提升自己、强迫自己去创作诗歌、散文、小说，除了自己身处文化行业的环境和个人的积习，更有一种强烈的忧患意识在逼迫我。我出身卑微，且相貌平平，没有任何外力可凭借，一切都得靠自己。在这个人才辈出的时代，如果我没有突出的成就来证明自己的价值，只是度日月，靠熬资历，攀大腿，在自己还没有退休的那一天，都有被公司扫地出门的可能。这种深深的隐虑，无时无刻，都如蚂蚁一样撕咬我的心，让我寝食难安。更何况，我也不愿意过庸常的生活，才把自己逼得如此紧，如此决绝。

我有多少的事情要做呀，年轻的生命真是太美好了，它让我有更多的时间，更多精力去改造自己，去不断追求卓越。

可是，我与芄兰的缘分是那样浅，我们才相处九个月，她又不得不辞职。可是这九个月真叫我难忘啊！

芄兰显然是个有目标、有理想、有真性情的人。我佩服芄兰的为人，乐于讲她的故事。可是，发生在她身上的故事，就是三天三夜也讲不完。我只好留在以后再说。

现在，我不能不说说蓝梓了。因为，初次相会后，我们联系渐渐增多。

（七）初识的日子

智能手机的出现，改变了人们的交流方式。科技的进步，给人们的沟通带来了便捷。

那一天，我刚回到出租屋，便收到蓝梓的微信："春媚，到家了吗？"

我回复他："已到。谢谢你！你呢？"

蓝梓："刚到。一路还顺吗？"

我："挺顺利的。今晚，让你破费了。"

蓝梓："招待不周，下次再补。"

我："好啊！有人请吃饭，免我烟熏火燎之苦，我没有理由反对。"

平时这样的夜晚，加班或逛街回来，进出租房，等待我的是一个空洞似的黑。打开灯，一个人坐在凳子或床上，虚空在灯光下以看得见的速度在扩大、蔓延。

今天，不一样，我才进门，就收到蓝梓的微信。有非血亲的异性牵挂，是一件感觉很奇妙的事。多年来，只有父母牵挂我。哥哥已成家，有了孩子，已经顾不上我了。

父母在乡下，哥哥有家庭，我不主动，无事，他们一般不会主动给我电话或信息的。

在这样寂寞的夜里，出租屋在微信铃声中颤抖，将虚空一点点挤出了窗外。

尽管，我与蓝梓只有一面之交，可是，被丽云老师把男女间那一层神秘窗纸撕开后，心里就有了期待与默许。这种期待与默许，就像生病时的应急反应，会产生一股神秘的力量，向最好的或者最坏的方向发展，总比死一般的沉闷好。

因为是男女朋友关系，可以相对放纵对方的唐突，如同游泳，用脚蹚蹚水，也是必要的。如果，一头扎进去……

把自己和对方的思想，引向同向，有意无意去迎合对方的观点，希望交流能够继续下去，虽涓涓细流，却不能断流。

我在闪烁的蓝屏里，发现了一个新的世界，感到有一颗强有力的心脏在我的指尖上跳动，让我感到兴奋、温暖和悸动。话题聊开了，一发不可收拾。

我想：是时候洗澡了。

可我没说，交情尚浅，私密的事，可能会引起对方联想？

我是淑女。

这是我与蓝梓第一次发信息，我们之间，尚没有太多的交集，故不断地制造出新的话题。

我们先是聊彼此的爱好，然后又聊到彼此的工作。我们希望通过这样的话题，去了解对方的性格、爱好、观念，我也坦白自己的观点、爱好，敞开一缝，窥视，是此时的心情。闭门却扫，下次如何见面？

蓝梓：“你从事宣传工作，一定很浪漫吧？”

我：“浪漫？一点也不，很是无趣的。”

我：“都是单位内一个月内发生的事：领导的讲话、会议、工作信息，占了前三版，第四版才是职工的文艺作品。”

蓝梓：“文艺作品一定很文艺吧？”

我：“像我们这样的单位，大部分人员是理工科毕业生，他们对工程、职称、晋升更感兴趣。即使是学中文、文秘出身的，他们有一定基础写作技巧，但没有生活沉淀，如小儿描红，亦步亦趋，殊无创意。更有一些人，写文章都喜欢迎合时代所好，喜欢炒热灶，尤其喜欢迎合‘君命’，唯独没有自我。这是我们不了解自己，不愿做回自己的原因。我们为什么不能找到自己的偏爱和长处，偏要迎合时风，处处凑热闹呢？没有自己思想的文字，会有生命力吗？没有血性的文字，会有温度吗？这样的文艺作品，只是一个易于向领导汇报说明的符号。”

蓝梓：“是啊！真正的文艺作品如诗歌、小说、散文等，来自创造，来源于生活概括、提炼。需要有丰富生活经历、感悟和想象力来滋养、阐释。文艺是一个晚熟的孩子。”

我：“是啊！还是痛苦里的孩子，病蚌得珠。清代大文学家、大史学家赵翼在《题遗山诗》中说：‘国家不幸诗家幸，赋到沧桑句便工。’”

蓝梓：“为什么会这样呢？一个国家动荡不安的痛苦期，反而会出现一批伟大思想家、作家、诗人？春媚，你不觉得奇怪吗？”

我：“不平则鸣。国家、社会的强烈变革期，会带来多少人的生活巨变，社会对人的控制力也变弱了。即使是一个麻木不仁的人，面临个人、家庭生活巨大的变化，也会产生不同的想法。更何况那生性敏感、心有奇赋的人呢？人生的痛苦忧患，是创作灵泉。那些追索社会巨大变革真实原因的人，成了思想家；那些用笔反映社会现象和个人生活现象的人，成了作家、诗人。离开广阔的时代生活背景，很难形成气候。”

我：“现在的大学生，从小学到中学、到大学，平平顺顺，精神难起波澜。一个没有思想的人，很难产生优秀的作品。为什么某个人，因为家庭变故，产生了痛苦，他（她）会产生一种强烈的表达欲望，想把自己的痛苦说出来或记录下来。于是，他日思夜想，如何把这种痛苦深刻、生动、准确、艺术地表达出来，这就成了文学。结果，他们的作品触动人们共情的那一根弦，引起共鸣，于是，就可能产生了很优秀的文学作品。”

蓝梓：“这样看来，无论是个人，还是社会，在物质丰富、秩序安稳的情况下，人们的思想都会趋于保守或懒惰，这等情形下是很难产生深刻的思想或文学作品，能保持原有的水平就不错了。要突破，更难了。我们从事的工程技术不一样，那是一个群体智慧与技术经验积累的结果。经济繁荣、秩序安稳的社会可以助推科学发展。”

我：“那是，十九世纪的欧洲，科技文明，带来物质极大的丰富。物化的生活，常常导致人的内省缺失。没有人的内省，没有时代的思想，只能拾古人的牙慧。经济繁荣、安稳的生活，还会让人生出几分惰性。懒惰令人变得平庸！一个人如此，一个单位何尝不是这样？我们的宣传部门，收到的作品，大都是刚分配到单位的大学生创作的‘豆腐块’。从他们的‘豆腐块’，你还能体会到他们刚到单位、参加工作的兴奋与激情，有些人的‘豆腐块’，还闪耀着灵性的光辉。可是，他们到单位工作几年后，工作平稳了，生活也平稳了，他们也就失去了创作的热情，再要他们写‘豆腐块’，难了。一个人在文学、艺术和思想领域的成功，是长期思索和坚持的结果，突然兴起的天才事业，是少之又少。古人说：‘其兴也勃焉，其亡也忽焉’。所以，这些内部刊物，看起来轰轰烈烈，实则空空洞洞。最多，也就是作为内部的信息资料。”

蓝梓：“卑之无甚高论！”

我：“对头。”

蓝梓：“那你的工作，岂不是很无趣？”

我：“有趣无趣，人都得工作。有身必须有业，才能生存下去。”

蓝梓：“那是！动植物也要营造。”

我：“嗯。”

蓝梓：“听丽云老师说，你的文章写得很好。”

我：“哪里？只是心血来潮，偶尔做一些无病呻吟罢了。”

蓝梓：“谦虚，发来欣赏欣赏。”

我：“不好的，浪费你的时间。”

蓝梓：“怎会呢？让我学习学习，也多个粉丝。”

我架不住蓝梓反复劝诱。好听的话，如低度的甜酒，顺口顺喉，脑子稍不清醒，就控制不住喝多了，也就不怕出洋相了。于是，我把自己最近写的词，发给了蓝梓。

《踏莎行》

凉月西趖，河星淡却。几道银川数点岳。寒夜露冷滴兰膏，秋朝清风吹玉屑。

天地洪远，思旷逸越。张楚陈王笑燕雀：王侯将相宁有种？英雄多是穷困客。

不一会儿，蓝梓发来几个“大拇指”图案，并赞叹道：“丽云老师所言不虚，真超逸俊迈，有大丈夫气。”

那一天，我们聊到很晚才休息。

在以后一段日子里，每天晚上都能收到蓝梓发来的信息和问候，尽管有一点生腻，但还是感到挺温暖的，毕竟有人念着。

在没有与蓝梓交往前，这样的夜晚，我多是看看书，写点心得。尽管寡淡，但不至腻烦。

我隐隐体味到芃兰的腻烦。现代情人之间，都是在手机上通过微信直来直去表达感情，失去过去情人之间写情书、等情书、盼情书的隐秘和等待的情趣，也失去了诗情画意，失去了等待的精心和精致，失去酝酿和期待，失去等待和焦虑。感情的表达可以舶来，缺少个人的面目，再也没有了原创性。几千年来，多少相同的情词爱语被人使用过？我又何必追求独创？只要感情真诚，语言贴切，就行了。于是，我压制自己刚刚浮泛起来的念头。这样的念头，于男女感情无益。

我毕竟不是初出茅庐的小青年，抑或正在求职的社会青年。他们的首要任务是学习，而对一个工作已经八九年、年龄跨过三十岁门槛的老姑娘而言，当前最迫切的任务，就是把自己营销出去，免得父母操心。

巨量信息，让彼此的沟通变得日趋平淡；由于习惯了，反而变成一种慵懒的依赖。

如果，我与蓝梓不能制造新的关注点、生长点，我与蓝梓之间的关系就会被平淡淹没、窒息。

五月快要结束的那周末，蓝梓约我去爬白云山，我矜持了一小会儿，同意了。

年轻的生命啊，真是美好！那里有纯洁的友谊，那里有芳香的美酒，那里有无邪的笑声，那里有瑰丽的梦想。我们也曾经年轻过，有花的日子，都是春天；有爱的日子，都是生活。

（八）第一次相约

广州的初夏夜真好，没有白天的炙热。如果下雨，还有点秋天的凉意。

按照蓝梓的安排，我们先吃饭，再爬山。白云山是广州人的“家山”，不是大型的节日，晚上人不会太多，也很安全。

在这样的夜晚，我与监梓第一次单独相约在白云山下的相遇酒家。

酒家四周是密密匝匝的树，把城市的喧嚣隔开，把白天暑气梳洗一回，感觉清、静、幽、雅。山林石泉在手的右边，光怪陆离的城市在手的左边。两者都可予给予取，这正是城市人理想的境况。既不放弃都市的繁华，又可得到山水灵性滋养。欧阳修在《有美堂记》中，实诚地表达了这种愿望。“山水登临之美，人物邑居之繁，一寓目尽得之，有天下之美。”欧阳公指喻金陵、苏杭。看看目前的形势，广州也差强可比。

如果一个人长期在单一的环境里生活，灵魂就会单调而饥饿，就渴望让灵魂大嚼一回，饕餮自然丰满的元素，填补灵魂的亏空。

相遇酒家，这个名字很特别，似乎专为第一次相遇的陌生人而建。即使是为偶遇者而设，酒家的老板也没有敷衍，而是独有匠心地装饰他的酒家。

酒家的光线有点暗淡，走廊和房间的墙上都挂着吴冠中的水墨画（高仿），轻音乐在走廊和房间低声回旋，越往里走，越觉幽静。

酒家不大，大概就是二十多个房间，“依山傍水”而建。据老板介绍：最大的房间可坐二十余人，其他房间可以容纳几人或十几人不等。

我和蓝梓选了一个靠“山边”的小房间。小房也不算小。房间里面有一张长方形橡木桌，六张藤制、琵琶形的高背椅，颇具古意。

琵琶别抱，于男女关系的兆头，并不是很吉利。老板有何居心？

我站在房间的门口，朝房间左边望去，房间入口处有个小吧台，吧台后面有酒柜。酒柜中陈列着好些国内外的葡萄酒，我能辨出国外品牌的有如古藤仙芬黛葡萄酒、索诺玛黑品乐葡萄酒、加利福尼亚长相思葡萄酒、海色精选赤霞珠葡萄酒、酒园珍藏霞多丽葡萄酒、古藤仙芬黛葡萄酒、罗迪仙粉黛葡萄酒、纳帕谷白葡萄酒、玫瑰山酒园钻石标设拉子葡萄酒等，国内品牌的有张裕、拉菲、长城、奔富、干露、奔富酒园 ，像黄尾袋鼠、杰卡斯、红魔鬼等品牌，因为名字近乎洋名，我一时拿捏不准产地。

再往里走，我看见一个十分简洁明式楠木小茶柜，架上，摆放一些盒、罐、坛、缸、袋等，瓷的、紫砂的、锡的、铜的、竹的、藤的、纸的均有。走近一看，瓶瓶罐罐上面贴着标签，标签注明瓶瓶罐罐里装着茶的种类、品类和价格，种类有黑茶、红茶、绿茶、白茶、花茶、铁观音、花窨茶等；品类：极品、珍品、上品、中品、下品；价格：十百千元不等。

入门，右边靠墙有一小方几，两张圈椅，几上摆着一套精致的青花茶具、电热水壶和茶台、茶海什么的。让我感到新奇的，是在靠右边的墙角，有一个花几，上摆放一个鳝鱼黄的大瓦缸。瓦缸用不锈钢圈系着，固定在墙上。

我朝大瓦缸，努努嘴。

蓝梓顺着我努嘴的方向，看到了瓦缸，明白我的意思。说：“用来装泡茶的水用的。”

我疑惑地问：“装泡茶用的水？”

蓝梓道：“是的。这瓦缸里装着白云泉的水。”

我恍然大悟。

我曾经听喜欢喝茶的同事说过，市内喝茶讲究的人，经常到白云山打水。听说用白云山的水泡茶，比瓶装水要好得多。还有人跑到从化去取水，用来泡茶，比白云山水更胜一筹，清澈、甘甜。

蓝梓说："听老板说，这里泡茶的水，都是用白云泉的水。相遇酒家利用地域之便，晚上派员工到山上去运水回来。然后放在大水缸存放一两天，再用麦饭石过滤后，才把水灌到各客房的瓦缸，让客人拿来泡茶。"

我叹道："这么讲究？"

蓝梓说："讲究了，才能称之为文化。否则，质胜文，为之野。"

我听了，笑问："你经常喝茶？"

蓝梓说："是的。"

我追问："平时也这般讲究？"

蓝梓憨笑道："哪能呢？平时工地干活，挥汗如雨，要这般小口啜饮，不仅时间不允许，自己身体也不答应。我们只能驴饮，大缸子茶水往肚子里灌，才能满足身体的需要。"

我听了，不由得笑出声来："平常，大口喝水，是为身体的需要；小口啜茶，是为了身份和文明的需要？"

蓝梓向我伸出大拇指："高论，精辟。"

我说："泡茶的水，要不要这么讲究啊？"

蓝梓说："当然啦。茶叶是茶道之体，水是茶道之神。形神兼备，才能称灵妙。"

我说："穷讲究。"

蓝梓说："穷，就不能讲究了。"

我深以为然。于是，我想起曾经在书本上看过，记录种种饮茶喝水的逸事来：汉武帝用金人托盘，承接天上的露水来喝，体现天子受天之命。杨玉环等到宿酒初消，让人采集花瓣上的露水来喝，叫饮花露，养护自己花一般的容姿。《红楼梦》里，妙玉用梅花上积雪消融并存放多年雪水烹茶招待大观园小姐与少爷，体现了出家人的冰清玉洁。明清时代的帝家，都是取北京西郊玉泉山的泉水来喝，这水"水清而碧，澄洁似玉"，故名为玉泉，被列为禁地。神仙渴饮琼浆玉液，清代的帝王把自己的饮水称之为“玉泉”，就是把自己当作神仙等视。

除水之外，唐宋以后，皇家设有专门御茶园，所产的茶，列为“贡茶”，只供皇家享用。

天下好物，尽归皇家豪富之家，上天有好生之德，也含生死循环之理。好物难生，贱物易存。帝皇据天下之好为已有，实揽危亡之数至其身。多少肝脑涂朱轮，多少血泪漂高冠？

蓝梓说：“好水待好茶，这里有上好的茶。据老板说，他自己喜欢喝茶。所以，他这里的茶都是他直接与茶农、茶庄定制的上等好茶。”

我“咯咯”笑道：“今天，随着蓝公子，开一回眼，当一回大户人家的姐儿，做一回贵妃。如果再来一盘红丹绿荔，就更美了。”

我自讽自嘲，勾起了蓝梓的童心，他学着影视剧中小太监的样子，尖声尖气道：“是。贵妃娘娘，小的即刻就办。”

我们相视大笑。

五月，广州有“妃子笑”“白蜡”等荔枝品种上市，倒也不是空穴来风。

风趣的话、可心的人、优美的环境，这一切让我们的情绪高涨。我们相顾开怀大笑，防范的鳞甲在笑声中渐渐抖落。

我们选了靠窗、对门的两个座位坐下。

才坐下，一位身着旗袍、仪态优美、身材高挑的女服务生，婷婷娉娉，手里拿着一本做工考究的菜单，婀娜地过来，柔声地问：“女士、先生，我能帮你们做些什么？”

声音软绵、好听，举止有礼、热情而又不唐突。

蓝梓从服务员手中接过菜牌，客气地对女服务员说：“美女，我们先看看菜牌，一会儿再呼你。”

女服务员向我和蓝梓微微鞠了一躬，应承道：“好的。”并举手示意，指着摆放在桌上的服务传唤器，说：“如有需要，请按传唤器。”说罢，女服务员就退出了房间。

蓝梓显然不是第一次来这里，一切显得驾轻就熟。女性天生敏感，看来这家伙常来此地。

毕竟大家还不太熟悉，好多的想法只能藏在心里。

我有点妒忌了。

灯，是传统灯笼式，灯光橙红色。这样的色光下，光线不太明亮、有点温馨的暖意。在朦胧的灯火中，一切都变得模糊、缥缈、梦幻、温馨、浪漫、暧昧。在这样私密的环境里，人最易拉近距离，产生情愫。

墙上，吴冠中老先生的江南花雨水墨图，点点新绿，点点花红，黑色瓦楞，刚让春雨洗过一回，滋润的黑，所有的色彩都清新明快。还有小桥一拱，要引人走进江南水乡的田野，感到春风在细细吹。一切都是淡淡的雅、浓浓的意。这画尽管是印刷品，但也透泛着江南浓浓的春意。春风春雨春潮从画面上溢出来，让生尘的心灵重新得到洗涤。

我是第一次来，就喜欢上这里的环境。

蓝梓说："尽管这里叫相遇酒家，接待的多是回头熟客。"

我心底无由泛起小小醋意，爱情是自私的，尽管我与蓝梓还没有发展到那种地步，我还是没由来地吃味。

于是，我从镜片后斜斜地瞥了蓝梓一眼，促狭道："看来蓝公子，经常与美女来这里相遇啊。"说罢，就狡黠一笑。

实际上也是可以理解的，蓝梓都三十五岁了。过去，不可能没有人给他介绍女朋友，与别的女人一起爬白云山，来这里吃点东西，再正常不过。我如此想着，想说服自己，但心里还是不爽。

蓝梓当然听出了我话中有话，并没有介意，反而幽幽地自嘲道："是啊，曾经陪美女来这里吃饭喝茶。可是，人家酒足饭饱后，拍拍屁股走人，给本公子只留下一个绝尘而去、冰冷的背影。春媚小姐，你不会吃了我的饭也拍拍屁股走人吧？"

我的话，也许勾起了蓝梓隐痛，三十多岁的人，还没有成亲，显然，有难言之隐。他的痛苦引起了我的爱怜，我不仅原谅了他，还产生了同情之心。

后来，他向我坦白，他过去谈了三四个女朋友，结果都嫌他没房，没有稳定的单位，相处时间很短，就分手了。

想不到蓝梓，把火烧到我的身上。我一语双关地说：“本小姐富有同情心。常言道：‘吃人家的嘴软，拿人家的手软’。我还想下次，让公子你请我来这里吃饭喝茶，相遇呢。”

我也有被人抛弃的经历，只是人家嫌我长相丑。在爱情的道路上，我们算是一对同病相怜的人。

一时间，屋子里空气又流动起来，蓝梓也调皮地自嘲，以留转圜的余地：“荣幸之至哉，小生感激涕零！”

然后，他做了一个抹泪的动作。

我被他的幽默、滑稽的动作逗笑了，狠狠地在他的手臂上打了一下：“讨厌！”

此刻，我自己也忍不住大笑起来。平日，我是一个端严的人，也不善说笑。随着年齿加长，身上更是包裹一层无形的保护壳，许多的玩话，不堪入耳的话，都选择性遗忘，并不入心。可是，在只有一面之缘的蓝梓面前，我破防了。我自然而然放下了自己的伪装，恢复了童年时的一些天性，我笑了。

人的身上，总保存了几分猴的玩性，也正是这几分猴性，让本来严肃的生活变得轻松愉快。

难道，在相爱的人面前，脱掉所有的伪装，这就是人们说的，恋爱的感觉？我没有这方面经验，无法作出判断。

蓝梓拿着菜谱征求我的意见。我推说自己不会点菜，全部推给了蓝梓。

蓝梓问我喝点什么，是否来一杯鸡尾酒。我很少喝酒，但我知道，有几个职业的人是离不开酒的：工地工作的男人喝酒是疏散疲劳，海员喝酒是驱赶寂寞，军人喝酒是锻炼血性。我不能因为自己不喝酒，就不让蓝梓喝酒，这样会坏他的兴致。否则，蓝梓不会提出喝鸡尾酒。我知道：鸡尾酒是一种很淡的酒，但属浪漫。我都三十一岁了，还有多少的年华让我浪漫？浪漫小手已经伸过来，我接纳了。我说：“好啊！来一杯酒味淡一点的。喝不了，你替我喝啊！”我有点撒娇。

蓝梓满满地答应。

我还是怕喝醉，于是用戏谑言语对蓝梓说道：“酒也，水也。君子之交，淡如水。你是君子，这里有好茶，再来一壶茶，就锦上添花了。”

微信聊天，蓝梓知道我的肠胃不好，关心地建议道：“普洱茶养胃。你肠胃不好，来一份普洱如何？”

我说：“好！悉听尊便。”

我当然知道，这是蓝梓体恤自己，没有想到这个长年在工地、天天与钢筋石块打交道、粗犷的男人，心思如此细腻。大学毕业以来，特别是在文化单位工作的那几年，加班、压力、饮食不规律，又一直单身，无人照顾，自己也疏于照顾自己，最先受伤的是胃。工作不久，我就得了浅表性胃炎。去医院检查、吃药，总是反复，让我遭受了不少罪。来到现今的单位，工作压力少了许多，饮食相对也规律些，但病根一旦落下，想根治，也难。面对眼前这个男人的关心、体贴，我内心充满了感激和开心，我深深地看了一眼蓝梓，愉快地“嗯”了一声。

相遇酒家的菜，是地道的广府菜。喝的，蓝梓点了十年的大益普洱；两杯鸡尾酒，我的是香槟，蓝梓的是白兰地。

菜：点了黑椒牛肉粒、一人一份法式鹅肝、一人一份野麦煮花胶、清蒸小黄鱼、时令青菜。主食，是半打港式蛋挞。

茶水冲泡出来，栗色的茶汤，清澈透明。我端起茶盏，送到鼻尖，闻到一股淡淡的生普特有的茶香。我轻轻啜了一小口，茶汤漫过我的舌尖，温热、柔滑从舌面流向舌根，敏感的味蕾，捕捉到一股淡淡的甜、轻轻的涩、微微的苦，一缕缥缈陈化的气息在鼻腔里回旋。我咂咂嘴，口腔膜变得旷达，需要口水来填补扩大空间。妙！这里的茶，真不错，经过十年的陈化，尽管是生普，烈性早已收敛些，变得醇厚，回甘。

我品着茶，心里突然产生了一种异样的感觉，眼前的男人不就是上好陈年生普吗？豪迈而粗犷、细心而忍耐，淳厚而不生涩，蕴藉而不张扬。我侧首打量身边的蓝梓，不由会心浅笑。蓝梓问我：“笑什么。”我回答：“不笑什么。”我不由得红着脸低下了头，可心里有一朵玫瑰花在甜甜地笑开了。

我和蓝梓都沉默下来，如一对相识好久的老朋友，彼此静静坐着、守护着，能听到对方细微的呼吸，感受对方的气息。在宁静中敏感地体会这一刻彼此的存在、关心、关爱和宁静。好感在躯体内迅速地繁殖、生长。

窗外，月亮从树冠的缝隙里流进来，随着晚风摇曳摆动，成了光与影的二重奏。一时四下无声，只有光阴如水一样流动、厚积，把周围的一切都轻柔地包裹起来，仿佛要给这对历经沧桑初识的爱人，营造一个独立的空间，让爱在温馨的夜里酝酿、滋长，让彼此都打开厚重的心扉，消除彼此隔阂，让彼此心灵融合成爱的海洋，相逢、相知、相爱。

酒家此刻又播放起吴佳演绎的《生死相依》的片尾插曲《谁》，音乐很轻，缥缥缈缈，似有还无："谁来占据了我孤寂的心，谁有着蛊惑人心的美丽，谁闯进了我的灵魂深处，谁叩响了我的心门，谁将我陷入天旋地转的境界，谁又将这一切全部都毁灭，突然之间，感到晕眩……"

这样的叩问，在这样的夜晚，即使是一对陌生人，也容易拉近彼此的距离。何况潜意识里，彼此早已默认初恋关系的人儿？默认，就是一种牵引力。我和蓝梓被这音乐感染了，彼此对望了一眼，又低下了头。

还是蓝梓鼓足了勇气，轻轻拉住我的手，我能感觉到蓝梓的手传来的轻微战颤。我本能地想抽回自己的手，蓝梓用力地握住我的手，一种神秘的力量从蓝梓的手上传来：那是一种鼓舞、一种坚定、一种慰抚。我内心似乎有一种期待，有一种莫名的企求。于是，我放弃了无为的努力，心底似乎渴望蓝梓这种握手的感觉。如果能够永远与蓝梓这样牵手，自己该多么幸福、美气。

我克服了短暂的慌乱，深深地吸了一口气，像是下定了决心，轻轻地翻过手心，与蓝梓的手十指相扣。

空气中飘浮着柠檬桉淡淡的芳香。

山间传来了青蛙、夜鸟和草虫和鸣。

灯火摇曳。

天空欢乐地收集着月亮的光华、群山的青翠、草木的芳香、虫鸟的合奏，还有恋人的欢笑。

夜色很美，很美……

（九）五月

第二天，通过微信，我发给蓝梓一篇随笔，取名为《五月》：

五月，春的末季！

黄花铃、紫荆花、木棉、火焰木、凤凰花等，早已热热闹闹开过，当春意在枝头爆炸式生长时，我们见识了春天的奢华、热烈和感召力。

五月，少了姹紫嫣红的热烈，相反，多了绿暗红稀的镇静。春天，看看就要过去，杨花柳絮不忍，化作漫天飞舞的宣言，要把春天拜祭，与天与地，作一次疯狂的告别！

你三十五，我三十一。青春无多，似这五月！

好景不常在，一年好景君须记。好时不常有，一生好时君应惜。

五月，不再花团锦簇，不再有张扬奢华的排场。但有，麦秋的成熟和芒种植下的希望。

在这样的时节，我们相遇，是天意眷顾，是机缘巧合？

每个人都有追求爱的权利，我们各自的爱，已经耽搁太久。今后的路，也未必是一路坦途。行者不休，即使道路坎坷，带上心，走走，体悟路上的苦与乐、美与丑，总有收获，总是成长。

我们相识，一晃就是一个月。一月以来，应没有入骨的爱，也没有咬牙切齿的恨，但，我们增加了了解。在微信上，我向你坦白了自己的身世、心事、爱好、缺点。目的是让你了解我。当然，你也把一切告诉了我。我把你的一切都植入心里，融入血脉。

我们不再是情窦初开的少年，也不是处在黄金婚龄的青春年华。我们都是错过婚车的大龄乘客。无论是婚姻的花车错过了我们，还是我们错过了婚姻的花车，这已成为情感的过去式，我们要把握相交的现在式，憧憬未来生活的将来式。

我已过了耳听爱情的年龄，我们都需要真实的生活，稳定的情感，如同厚实的大地，脚踩实地，才使人安定。

岁月静好，这句已经被人说烂的话，对于人们过日子，还是很符合人性。如果要靠激情来刺激过活，我也做不出，你也做不到，那样会让人发疯的。

不知你抱何种态度？

我曾经无数次勾勒过另一半的形象：音容、相貌和身上的味道。我不需要找高仓健式的酷男，也不需要找宋仲基、李钟硕那样的小鲜肉，我消受不起。我只是一个普通得不能再普通的小女子。只想，倦了找个可以信赖的肩膀靠一靠，不开心的时候有人说句体己的话，让我开开心。当我有病痛的时候，能帮扶一把，如此而已。

我曾想，只要我的另一半不缺胳膊，不缺腿，身体健康，智力健全，为人体贴，相貌平常，他走在街上，用竹竿一扫，就是一大片，也无不可。

即使我拥有吴僧之笔，也难全“他”的形象。当我第一次见到你，内心无数次构筑形象，在冰消，在重构。如今，变得饱满、真实！你是那么帅气、儒雅、阳光，似曾相识。我想起：林黛玉第一次投奔贾府，林黛玉与贾宝玉初次相见。“黛玉一见，便吃一大惊，心下想道：‘好生奇怪，倒像在那里见过一般，何等眼熟到如此！’”这种感觉并不荒唐。

说到容貌，也因为容貌，我不由自主地生出几分胆怯。可是，我却不甘心，对情感的不甘心。无论一个美女，还是一个丑女，她的爱一样深厚，她的义一样珍贵，她的情一样高贵，她的付出一样纯洁。此刻，我的内心充满了矛盾，我渴望拥有，但又怕占有你，我自觉配不上你。我告诫自己：不能自私，不可自私。我发誓：只要你什么时候愿意退出，我都能理解，能接受，会放手。我会痛苦、愠怒、羞耻、流泪。但，我绝对不需要怜悯，也不会再打扰你，让你难过与内疚。

我会默默地祝福你，希望下一个爱你的人像我一样真诚、温柔地爱你。

我特别欣赏舒婷的《致橡树》里几句诗：

我如果爱你——
绝不像攀缘的凌霄花，
借你的高枝炫耀自己；
我如果爱你——
绝不学痴情的鸟儿，
为绿荫重复单调的歌曲；
也不止像泉源，
常年送来清凉的慰藉；
也不止像险峰，
增加你的高度，
衬托你的威仪。
…………
我必须是你近旁的一株木棉，
作为树的形象和你站在一起。
根，紧握在地下，
叶，相触在云里。

这大概是相爱男女最好的诠释。

你曾经向我索要照片。可是，你、我，已经见过面，我不知道你为什么还要照片？人们常说：眼见为实，照片是骗人把戏。同一个人的照片，前后一天的容貌都不同，上午与下午都不一样，里面的水很深。我有自知之明，我是一个丑女。人可以不好看，但照片却可以脱胎换骨。照片，为什么可以称之为艺术，就因为它能高于生活。

我可以对良心发誓，我不想欺骗谁，也不想强求谁。

都说，一个人在外面漂泊久了，心会逐渐变冷、变硬。在无望的困扰中，在浮华的喧嚣里，我学会忍耐。我不再在乎周围人的目光，不再计较别人的议论，不再为生活不公感到委屈。我相信，这一切都是暂时，一切都会过去。

人事多艰，但我仍告诉自己，人来这世界上，走一遭不容易。我要保留最纯洁、最真诚、最美好的微笑，留给自己、亲人和我的爱人。

自信与博爱已成为我的骨、我的肉、我的魂。

昨天晚上，感谢你陪我爬白云山。这是我生平第一次夜间爬白云山。月下的白云山，极目望去，透过层层密林，巍然屹立、甚为壮观。绿盖如茵，群山蜿蜒，高大的树木在阳光下，斑驳陆离。月光下，白云山变成了另一副模样，那么神秘、那么幽静。对于我来说，是多么奇妙的事情，昨夜的白云山感觉真奇妙，弥漫的烟雾，笼罩在月光下，显得神秘莫测。只有桉树的芳香更加清澈，沁人心脾，白云山如熟睡的孩子，娴静地躺在我的臂弯里，可摸可抚。

自从把微信交换给你，我就把它当成自己的一只手，交给了你。科技改变了交流方式，但不变的是情感。没有情感的交流，就是一杯寡淡无味的白开水。但，我们的交流是一碗热乎乎的甜酒煮鸡蛋，有营养、有甘甜、有醉人的芳醇。

我要感谢你这些日子的陪伴和问候。每天晚上，你的问候，是大海的柔波，月亮的清辉，百花的芳菲，它给我光明与安宁，也唤醒我对未来的向往。那一瞬间，你的声音是如此美妙，如同天籁，让我感到安全、温馨、开心。等待你的问候，已经成为我的一种生活习惯。在这一声声问候中，我感到我们情相通，心相连。我是一个夜猫子，难为你有时超过十二点，还不厌其烦地陪我聊天，那仿佛像母亲的摇篮曲，让我幸福、安然地入梦。

我们通过微信，交流工作、学习、生活、情感等，你恍惚在我面前打开了一扇窗，让我去观察另一个星球，它的形貌、它的轨迹、它的变迁、它的凉热。从混沌中唤醒我关于情感的记忆，认识到某些从未经历过的情感轨迹和精神实质，从而促进对自身世界的了解。从你的身上，我发现了自己。我的心不再孤单，不再漂泊，也不再茫然，它有了坚持和驻守。我想你会懂的。

我喜欢这样的日子，生活如湖、如海，我如快活的水鸟，在水面上巡行，翅膀上拴着欢乐的歌，阳光渗透我的身子，我陶醉在爱情的春风，陶醉在云水间。

爱情，你这只高贵的青鸟，你一定不俗。

你是候鸟，还是永驻的留鸟？

夜深了！

夜莺也收敛了它的歌喉，四周静悄悄的……

明天，哦，明天……

一切，已回不到当初。

（十）感谢五月

蓝梓看了我写的随笔，很感动，很快回复：

同样感谢你的陪伴，同样感谢你的信任和青睐！

在这样寂寞难耐的日子里，是你的声声问候，排遣了我的孤独。让我觉得，自己不是一个多余的外乡人。是你的鼓励和安慰，给我灰色的日子，送来了一缕阳光，一缕清风，驱散了我生命中的雾霾。

让我感觉五月，还是留月，春天还握在手心。

你呢喃的轻语，让我感觉到生活的柔美、阳光的温暖、风的轻柔，生活不再是纯粹的坚钢和阴冷。

说来好笑，我比你大四岁。按理，我要成为你生活里的向导、海岸的灯塔、航船的定位锚。可，现在，我却要从你的身上，寻找生命的阳光、明月和轻风。也许，你就是阳光的暖，明月的洁，轻风的柔。

生活中，人们都在寻找自己稀缺的所需，你给予的，正是我最稀缺的、弥足珍贵的珍宝——爱。如同我的藏品，我会用心地珍惜、珍爱、珍藏。

不管将来我们的生命之舟驶向哪里，漂泊到何方，我都会用心收藏着。

如果有机会，我还要用未来的日子来浇灌，让它发芽、开花、挂果，结成最佳美的果子。

你总是说你是一个丑女，配不上我。可是，我不是高仓健，也不是宋仲基、李钟硕。我没有高仓健的型，也没有宋仲基们的鲜。我是一个渐渐褪色的老男，财富、功名、青春都离我越来越远，失败、老困却与我形影不离。我真怕牵了你的手，给你的生命带来雾霾，遮住了你的光与热、明媚与清辉，让你清风似秀发，沾染了黄尘。

当然，我也不是一无是处，我来自小城，勤劳是我与生俱来的基因，父母把它毫无保留地遗传给我。还有他们的忠诚、善良、真诚、热忱，也毫无保留地遗传给了我。唯独没有把膏田美宅、金银珠宝、车马仪仗传给我，他们的时代还不时兴这些。他们也没有祖荫可承，没有爵位可换。他们是普通的市民，他们用自己的双手，把我养大，然后送出去，希望我能顺利的升学、工作、结婚、生子，有身有业有家。

可是，我升学了，却无稳定职业。没有稳定的职业，我有身也难安家。因为，这个世道，对男人要求越来越多，越来越苛严。男人有业，还需有稳定的职业，美好的职业。有职业，还要有家业，还得有房有车。我们小心翼翼地行走在饭碗的边缘上，一不留神，就会闪了腰。心里想着的是做房奴车奴的幸福，盼着的是票子、妻子、孩子迷人的样子。唉！唉！生活不相信眼泪，所以，我把眼泪咽下，换成一张笑脸，笑对生活。

这个时代，多少男女没有自己的事业，也没有自己的伴侣，这个时代的年轻人病了，还是这个时代病了？

苦恼人的笑脸，镜子看多了，也会哭泣。

也许，来自老天的保佑和眷顾，冥冥中有一股力，把你引向我，把你的手递到我的手中。对此，我格外感动，也生出几分胆怯。不是我不识好，不懂得爱。而是，限于自身的条件：没有固定的工作，不能给你带来安全感；没有房子，不能给你提供一个遮风避雨的家；没有足够的票子，不能让你过上富足的生活。

爱，需要大胆。我想捕捞深水里的鱼儿，网，如一朵盛开的花，撒向水里。水太深、太急，网太小、太浅，我收获只是粼粼的波光和揉碎了的一河星月，恰似眼角的泪。

经历了多次爱的尝试（你不会恼我吧），失败（你应该感到高兴），让我变得谨慎与胆怯。爱，是这个时代的大熊猫，国家一级保护动物，不敢私人拥有。

那一天，我从丽云姐那里，听到消息：你愿意屈尊纡贵，过来相见，我是多么的高兴。我默默地感谢，感谢命运之神的眷顾，生活待我不薄。在见到你的那一刻，我的感觉真奇妙，仿佛甘霖降临，焦渴的土地，不再受无望忧愁的折磨。

此后，微信的聊天，如两条潺潺小溪，共同注入一条宽阔之河，汇成激流，奔向辽阔的海洋，奔向永生。

我曾经隐约提到，如果我们的前路多艰，你要有心理准备，将来使命在身，困难在等待着我们，你是否做好准备？因为，爱一个人容易，陪伴一个人到老，却是种修行。

你是那么聪明，也许能猜测得到种种这些。英雄们是共艰苦易，共欢乐难，如勾践与范蠡等。普通人是共欢乐易，共患难难。否则，不会有“夫妻本是同林鸟，大难来时各自飞”，我们都普通，你有了共患难的准备没？

当你发来那英的歌——《不管有多苦》,我明白你的心意,是那样纯洁，那样坚贞。我为此感动，潸然泪下。

爱情是火，婚姻是水；浪漫是星光，生活是厚地。前者需要仰望，而后者却要俯就。恩爱是一回事，责任是另一回事。一个年轻的女孩有权做梦，有权追求自己的浪漫和幸福，我不能因为自己，就硬生生地把她拉到自己的身边，让她帮我承担现实之重，我没有权利去要求一个女孩，去为我承担责任。

亲爱的春媚妹妹。路遥说，他的早晨是从中午开始的。我也学舌地说，我的春天是五月开始的。

感谢五月……

（十一）我也不能免俗

这是我发给蓝梓的回复：

风习，如两座高山；跨越，需要坚韧；风评，如两支利剑；战斗，需要勇气。

你之所思、所虑不无道理。就拿5月20日这一天来说，本来是五月中一个普普通通、平平常常的日子。但，在这个物欲横流、商品滥觞的时代，商人逐利，庸人慕名，两相结合，硬是让商家炒作起来，“520”变成了“我爱你”。“爱情”就这样被消费、被物化了。

本来不想刷屏，看着手机上满屏是同学、同事，晒鲜花、晒礼物、晒心得、晒照片、晒幸福，即使我想心如止水，不理不睬，也很难啦。

你是一个精神浪漫的人，我没有收到你的礼物或鲜花，但，收到你给我作的诗。那是你用心在歌唱，远比用金钱舶来之物——一束鲜花、一双鞋、一个包包，更有长久意义，更新颖别致、高雅大气，更用心用情。

谢谢你，亲爱的人啊，我已经很满足了！这么浪漫的情怀，如酒，我陶醉了。我不是一个物质女人，但这样的美文确实让我骄傲、让我虚荣。

“不见相思尚满怀，相见如不见。片时欢娱，漫漫相隔，愁丝任谁剪？

总告离燕暂时别，春归依旧现。风雨兼帘，花颜愁损，再见惊变。”

你的这一曲《眼儿媚》，长相守，不忍离，离后，愁更愁。

可怜、可恨的才子啊，哪是我不愿与你长相守，而是你没有明确的表达，若即若离，叫人难以捉摸，你难道有不可言说的苦衷？还是别有用心？这怎么不叫我心旌摇曳呢？才上眉头，却下心头。原是我想多了？又怎么不叫我心潮澎湃呢？

唉！五月春欲尽，回望处处春。

不管怎么，我心里还是充满喜悦。因为有你，我也可以晒一晒心情了！

给你、给自己，给爸妈买些礼物。

感谢这一天，这美好的日子，哪怕中了商家的招，但我愿意，只要你们喜欢，我乐意。

我也不能免俗。

随着年龄的增长，越来越觉得节日是一种重要的仪式，也是生活中很重要的一件事情。生活中，大多数日子都是那样平淡无奇，甚至是一种枯燥的重复。因为，有了前人留下的年节和现在商人们奇思妙想，使我们本来平淡无奇的日子生动而绚丽多彩，如许多和声中突然来了一个滑音，让音乐变得多变而美丽。更何况还有你呢？你就是一个乐章中的装饰音，让我的生命乐章变得华丽而丰满。这难道就是爱情吗？

是你的出现，使“520”这个数字有了一种深刻的意义，谢谢你，我的爱人！我爱你！谢谢你给这个日子有了新的诠释，赋予了新的意义。正是有了这个节日的存在，让我可以把这一天过得和前一天、后一天不一样，把本来波澜不惊、重复单调的日子区别开来，有所不同，让生活不时有那么一点点的变化。这在漫长、重复的日子中，这样的插曲对我的生命和生活是多么重要。

在这样的日子里，我首先想到的是你，然后才想到我的父母。我这是怎么啦？农村讲，娶了媳妇忘了娘。那是说男儿们呢，我一个女儿家，我还没有成为别人的媳妇呢！就这样……你呢？你想我吗？一定要想我、念我！我是这样的喜欢你。爱是多么令人难以启齿的话题啊！对于父母，我有一点儿自责，女生外相，我，我本来就是女儿嘛！又怎能免俗？

可爱的人，你这时在哪呢？你也像我想你一样想我吗？

（十二）入乡问俗

我慵懒地躺在沙发上，房间放着轻音乐。窗外，传来街道上汽车的马达声。阳光，从纱窗泄入，空气中的尘埃，如一只只蝌蚪，在空中游动。在这样阳光明媚的日子，我拿着一本平常喜欢的书，不求甚解读一回。这是我周末消磨时间的主要方式。

我口里轻声地念道："我属我的爱人，他也恋慕我。我的爱人，来吧，你我可以到田间去，你我可以在村庄住宿。我们早晨起来往葡萄园去……"

读着读着，我的心已经飞出狭窄的出租屋，飞到无垠的天空，跨越时空的维度，来到遥远的希伯来所罗门的时代。

我仿佛看见一个高大、威武、英俊的年轻人，他穿着用粗麻布织成的衣服，手里拿着橄榄枝为柄的皮鞭，骑着一匹膘肥体壮的玉顶马，赶着一群雪白的绵羊，来到一大片宽广绚丽的绿色大草原。草原如一块祖母绿宝石镶嵌在巍峨的群山之中，山顶上长着茂密的冷杉林，给草原镶了一圈暗绿的边框。金色的阳光普照大地，云团凝固如石，在草原上投下银灰色的暗影，如绿色的绸缎上绣着银色的团花。龙胆花、白头翁、毛茛花、百合花开得正艳，如书拉密漂亮裙子上印染着百样花色。一条清澈晶亮的河流，蜿蜒从草原飘过，飘向那紫色的群山，奔向海洋。

书拉密伴随她的羊群在这里长大。长大了的书拉密，肌肤有着百合花一样的颜色，气息有如百合花一样芳香，她的眼睛如身边的河水一样清澈，她的胸怀如草原一样宽广，她的头发如青草一样茂密，她的歌声如草原上云雀的歌声一样动听，她温柔堪比羊羔，她快乐如同蝴蝶。她走到哪，哪里就是风景、就是欢乐、就是芳菲。她的美丽、清纯、快乐，吸引所有见过她的人。其中，希伯来之王——所罗门。

所罗门和书拉密，都是神的儿女，他们生活在神赋予的沃土上，在神的指引下，所罗门打猎时，邂逅她。他对她一见钟情。所罗门生来就是为了战斗，王的责任就是用利剑开疆扩土，用他雄伟的躯体和无上的智慧保护他的国民。然而，为了书拉密的爱情，所罗门停止了征战的步伐，乔装成一个牧童，为书拉密唱歌。

这就是真爱的力量。

王的权力，可以让一个女人俯就，但不一定能得到她的真爱。黄金，可以买来如花似玉的美人，但，买不回美人的心。只有，以心换心，用情换情，才能得到美人的真心、真爱。

最终，所罗门的真情打动纯洁的书拉密，她成了王的女人。

在追逐爱情的路上，不同的人有不同的取向。然而，打动人的永远是真情。

多么浪漫的故事。作为一个女人，谁不希望得到真正的爱情？

我的思绪却如脱缰的野马，我的心，飞过云山珠水，来到蓝梓的身边……

听蓝梓讲，他来自一个大家族，他的父亲有兄妹六人，他的母亲有兄妹八人，他却成了计划时代珍稀的果子——独子。

每年春节，无论在天南海北工作的亲戚，都赶回老家。从初一到十五，仿佛天天都在走亲戚，或在走亲戚的路上。大家聚在一起，打牌、搓麻将、聊天、吃饭、喝酒，一起开心地笑，似乎没有什么高雅的玩法，只有世俗之爱，常人之乐。偶尔小朋友们还弄出一些不开心的小插曲或闲话，但是那不过是欢乐河流中的一束小浪花，无伤大雅！

年年时节，年年相约，年年相聚，年年相悦。年复一年，并乐此不疲。

我很赞赏这样团聚的氛围，我也将属于他们的一员，我想到将来，我，这样一个陌生的女子，因为蓝梓，将成为他们中的一员，他们父母会接纳我这个不漂亮的媳妇吗？他们的亲戚会接纳我这样一个不会玩牌，不会玩麻将的人吗？

唉！我真笨，从小到大，就是读书、读书，结果越读越傻，不会打麻将、不会打牌。参加工作，每次高中同学聚会，我只能在旁边当服务员。了解我的人，笑我不会玩；不了解的人，说我清高。我一个既不漂亮又不成功的大龄女，有什么值得清高的呢？我不玩这些，纯粹出于不喜欢和习惯，绝无功利之心。老杜讲“旁人错比扬雄宅，懒惰无心作解嘲”，我也如此。

听湖南的朋友讲，在湖南，到别人家做客，邀请你打牌或麻将，你拒绝了，这是一件很不礼貌的事情。如果，有一天，他带上我，回到他的家。我是否要学学打牌、打麻将？

些许小事，我也不能不考虑。人总是随着环境而改变，为爱改变，为别人而改变。即使像所罗门那样的英雄，为了爱，他也力图改变自己。

入乡问俗，是人生存的智慧。入乡问俗，就是为了给自认为重要的人，留下一个美好的第一印象。唐代诗人王建曾作《新嫁娘三首》，其中一首是描述新娘为了给婆婆留下能干的好印象，三日后，她洗手入厨作羹，因不知婆婆的口味，有意请小姑先尝。诗人寥寥数笔，就把一个深谙世俗、为人谨慎、聪明伶俐、为讨婆婆欢心的小新娘，生动地刻画出来。

好的开始，等于成功的一半。人与人交往，第一印象影响深远。

唉！我为什么要有这样的怀想？一句“我属我的爱人，他也恋慕我”，勾起我对蓝梓的怀想，如果他也恋慕我，做他的新娘，未尝不是一件美事。

我暗自啐自己：不害臊，春媚你想嫁人了。

我的心中起了涟漪，我用手轻抚自己柔软的头发，感觉清瘦的面颊，在微微地发烫！

（十三）少女情怀

世间情动，如仪春之暖，解冰封之池；如向阳之木，早着芳香之蕊。因为情生，一切才显得美好，晚风有情，落霞有韵。因为有情，万物才显生动，水潺湲如琴，鸟啾啾如诗。因为有情，江汉游女有了风诗，汉魏小儿有了谣谚。

前面，我向大家交代，我与芄兰因为文章，成了好友。芄兰性格温厚可亲，思想纯正率直可爱，待人有情有义，与芄兰交往，是我今生的运气。

回忆我与芄兰在文化单位那段共同相处的日子，我对芄兰心生感佩，又是惋惜。感佩她的真，惋惜我们缘浅，赞叹她的美。

有人说：女人是女人的天敌。这是不对的，不仅男人会欣赏女性的美，女人只要不被嫉妒蒙蔽了眼睛，同样也会欣赏同性的美。

在文化单位那段时间，我们都没有交男朋友，无拘无束。我们工作在一起，吃饭在一起，上下班在一起，上街在一起，玩耍还在一起，除了睡眠外，我与芄兰成了形影不离的好朋友。我与芄兰像家人那般，相互依靠，彼此扶持。我在业务上给予她指导，她在情感和哲思方面给我引导，我们是亲密无间同盟军，我们不是亲人，却胜似亲人。

我们在夜间相互倾诉，在白天彼此吐槽，分享彼此欢乐与痛苦，即使是最难启齿的隐秘的心事，也向彼此公开，我们之间不存在秘密：从生理到伦理、从伦理到义理，都聊。然而，我听的时候多，发表意见的时候少。不是我不想发表意见，而是芄兰博学多识，思想跳跃，我的思维总是跟不上她思想的音符。然而，她的意思，我是明白的，也有同感，只是拙于表达。正因如此，我们保持着同气相求，心灵相通，即使不说话，只要一个眼神、一个脸部细微表情，都明白彼此的意思。

关于少女时代，是一个非常敏感的话题，也是我们经常讨论的话题之一。那时候，芄兰才刚刚告别大学校园，步入社会，社会复杂性让她时常怀念被家人保护、关怀、宠溺的美好的少女时代。

我对自己少女时代的回忆，就要平淡得多，甚至接近苦恼。为什么会产生这样的巨大差异，求证原因，完全是因为我们俩之间的生活环境和文化环境造成的。

我出生在粤北山区的一个林区，那里环境封闭，交通不便。尽管，广东是中国改革开放的潮头，在封闭的粤北山区，改革热浪并没有在我的家乡引起多大的变化。经济文化依然落后，人的思想依然守旧、保守，重男轻女思想依然严重。就拿读书来说，我们那里女孩子普遍读书不多，能读完初中就不错了，像我能够上高中、读大学的女孩，算是凤毛麟角。这还得益于我的父亲，曾经参过军，见过世面，才支持我上学。

在乡下，年轻的女孩子不读书，要么早早嫁人，要么外出打工，养家糊口。在我们当地，女孩十七八岁结婚生子，比比皆是。

这就造成一个很奇特的现象，男男女女可以早早结婚生子。但对男女的生理、两性的话题，却讳莫如深。谁谈，谁就不正经，就是耍流氓。罪莫大矣。

我在前文谈到我初潮，就是在母亲的疏忽和自己的懵懂中降临，给我留下终生羞涩、恐惧、痛苦和难以启齿的记忆。至今，每每回想起当时尴尬的情况，心怀戚戚。我们没有感受到成长的快乐，相反，却感受到成长的恐惧。

我上高中后，男女同学正常的交往，也可能招来老师、同学们的非议。男女同学之间如果传条子，被同学、老师知道，就会定性为谈恋爱。学校对学生恋爱是明文禁止，对他们的处罚也是相当严厉的。

芃兰的少女时代就比我幸运多了。她告诉我，她出生在南宁附近的小县城，父母都是老师。尽管小县城比不上南宁那样的大城市昌明，但关于人的生理和两性的话题，绝对不是禁制的。

芃兰十三岁那年，就来初潮了。但是，她的母亲早早为她准备了卫生巾和一次性内裤，放在她的书包里，还特别给她演示如何使用卫生巾等。因此，芃兰初潮来临的时候，在经历短暂的慌乱之后，就按照她母亲教给她的方法，坦然地迎接了自己的初潮，顺利进入了青春期。而不像我，只能在尴尬与痛苦中迎接我的初潮。在以后，每当我来例假时，我都不由自主地想起我的初潮，成为我心中挥之不去的阴影。

芃兰为此安慰我："'天意怜幽草，人间爱晚晴。'人只要最后的结局好，过去一切都会变得美好，谁又关注过程的痛苦？"

我笑她少年老成，她说，她只是就事论事。生活让我们增长足够的智慧。

我表示，我羡慕她拥有一个美好的少女时代。而我自己，只是身体的长大，思想、情思和本能，并没有随着身体的长大而成长。肉体与灵魂是分割的，甚至是对立的，让我对自己的身体和本能产生一种罪恶感。就是到了今天，它还在心灵上撕扯着。

芃兰同情我，说：个人对身体的了解代表一个时代是否开化、是否开明，人思想的觉醒是从了解身体开始的。本能觉醒后思想的成长，才是真正意义上的成长。即使是爱情，它也不是什么牛鬼蛇神，也不是洪水猛兽。相反，爱情与亲情、友情一样，是人生中最珍贵的感情。正因如此，才有那么多的诗人、作家、常人来歌颂它、赞美它。

《诗经》是中国儒家的经典之一，可当我们打开《诗经》，第一篇是《关雎》，接下来的五篇，除第四篇外，都是讲爱情、婚姻、家庭生活的篇章。难道古人弄错了？没有弄错，没有男女之爱，这个世界如何能够生生不息？如何来看待这情况？人们可以引用孔子对《诗经》的评价，曰"无邪"来评断，而现实中却相反，把男欢女爱视为洪水猛兽，岂不是咄咄怪事？

我对《诗经》没有研究，芃兰却在大学里认真研读过。

然后，芄兰神秘兮兮地告诉我：别人的经验也能唤起自己对肉体和欲望的认知，她就是通过《红楼梦》，发现自己的肉体与欲望。我听之愕然。

看到我惊诧的神色，芄兰有几分不好意思。但是，还是坦率地承认："我从小养成一个习惯，对于不懂的词，我都会查《辞海》。当初，我读《红楼梦》第六回，对第六回《贾宝玉初试云雨情　刘姥姥一进荣国府》中'云雨情'的含意懵懂不知，于是查了《辞海》，才知道其含义。自从我知道这词的含义后，在读这章节时，我心里总是很别扭，不自在，不由自主唤醒了我肉体某种欲望。"

我笑芄兰的早慧。

芄兰红着脸说："算是吧。大概跟我喜欢寻根问底的个性有关吧。"然而，她并没有终止她的话题，反而撒娇地摇着我的手臂说："春媚姐，真的，我不骗你。我第一次读《红楼梦》是初三毕业的那个长假。当时有的是时间，于是，我认真地读了这本书。这本书正如曹雪芹先生在第一回称，全书写了'几个异样的女子'爱恨的故事，在第五回露骨的诱导，你不能不用异样的眼光和异样的感情来阅读全书。"

我点头称是。我说："我是在上大学时，才有机会接触《红楼梦》这本书。"也许自己愚钝，对《红楼梦》也没有认真研读，因此，感情没有芄兰那么强烈。但，现在细细想来，我不得不承认芄兰说得对：人人都有欲望，关键是，在欲望引诱时，自己能否保持克制，能够遵循伦理。在法律和伦理允许的范围内，适当满足自己的欲望，有何不可？但人与动物最大的不同，动物完全受自然的欲望支配，而人不仅遵循自然的法理，还遵循社会的法理。

芄兰说她读了《红楼梦》后，她在自己身上发现了一个更加真实的自我，不仅具有思想，也充满了欲望和情思。芄兰的思想多维了，她发现现在自己，不仅身体发育了，思想也发育了。

（十四）善待自己

“应笑痴情多似我，半夜起来读牡丹。”这是明代的才女冯小青自述挑灯夜读《牡丹亭》的情形。冯小青从官家小姐杜丽娘与书生柳梦梅二人的人鬼之恋，读懂了爱到痴时，生死无别。冯小青从《牡丹亭》中读出一个“痴”字。但因出身官家，家道中落，纵使美丽、痴情、多才的冯小青，最后也没能享受到爱情的甜蜜，结果郁郁而终，成了孤山上一个怨魂。

同样，在西湖边上还埋葬着一位不幸的才女子——苏小小，据南朝时陈代徐陵所编《玉台新咏》中的《钱塘苏小歌》推测，苏小小或许是南朝时的人物。尽管当时社会动荡不安，朝代更迭，难道就没有一个雅人识得她，给她一个宽广的胸膛，宽厚的肩膀，让她依托一生的情圣？又何至于让她最后郁郁而终？苏小小成了千古才情不遇女子的一声长叹。

我不要做冯小青、苏小小那样的弱女子，我宁愿拖尾泥沼之中，也不愿意成为无生命的空壳，供奉在庙堂之上。倒不如曼娜（《少女之心》中人物）那样痛快地活过、爱过。

我不会像冯小青、苏小小，在愁苦躺卧中叹息，任由生命的小船搁浅在时间的沙滩上，我要去作生的长途跋涉，即使行走在寂寥的沙漠中，我也要做一匹勇敢、负重的骆驼。

这些年来的经历，让我明白一个道理：人就是一个独孤的行者。我们有如天上的星星，是明亮的孤悬，是广大的句点，任由宇宙的风吹干了时间，它，依然俯视大地，闪烁冷光，巡游诸天。

因为，我生命里所有的热情，都关闭在心灵的门后。它，要为有缘的人打开。我深深知道，一旦我的心灵之门打开，我的热情，就会化作金色的射线喷薄而出，如朝阳一样明亮，如正午太阳一样赤热，成为生命的根源。

我的爱人啦，你要善待自己，请你爱惜自己的身体！健康是每个人幸福的源泉之一。当你有病痛的时候，哪怕天底下，最亲、最爱、最疼你的人，与你脸贴着脸，手挽着手，身体依偎无间，她（他）也无法分担你的痛苦，让你的病痛减轻一丝一毫。你只能自己默默忍受和承担这一切，直到自己康复或者死去。不要炫耀你住最好的医院、有最好的医生、用最好的设备和最好的药品，你回头看看，身边多少人弃世而去。即使是位高权重的人，他们拥有绝对的权力，享受着最好的医疗机构和最好的医者，为他们提供服务，来拯救他们的生命，但他们得到的，只是心灵的慰藉和常人无法享受的尊荣。请爱惜自己的身体吧，如保护自己眼睛一样保护身体，身体为我所独有，而精神是人类所共有。因此，我崇尚健康的心态、健康的生活和有益健康的运动和沉思。运动增强我们的肌体的觉识，沉思抚慰我们的心灵。

我的爱人啦，你要善待自己，请你不要拒绝快乐！快乐来自肉体，也来自精神。我愿意尊崇本能，又要适度地控制本能，不能让本能的力量长期湮没精神的光芒。我要把智慧与本能充分调和，让它变成一杯风味独特的“鸡尾酒”，尽情品尝“鸡尾酒”给我精神与身体带来的双重快乐。

我的爱人啦，你要善待自己，请你不要违背自然法则！有人把顶级的自律，日积月累的压抑，视为善待自己。他们把人间的法则，当作铁定的法则。他要用这样法则，构筑一道坚固的堤坝，来锁住澎湃的生命激流，让鲜活的生命臣服在僵化冰冷法则的足下。显然，这是徒劳。大自然已经为我们树立了最壮美、最直观的范例，请看吧，坚厚的地壳挡不住地火的喷发；山高断崖挡不住滔滔江水奔向大海的脚步；旭日东升必将撕裂沉重的黑幕，太阳的光辉必将照耀万物，成为生命之源。在人类法则下荒芜的荒野，却成了稀有生命伟大的栖息地，如西西里的藏羚羊在荒野上奔驰，成为荒野上最跳跃的音符。荒野上没有人类精神光芒的关照，生命的存在、生命的形式依然丰富多彩；生命的力量、生命的竞争，没有人类的干预，万物竞生，让荒野充满无限生机和无限的想象。让荒野归于荒野，让自然归于自然，人类法则应服从自然的法则，这是必然。

看吧，哪一个君王不想永生，可是，哪一个君王不死亡？活着的时候，本能永远在呼喊，还我活力，还我自由，还我不朽的灵魂。可是，在法老的陵墓里，在木乃伊身上，再也看不到活人身上的满盈汁液，充满了爱与活力的汁液；探测不到，哪怕举起微尘呼出的气息。人类是自然的产物，我们怎么能不遵守自然的法理？为什么对情爱，人们变得如此难以启齿？以天为盖，以地为床。温与湿，昼与夜，宇宙与地球已经合谋，大自然已经给人类情爱铺好爱的温床。大自然以天地的巧思，变换它的颜色，春之花、夏之叶、秋之果、冬之野，那是任何一名高明的丹青能手，都不能调配出的，让人颤抖的颜色。温度，让春天和畅、夏天热烈、秋天清爽，冬天冷峻。湿度，让春天竞生，夏天竞长，秋天竞熟，冬天竞思。我们的日子多么神圣，即使再单调的生活，有了四季节律的变化，也让我们的生活时时新鲜，意味无尽。只要，我们的灵魂还有饥渴，我们的欲望还在身体里骚动，我们的本能就会随着四季嬗变起舞。

我不是禁欲主义者，我渴望拥有爱情。

（十五）胆子再大些

一个多月以后的某一天下午，我在逛街，偶然遇上丽云老师。丽云老师依然热心，看见我就拉住我的手问这问那，最终的话题落到我与蓝梓的关系上。

丽云老师问："媚，你现在与蓝梓关系发展得怎样啊？"

我坦率地回答道："经常联系。"

丽云老师笑吟吟问道："还谈得来？"

我回答道："还谈得来。"

她又问："经常见面吗？"

我说："偶尔见面。"

她问："既然谈得来，就大方主动些。"

丽云老师又像自言自语，又像鼓励似地说："男女关系中，总得一方主动些，爱情的马拉松会消磨掉彼此的热情，产生不必要隔阂与误会。爱，就要大胆地表达出来，不要把遗憾留给人生。"

是啊，爱情不是猜谜，也不是一个人的独舞。一个多月以来，我与监梓的关系始终维系在不咸不淡的暧昧中，始终隔着一层纱，保留着些许距离，如云中月，雾中花，不能畅达，不能全意。

如果，我爱你，又不能拥抱你，我怎么能知道爱的甜蜜；如果害怕失去，就不敢接受你，又怎么体会到失去的苦痛？如果，我害怕失恋，就远离爱情，我又如何能够成长成人？青春与爱情固然美好，但人总是要成长的。青春的阶梯，爱情的悲欣，是成长中最深刻、最丰富、最好的养料。我相信生命的张力，渴望享受成功的欢欣，也做好接受失败的残酷。韶华易老，得失迭递。完整是美，残缺也是美。

当我收到蓝梓发来的微信，我就回复了他信息。我要给他爱的鼓励，我要主动袒露我心事。

我："蓝梓，你曾经读过《摽有梅》吗？"

蓝梓："没有。"

我："为什么不到网上找来读读？"

蓝梓："？？"

我："！！"

蓝梓心想，她要我读这首诗，有什么象征意义？不管它，还到网上下载这首诗读一读。尽管蓝梓心中疑窦丛生，还是按照我的要求，到网上搜寻这首诗歌。蓝梓轻轻念道：

"摽有梅，其实七兮。求我庶士，迨其吉兮。

摽有梅，其实三兮。求我庶士，迨其今兮。

摽有梅，顷筐塈之。求我庶士，迨其谓之。"

诗中的大意：梅子熟了，当摘的时候就该采摘。当女孩年齿少的时候，要求求婚的男子，必须选一个黄道吉日来求婚；快到了婚龄，要求未婚的男子，不要错过今日；过了婚龄，只求求婚的男子，快快开口，也不管什么黄道吉日了。

这首诗不就是暗示自己，在爱情的路上放胆主动去追求吗？蓝梓想，一定是她对自己有了好感、有了期待，否则不会主动的暗示。幸福似乎来得有点快，蓝梓不由得心花怒放，几乎不敢相信自己。一个多月来，两人微信聊天，现场见面，她总是含蓄、有距离地接触，有礼貌地拒绝，就像油锅里的一个鹌鹑蛋，滴溜溜地转。微信里、见面时，蓝梓有意无意拿话挑逗春媚，希望能够探测她情感的风向标，好做出准确的判断。可是，春媚总是含糊其词，欲拒还迎，就像儿时玩抓特务、捉迷藏的游戏，让蓝梓狠狠地体验了一把“女人心，海底针”的情急与苦恼。

今天，终于等到了我如此肯定的答复，蓝梓一个多月来的纠结与不安，终于得到满意的答案，仿佛一切都尘埃落定，水到渠成。世界突然遍地开花，蓝梓全身充满了快乐。

蓝梓高兴的同时，心中似火花般冒出一个念头：春媚其他都好，就是模样儿……

人生不如意十有八九。在这当下，蓝梓来不及细细体味裂痕下所隐含的危机。现在，听到的都是花开的声音和百鸟的和鸣，感受的是爱情的甜蜜。

于是，蓝梓立即回复我：“感谢上天的眷顾，我听到了铁树开花的声音，我要用青铜铸造一座纪念碑，把今天的日子镌刻其上。”

我也回复蓝梓：“大才子，我看不懂你的表述。我可什么都没有答应你，你去朋友圈看看，那就是我给你的回答。”

蓝梓发来一个迷惑的图标。

有文化、有心计的女人，即使谈恋爱也总是花样百出，不知我又要出什么怪题目、新花样？蓝梓如此想着，还是打开微信，浏览朋友圈。

蓝梓打开朋友圈，发现我名下的信息：一个空白的画面。蓝梓又试了一次，还是个空白的画面。蓝梓不敢相信自己的眼睛，又点了几次，还是一片空白。是自己眼花，还是自己没有睡醒，脑袋产生了幻觉？蓝梓不知道我葫芦里卖的是什么药，抑或发错了图样？

蓝梓心想：这小东西，又在作妖了。

这时，我发了一条信息：“请看图说话。”

看图说话，这是小学生作文的游戏。也正是小学生的游戏，要用成人的观点来解读，倒也别致。

一张白纸？

蓝梓想起了他读过的《论语·八佾》中，有一段美文：子夏问曰：“‘巧笑倩兮，美目盼兮，素以为绚兮’。何谓也？”子曰：“绘事后素。”

于是，蓝梓有了借题发挥的空间，他回复我：“古人说，‘绘事后素’。如果我们能一起，就好比拥有了一张全新的画卷。我愿意与你用最纯粹的感情，调出最恰当的颜色，用最灵巧的彩笔，共同擘画属于我们最美好的画卷，去书写最新最美的文字，去画最新最美的图画。谢谢你！春媚，感谢你的慷慨，感谢你的垂青，我要用毕生精力，来爱你、护你、疼你！”

当我收到蓝梓的回复，我是多么欣慰。因为，在我朋友圈里，收到其他朋友、同事的回复，有人说：这是一张 A4 纸，有人说：什么也没有。只有，蓝梓答案是那么完美，可见，我们之间早已心有灵犀。

我给了蓝梓一个大大的点赞，并回复道：“立意深远，内涵深刻，情真意切，可叹可感！满分，附加 10 分。”

我没有想蓝梓这么坏！刚刚获得我的求爱表达，立马变坏，开始拿我打趣，他在微信上写道：“要胆子再大一点，步子再快一点。一万年太久，只争朝夕！”

我立即回了蓝梓：“有文化真可怕。看到手，想到臂；看到脚，就想到大腿。真讨厌。”

可是，我的内心却在欢笑，我的肉体在颤抖，我被爱情淹没了，每个细胞都充满蜜的味道。

我发给蓝梓两首歌：一首是彭佳慧的《相见恨晚》，另一首是郑秀文的《终身美丽》。

这两首歌，最能表达我此时此刻心情，我与蓝梓真有一点相见恨晚的感觉，我也希望我与蓝梓之间的爱情终身美丽，直到永远，永远！我更希望蓝梓能够懂我，惜我。也许，男女之间爱情最高境界，就是懂得彼此的心灵，也懂得彼此的肉体！

此刻，手机那一头，蓝梓在做什么呢？他是在聆听彭佳慧的《相见恨晚》，还是郑秀文的《终身美丽》？

你有一张好陌生的脸 到今天才看见

有点心酸在我们之间　如此短暂的情缘
看着天空不让泪流下　不说一句埋怨
只是心中的感慨万千　当作前世来生相欠
你说是我们相见恨晚　我说为爱你不够勇敢
我不奢求永远　永远太遥远
却陷在爱的深渊
你说是我们相见恨晚　我说为爱你不够勇敢
在爱与不爱间　来回千万遍
哪怕已伤痕累累　我也不管

是啊，男女情爱之间，“在爱与不爱间，来回千万遍”，一切都可见而一切又难以捉摸，一切都近在咫尺而又不可触及，它是如此神秘与飘忽，如黑夜里一点香火，也会灼伤我的眼睛。

只有狂热的爱才是最美最美的爱情。真心爱过，即使不能永远，也无须埋怨，只当作前世来生相欠。这是怎样的一种洒脱、怎样的达观？我喜欢彭佳慧的《相见恨晚》，因为，这首歌告诉我一个真相：爱，就是一个诡异的变数，如同大海潮汐，有涨有落，有诞生也有死亡。千百次牵手，千百次放手如果要执意追求永恒，除非愿意让自己遍体鳞伤。

彭佳慧一曲关于爱的歌谣，坦露人间男女之爱最残酷的现实，是爱情名义下沧桑后的哀吟。对我而言，却是一种鼓励、一种尝试、一种安慰、一种释然。既然人间的爱是那样不可捉摸，摇摆不定，爱与不爱都是一种宿命，挑战更是人的本分。

我能做到《相见恨晚》里描述的境界吗？我想，我能做到。爱与不爱，都是彼此的权利。只求真实，即使真实是爱人手里递出的一把锐利的刀子，刺向我那颗滚烫的心，那也只是短暂的伤害。如果用伪饰来欺骗我，让我在虚幻的云端里过活，这比递刀子更加邪恶，对我的心灵将造成更长久的伤害。

可是，在两性的关系中，人们总是歌颂“美”“善”，却把“真”放到一边，不肯提及。因为那是人本能的最真实需要。无论男女，谁不爱美，谁不爱善？人的欲念又岂止是“美”“善”能囊括的？追求时疯狂，占有时也疯狂。不管已有、现有、未有，全不放松。感受时，幸福；感受完了，无上灾殃。事前，巴望着欢乐；事后，感觉是一场虚空。这是谁在向人们发出警示？

它说得如此真实，击中了人类最大的虚伪。

因为意识，有自鉴之明，不可欺，谓之本心。神明不曾物化，固为本体。出于本心本体，这才是两性之间最难以启齿的“真实”。

蓝梓很快回复我：“郑秀文的一句‘爱有千斤重’，已经令我唏嘘不已。相爱是一种责任、一种信任、一种坚守。尾生抱柱，姜女化石，留给后人的，是一个凄美、不朽、寂寞的永恒。我从歌词中‘莫非多一分秀丽，才值得分享我的一切，给我自信，给我地位，这叫幸福，不怕流逝，任她们多漂亮，未及你矜贵’，读出你对自己容貌的不自信，我不知自己猜测得对不对，会不会伤害你敏感的心灵。”

何为美？

蓝梓继续说：“历代贤圣对女性的美都有理性的标准，并不是仅仅以貌取人。我只想告诉你：女性的美丽是相对的，我以为：女性的美丽，一半是贤贞，一半是温柔。谚语道：‘巧妻常为拙夫忙’‘妻贤夫祸少’，娶妻关键在聚贤。‘窈窕淑女，君子好逑。’美心为‘窈’，美状为‘窕’。古代君子在追求女孩时，对女子提出了一个标准：美丽、善良、沉静而贤淑。这样女孩才能成为君子的好帮手，才能与君子匹配。君子追求的女子，不仅仅是追求美丽，更重要的是追求女孩内在美好的品德。可见，在择妻的标准上，古人已经给好女孩下了一个标准的定义。今天的男人们，反而只是追求目美，而不追求德美，结果就可想而知了。”

看了蓝梓的文字，我产生了深深的自卑，原来蓝梓对另一半的标准，认知如此的高深。他当然清楚，他需要一个什么样的伴侣。以我个人的条件，对比“窈窕淑女”的美心、美状的标准，我缺少了一半。当然，蓝梓的条件，也不完美，否则，他不会拖到现在还未婚。他在广州没房没车、没有稳定的工作，这都是他的不足。我们的结合，只会让新组合的家庭存在着更多的缺陷与不足。谁不希望自己有一个完美的婚姻？谁想让自己今生婚姻留下这么大的遗憾？我们在一起是否明智？于是，我想了想回复蓝梓：“怪我一时冲动，就贸然提出更深层次的交往。我觉得，还容我想想。”

我很快就收到蓝梓的回复：“你后悔了？”

我回复道：“我不后悔，只是我不够漂亮，配不上你这个大帅哥。你别后悔。”

蓝梓自嘲回复：“鱼对鱼，虾对虾，乌龟对王八。我清楚自己的斤两，我只是一个居无定所、无业游民，仰仗你的垂青，才让我找到爱的归宿。可是，你现在后悔了！”

我回复道：“我不是后悔，而是害怕！”

蓝梓回复：“你害怕什么？”

我老老实实地回复：“我害怕你将来嫌弃我。”

蓝梓回复：“我们才刚迈出第一步，你就能预测我们的未来？”

我回复：“你对另一半的认知那么高，思想决定行动。我怕你将来后悔。”

蓝梓回复中辩解：“我只是告诉对‘美’的认识，不可单一，‘美’是多方面的。我也不是一个只注重外表的人，我更注重内在的美。我希望，我的女朋友能够骄傲自信地生活。”

我当然能够体会到蓝梓当时的心境，他是想安慰我，才发出那么多的宏论。关于男女之间相处，有人说：交往时，需要睁大眼睛，结合后，却要睁一只眼闭一只眼，夫妻之间才能长久，真是至理名言。

于是，我回复他：“容我想想。”

（十六）今生与你有个约定

第二天早上，我醒来，躺在床上，习惯性地打开了微信，就收到蓝梓的微信：

今生与你有个约定

今生与你有个约定，这是我一生的企盼，这是我一生的追求和梦想。

一个异常的声音在说：从来没有永久的誓言，我不相信：当青丝熬成了白发，当双眼的清波变成浊潭，当双耳失去了往昔的聪敏，当风尘洗尽脸上的红晕，当岁月在脸上雕琢道道年轮，当安逸降服了往昔的雄心，当现实消磨了生活的浪漫的色彩，当距离阻隔了彼此的视听，当天灾人祸摧残一方的健康……

亲爱的人儿啊，快别说了：生活没有永久的誓言，但有永生的追求。只要血还是热的，就有激情澎湃的浪花；只要心还在跳动，就会鼓动生命的共鸣；距离可以隔断彼此的视听，那为思念长出长长的华廊；当青丝已成白发，冬日的藤椅上可以追索过去的艳阳；双眼已经失去了清波，花不再美，色不再艳，你在我心中更是烂漫向往；当双耳失聪，在沉默的世界里，往昔滚烫的话语，是一张张精美的书签；当彼此都不再健康，你的双手更有力量……

女人用莳花的心侍弄生活，男人用诗心来写意生活。彼此的手相握，心相随，就没有比人更高的山，比腿更长的路。

今生与你有个约定，那是小溪对江海的向往，那是白云与大山缠绵，那是野马对草原的眷念，小鸟对绿荫的垂想。今夜已是星光灿烂，明天更是飞霞满天。

今生与你有个约定，那是我一生的企望。

春媚，我爱你！

显然，这是蓝梓昨晚熬夜的产物。读着蓝梓炙热的文字，体味到蓝梓奔放的热情，我深深感动了。我的眼泪唰唰地流了下来。我原以为自己年龄大了，不再感动，看来自己错了，只要有爱，就会感动。

我泪眼婆娑地给蓝梓回信：“心相印，永相随！谢谢！我也爱你。”

我不知道蓝梓此刻情况，是窃喜，还是像我一样热泪滚滚。

蓝梓很快回复：“平生谢此情，不负美人恩。”

（十七）生死相随

我是多么快乐！在这样的早晨，当阳光撕裂了黑幕，光明融化了晨雾，小鸟在窗台上歌唱，城市也随着太阳苏醒，万类相悦。

我的灵魂，薄如蝉翼，随着阳光一同飞升。我要用双倍欢欣来迎接你，这样美好的早晨；我要用双倍华词来赞美你，这样充满爱的早晨；我要用双倍流水韵来歌唱你，这样纯洁无瑕的早晨。

我不曾想到，蓝梓这个长期和粗糙的石头做伴的男人，是什么力量唤起了他心中的柔情，让他那双握惯铁锤、工程测量仪的有力的大手，在小小手机屏上作诗。我在这短短的诗中，听到了他铿锵的脚步、豪迈的笑声、沉重的呼吸，我看到了他伟岸的身躯、宽广的胸膛，粗犷有力的双臂。我感觉有一股力量，把我搂在他怀里，我小鸟依人般地依偎在他的身上。

过去，我喜欢独自享受这早晨的宁静。今天，我却呼唤生命的喧嚣。如果我不能拥有你，你怎样了解爱情的满足？

快快来吧！我的爱人。我要用我纤细的手去牵引你有力的大手，去探索我那高山一样膏腴的双乳，我要引导你的双手去抚慰我平原一样的小腹，我要化作一匹红色的牝马，伏着你飞向天空，奔向太阳……

我愿意淹没在爱的洪流中，生死相随。

于是，我给蓝梓发去《泰坦尼克号》的主题曲《My Heart Will Go On》。

并回复他：“If you die，I die！”

蓝梓回我：“You jump，I jump！”

（十八）成为诗人

《长相思》：“见时羞，别时愁，百转千回不自由，教人怎罢休。懒梳头，怕凝眸。明月光中上小楼，思君枫叶秋。”

今天，是五月十三日！

今天，是我答应与蓝梓长好的日子。

如果自己拥有另一个春天，我的这个春天从今天开始。这个日子，是我生命中的立春之日，它宣告另一个春天的来临。

如果过去，我的世界是深冷的冬天，那么，现在你把春风吹进了我冰封的世界。你用你那颗挚爱的心，温暖了我的世界。你的爱，如一股春风，破却我生命的坚冰。我是多么幸运，又是多么幸福，因为有你、有爱。

蓝梓如一个诗兴勃发的诗人，心情欢畅，神采飞扬，感觉到天也高远，阳光也灿烂，空气也明净了，生命之花在怒放，青春的活力又回到了身上。一颗躁动的心，如一股暗流，在跃跃欲动，蓝梓想要放歌，他要向这曾经有点冷的世界宣布，他与我相爱了！

蓝梓一口气写了四首诗，发给我：

题目是：感春媚盛情而作

今天，春媚答应做我女友，感其恩义，大喜而作

（之一）

羞道当时衰境衰，不过白驹一挥鞭。

为报红颜恩义重，此生为君谱诗篇。

（之二）

白凤似年今已度，春风破寒老树发。

人生衰极庆云起，素后喜绘并蒂花。

（之三）

五岳平地起峥嵘，大江浩荡生涛声。

莫道山小清溪浅，同是造化一根生。

（之四）

妹妹爱我口莫夸，我离高才八尺八。

如今得妹瀚墨助，即是老树亦开花。

收到蓝梓的诗歌，我欣喜不已，我的心在歌舞。虽然，蓝梓的诗歌，还很稚嫩，但，对于一个工科出身，又长年在工地奔波的人而言，已让我刮目相看。要真正成为诗人，需要许多技巧和体悟。作诗难，难在无旧句、无旧词、无旧意，难在别有抒思。尽管，蓝梓的诗有许多描摹的痕迹，但至少，他在作诗，有诗情，有诗心。

多年来，自己的感情总是不谐。我自小就有点内向，也有一些自卑，也有点宅，以为自己的心，当如一口古井，再也难起波涛。可是，蓝梓放下了他的辘轳，在我古井不波的心灵，搅起了浪花。

在与蓝梓微信交流中，我感到了一个男人的责任、担当。他的才华，他的能力，他的勤奋深深地感染了我。多年来，他与我一样，诸多不顺，但面对诸多不如意时，蓝梓所表现出来的坚韧与热情，让我怜他、惜他。这不就是自己一直希望追求的男人吗？这不就是自己一直渴望拥有的感情天地吗？我饱含热泪念着心爱的人为自己写的诗，赞叹蓝梓的才情。

于是，我回信：“人家说，失恋的女人都成大作家，男人是不是相反呢？”

蓝梓回复：“不，是你给了我灵感和诗情，是时间与经历给了我智慧，是爱擦亮了我的眼睛，我只是一个到处寻觅诗的儿童，偶尔在生活角落里，捡到一行诗句。”

我不得不佩服蓝梓的才华，我回复：“艺术是个儿童，心地纯洁，现实的观照。”

蓝梓回复：“我也支持此论。诗歌的艺术，就是情绪的宣泄。它是原始初民口中粗野、旷缈的呼号，是击掌、跺脚、击鼓、击打竹竿的节奏，是痛苦与快乐的呻吟，是发自身体本能的尖叫，是灵与肉的颤抖与舒坦，是生命的张力和活力，是夜晚篝火飞腾的火焰，是山脉起伏的波浪，是大海一样深厚的沉静，是大地的轰鸣，是天空星云的燃烧，是星云背后无限的蔚蓝。”

我回复：“是一叶的春秋，是一花的微笑，是一沙的世界，是一束浪花的身影，是一滴水的折射，是一道电闪的迅驰，是一声雷的滚动，是一对中子的对撞，是一颗心对一颗心强烈的对撞与挣扎。”

诗歌究竟是什么？无数的疑问，最终都得不到回答。

蓝梓取其宏大，我作趣，取其微小。

蓝梓回复：“诗歌是激情与理性的激荡。”

我回复：“诗歌是水与火的融合。”

蓝梓回复：“诗歌是生活。”

我回复：“生活是诗歌。”我发一个掩面而笑的图标。

蓝梓回复：“作诗本来是件容易的事。”

我回复：“容易的事，人们常常疏忽。”

蓝梓回复：“于是，人们定韵定格，把它变成了难事。”

我回复：“因此，歌谣成了诗人的桂冠。”

蓝梓回复：“艺术的复杂化过程，也是向贵族化、脱离大众化的道路迅驰。”

我回复：“艺术的‘高雅’，带来艺术的孤独，曲高而和寡，也最终成为琥珀和石化的‘化石’。”

蓝梓回复：“我的心情沉重，背着镢头，去挖掘诗的残骸。”

我回复:“我用纤细的手,小心地把它陈列在博物馆的神笼里,让人凭吊。”

突然一个怜悯的声音响起：真是一对痴呆的儿女。走出来，走进自然。禾虫的嘤鸣、鸟儿的飞翔、流水的轰响，风行走在星系，它们不是一支亘远的歌吗？

（十九）鸿鹄楼

周四的晚上，我收到蓝梓的信息："明天，我请你一起吃晚餐，好吗？"

我："好啊！有人请饭吃，多好的事。哪里？"

蓝梓："鹿鸣酒家。"

我："鹿鸣酒家？"

鹿鸣酒家，位于白云山下、麓湖边上的一家园林式水上酒家，背山面水，极具岭南特色。只是离市中心有点远。何况周五下班，广州总是大塞车，我怕时间太晚。蓝梓似乎听出我的言外之意。

蓝梓："策杖莫辞山路远，试穿林麓探梅花。"

我："那里无梅可探。"

蓝梓："岭上多白云，与君共怡悦。"

我能说什么呢？自从前天，我与蓝梓戳破了那层窗户纸后，在我的心里，蓝梓已经成了我的正式情侣。情侣比男朋友之间的关系，应该又走近了一步。现在，我也没有什么可以矫情的了，大有一种托付终身的味道。既然，蓝梓发出邀请，我也闲着无聊，不若随君起舞。

我："好的，算你有心。没有'瑶台十二层'，倒有一座鸿鹄楼。饭后，我们可以到鸿鹄楼看看白云了。"

蓝梓："知我者，春媚也。"

这是我与蓝梓正式确定情侣关系后的第一次约会，我不能随随便便。

周五早上，我早早起来，洗漱后，就开始认真打扮。我打开自己的衣柜，衣柜里满满一柜衣服，可是，我挑选哪一套呢？我有点犯难。过去，我对穿着没有什么研究，只要穿着干净、整洁、舒适就好。因此，衣柜里运动服和卫衣较多。现在，我不能不考虑，穿什么衣服才能突出女性的宁静、知性、优雅与温柔。"人靠衣装马靠鞍"，我也希望通过衣饰，来掩饰我平庸的容貌，展现最好的自己。当蓝梓看到我时，即使不被我绽放的光彩触动心灵，但至少不感到厌烦。

我不是一个自信的人，难以抗拒外境的影响。我多么佩服芃兰，她是一个有强烈个性的人。

我先是试穿一件浅灰色衬衣，搭一条浅白色西裤，一双平底无色的凉鞋，对镜打量，太正规了。晚上穿凉鞋，蚊虫较多，诸多不便。我又试一套浅蓝色的运动服，这样的色彩虽然适合夏季，但不能突出女性知性的气质。我又试了几套衣服，都不能让我满意。后来，我挑出一件彤色连衣裙，配上一件白色开衫，脚上穿一双白色的运动鞋，整个衣饰，传达出喜庆、简洁的意味，我才稍觉心安。

生活，哪怕如穿衣这样的小事，也要懂得专注，懂得放手。我是该好好整理一下我的衣柜了，该要的，不该要的，都要清理、整顿，让我的衣柜带有我个人的光辉。那样，在穿衣时，才不会如此纠结，如此难以取舍。

常言道：女为悦己者容，我也不能免俗。过去的自己，只要穿上一件普通 T 恤，配上一件牛仔裤，就 OK 了。现在，我却搜肠刮肚，在衣饰方面大费周章。

我是不是太在意蓝梓的看法了，这样惯他，将来因为迁就，增加自己的烦难？

还是同科室的汪大姐说得好：年轻，打扮得漂漂亮亮，让自己开开心心，不是也很好吗？

何况，我与蓝梓，还处于恋爱的初级阶段。爱意，只是酒曲，时间才是加工者。最终，我们收获的是甜酒还是酸醋，离不开男女的情感温度。我还需要为我们的爱情加温，着意打扮，衣着入时，让自己变得与众不同，增加自己的吸引力，让我们感情升温，再正常不过。

我并不是想通过打扮，为了成为某人，我只是追求自己心中的那个情侣的模样。是谁，我说不上，但一定有别人的影子，要活出自我来，需要经历多少回千锤百炼？今天不过关，又妄谈什么将来？

人人憧憬明天，却放弃了今天，今天比明天更重要、更真实，我要牢牢把握现在。时间是流动的河，带走静止的一切，只有与时间一起流动，才能与时间抗衡。我有什么理由一成不变呢？

饥则食，渴则饮，倦则息，情动而歌，欲来求偶，一切都出自自然。

我今年都三十一岁了，应该拥有自己的爱情、婚姻。我坐在镜子前，认真地梳理头发。我有一头柔软细密的头发，电烫后剪成偏分波浪式的短发。理发师说这样容易打理，又让柔软的头发看起来蓬松，不至软塌。

我皮肤不好，广东的天气、乡下的生活、长年缺乏护理，麦色成了底色，毛孔又大，皮肤严重缺水。唉！我到了该重视肌肤保养的年龄了。于是，我先在脸上抹了一层的轻乳霜，说明书称：轻乳霜补水效果好，保湿功能强，还有修护毛孔和抗衰的效果。我抹了轻乳霜后，又细细地打上一层粉底，化了淡妆。脖子上佩戴一条 K 金项链。出门时，手里拎了一个棕红色的包。对于这一身装扮，我还是不能让自己满足，心中有些许遗憾。

可是，家里就备了这些衣饰和化妆品。现在，只能因陋就简。再说，关于衣着打扮、化妆的时尚知识，我平时用不上，也未上心，相关的知识实在贫乏。想让自己提升品位，是一件劳心劳力的事情，我必须花时间来学习衣着打扮、化妆、美发等时尚知识。不完全是为了风花雪月，也不是为追求时尚或刻意成为某人，只是为给自己单调、平凡的日常生活增添些颜色，让自己活得从容、自信、洒脱、个性一点。

我的思想还是过分保守，顾忌太多：过去，是条件不允许；前期，想着打扮给谁看；现在，有了欣赏自己的人，却因为以前这方面投入不多，捉襟见肘，自陷困境。

女为悦己者容，这是女性愿意做却不愿意说的话题。

回到办公室，汪大姐惊叹道：“今天，我们的春媚打扮得这么漂亮，是不是去约会啊？”

我感觉自己的脸在发烧，矢口否认：“汪大姐，还没有呢。”

汪大姐说：“春媚，三十一岁了，也要考虑了。”

汪大姐真会做人，她从来不强人所难，执意打听别人的隐私。她性格温和，说话时，总是眼笑眉舒，轻言细语，总是顺着别人的话题，说一些体己和关心的话，让别人感受到她的关心与真诚，真是个慈祥贴心的大姐。

有时，我感叹自己的相貌丑陋。汪大姐总是安慰我：“漂亮，不能代替魅力。你还年轻，不知道男人们的心思，在男人的眼里，漂亮抵不过女人的风骚。”说罢，汪大姐就哈哈大笑起来。

我睁大眼睛，看着汪大姐说：“汪大姐，这，你也知道？”

汪大姐还在咯咯地笑：“嗨！这样的事看多了。”

我知道，汪大姐有一个幸福、美满的家庭。汪大姐是广州人，今年快五十岁了，一生顺遂。到了工作的年龄，招工进了我们局。到了结婚的年龄，遇上了她的先生。她的先生也在我们单位，比她小三岁，过去什么事都依她。现在，她先生的职务升到了处级，还是像过去一样依恋她。男女之间，得有多么大的吸引力，才能这样过一生，才能保持感情如新？

我与汪大姐打趣：“汪大姐，我好羡慕你啊！符处长是那么爱你！”

汪大姐却推己及人：“春媚，我们老了。你还年轻，机会大把，你一定会找到自己的如意郎君的！”我知道，这是汪大姐的客套话，即使是客套话，听起来也总是顺耳顺心，让人舒服。

我向汪大姐请教夫妻之间相处之道。汪大姐不以为然：“春媚，哪有什么道呢？只是双方多站在对方角度考虑问题，多多包涵对方的错误，匡正彼此的过失。”

汪大姐跟我说起他们之间相处的一个小故事：“我们结婚后，因为我的年龄比他大，处处让着他。起初，我们外出，一起坐公交，如果只有一个座位，我先生总是大刀金马地坐在座位上，我站在旁边。有一次，我实在憋不住了，回到家里开着玩笑对我先生说：‘我一个女人坐公交站着，你一个大老爷们却坐着，不怕别人笑话？’从那以后，我与我的先生一起出去，他总是把座位让给我，他就站在旁边。我的先生在乡下长大，城里的有些规矩，他不懂，你得教他。”

这一天，上班时间真是漫长，我心里总是闪现蓝梓的影子，无法专注工作。爱，是使人热情的魔法；爱，也是使人产生魔怔的根源。我这一天的行止一定异乎平时，无端地笑，无端地愁，让我言行与平常判若两人。汪大姐看在眼里，却什么也没有说。

好不容易挨到下班，我才舒了一口气，恢复了常态。

公交来了，我费了吃奶的劲才挤上了公交车。车在街上如蚂蚁一样爬行。我在车上昏昏欲睡，车上空调嗞嗞地响，汗味、屁味、烟味……扑鼻而来。探梅花、看白云，这样闲适的生活，还得经过一番人间的艰苦战斗。

当我到达麓湖路站时，已经过了六点半。下了车，蓝梓早在车站迎候。蓝梓今天的兴致很高，红光满面，带着周边的绿树、花篱、绿地、绿水，笑吟吟地迎过来。我重重地吐出一口浊气，呼吸着霞光荏染、依然温热的空气，用手指提了提后背汗湿贴身的裙衫，一头扎进变幻的暮色，如一缕颤抖的风在树梢上停留。

蓝梓双眼散发出灼人的光芒，上下打量我，看得我怪不好意思。蓝梓见我穿着彤色的裙子，开始调笑我：“静女其娈，贻我彤管。彤管有炜，说怿女美。”（译成现代文的意思：温柔静雅的姑娘，送我彤管好式样，彤管颜色红艳艳，我真喜欢你的漂亮。）

我投其所好，与他互戏：“北风其凉，雨雪其雱。惠而好我，携手同行。”

（译成现代文的意思：北风吹来冷飕飕，大雪纷纷落了很久，承你把我当成好朋友，拉着手儿一道走。）

我得意地瞥了蓝梓，低头莞尔。我既明了心志，又回了他的题考。在古代，各国接待宾客时，必赋诗以见志，引诵《诗经》的诗句，是必不可少的功课。不想隔了几千年以后，站在湖山之间，还有一对痴人，在这里大倒酸水。岂不觉得迂腐好笑吗？

蓝梓不由分说，抓起我的手，我本能地想挣脱。可是，我心中又有几分期待。心里向往着游湖的那对黑天鹅，同伴同行同游同戏。因此，稍作挣扎就依了他。蓝梓贼贼地笑道："这是你自己说的，'惠而好我，携手同行'，我晚上请你吃饭，算是小惠。所以，我们要携手同行。"

我啐了他一口："狡童！"心里却快活。谁不希望得到自己心爱的人赞赏？女人不怕心上人调侃，就是怕他不够风雅，平淡无趣。蓝梓反应不是一般的快，打蛇随棍上本领也不是一般的强。刚才，车上郁闷之气一扫而空。

到鹿鸣酒家还有些距离，我们沿着湖岸缓步而行。飞霞满天，阳光融金，层层树木，如铜绿一样美丽。

有飞鸟三三两两掠过湖面，背负晶莹的光辉，带着白昼的飞翼，投入深林，要收敛起翅膀，与群山同栖。白天也欲敛翮回归，准备栖息在金色的巢窠里。

黄昏了，飞鸟投入自己的巢窠。飞鸟只要有伴，就有家。我也有临时的家，却没有伴侣，不肯回家。飞鸟在黄昏到来时，可以回家，而我在黄昏时，却逃离暂栖地，出来夜游，寻找我生命的伴侣。

菜，少而精，一例鹿肉片，一例百合炒虾球，一例白斩鸡，一例石斛鸽子汤，一例青菜，半打蛋挞，足够两人享用。

我们选择了一个临湖靠窗的桌子坐下，微风渐次吹来夜色，黄昏的余晖在钢蓝色的湖面琴瑟退却，灯光越发光明，悄悄逼退湖面黄昏的残余，在湖面开辟了一条光明的道路，与对岸树隙漏下的灯光相连。

我们边吃边聊，喁喁哝哝，谈论的都是一些轻松的话题。

蓝梓劝我多吃，我却以自己太胖为由，诸多保留。

蓝梓问我："你多重？"

我答："九十六斤，比去年重了两斤。"

蓝梓问："你多高？"

我答："一米五八。"

蓝梓问："人的正常体重，男的是身高多少厘米减 102；女的是身高多少厘米减 105。按照这个公式：你的体重为四十八公斤。你还有很大的发展空间。"

说罢，蓝梓热情地搛了一筷子鹿肉到我的碗。蓝梓还给我讲发生在公社时期的故事：

在公社时期，公社的领导按时政要求，要经常下到乡村指导工作。计划经济时代，乡下的商品经济几近为零，乡镇基本没有饭店，公社领导下乡，一般安排在农户家里用餐。那时，乡下人的生活艰苦，只有逢二五八或三六九赶墟的日子，镇里才有肉卖，还要凭票。买来的肉，好客的农民自己舍不得吃，于是做成腊肉，用来招待客人或公家派饭的不速之客。这一天，公社的书记被轮派到某农户家。农户为了省柴火，把腊肉用一个大碗盛着，放在煮潲的锅里蒸，这样腊肉难免熏染了潲水的味道。当公社书记来到农户家，准备吃饭时，热情的农户把大碗腊肉端到饭桌上。公社书记经常下乡，自然识得猪潲的气味。公社书记皱了皱眉头，却不以意，还自嘲道："腊肉，是好东西。这样好的东西，有吃不吃，那就是个猪。"

我听了蓝梓讲的故事，最后的结局突然反转，中国人苦中寻乐的幽默感，让我忍俊不禁，开怀大笑。

就在我大笑之际，蓝梓又给我舀了一匙百合炒虾球，还调侃道："有吃不吃，那就是个猪啊。"

我嗔他的怪诞，说："你才是个猪。"说罢，我掩嘴而笑。我的心在跳舞，我的欢欣胜于过节，眼里满是快乐的火焰。

饭后，我与蓝梓沿着湖边走在通向鸿鹄楼的道路，并肩而行。路灯发出黄浊的光晕，风过树梢，小叶榕、大叶榕、串钱柳、水石榕、杧果树等窸窣地抖动，灯光化作透明蝉翼，在树叶上飞翔。

湖边的草丛里，蛙声一片，与灯光、湖水的鱼腥气、柠檬桉浓烈的芳香，浮在空中，连成一片。我们如一对夜游，巡行在光明与黑暗、宁静与躁动之间。

入聚芳园，进植宜园，登鸿鹄山。我与蓝梓手挽着手，穿过黑色的林莽，拾级而上。越往山上走，天阙越开阔，红云浊雾，夹着温热的气息慢慢注入山谷和高楼砌成的渠池中。幽凉从遥远的星空如流水一样倾泻下来，最先把我们浸润，把高处的云团洗白，远天漂净成清新、宁静的浅蓝。我的肌体如同吮吸了甘露的树枝，向四周舒展。心神，也如湖水的波圈向四周荡漾。我的灵魂，仿佛要突破肉体的束缚，插上翅膀，要作一次飞翔，飞向苍茫的天穹，飞向遥远的天河，飞向宇宙的无极。

蓝梓握住我的手，很紧，把我的心灵拉回肉体。我听到彼此的呼吸、蟋蟀的和鸣、夜鸟的鼓翮和青草拔节的声音；还能感觉到高速列车风驰电掣的过后大地的震动，江上轮船汽笛的波动。

蓝梓温柔地问：“怕黑吗？”

我回答：“原来是怕的。”

蓝梓把我的手拽得更紧，一股能量转化成一束光，射入我的心灵，点燃我眼里光明的火焰，驱散心中的黑暗。

山上的路灯间隔得很远，灯光如豆，在无边的夜里摇摇欲睡。我却心旌摇曳，如踩在钢琴黑白的琴键上，短音如非洲原始部落的鼓舞一样激越，长音如奥地利圆舞曲一样舒展圆转。

我们摸黑爬鸿鹄楼，楼梯很窄。我们一前一后，踩着彼此的脚步向上攀登。每登一层，我们就围绕楼的观景回廊绕一圈，欣赏广州光明的夜景，俯仰天地的广阔。这过程真奇妙，我们沿楼梯向上攀爬时，因为楼道的黑暗与紧窄，我的心也紧缩着，大气不敢喘。当我们爬上一层楼，来到观景回廊时，光明从四周奔涌而来，先是一角，后是八方汇集，心也为之敞亮。我不由自主长长地舒了一口气：又爬上了一层，心境随着天地而舒旷。楼共分五层，我们就在明与暗、广与窄、紧与松的切换中穿越时空，仿佛踏着指挥千军万马、铿锵的鼓点，精神振奋地登上了鸿鹄楼的最高一层。

我们终于可以歇息。我们紧挨着，趴在回廊的栏杆上。“山径无人接荒草，楼空明月似待人”。鸿鹄楼，我与蓝梓来了。

我和蓝梓朝那灯火吐耀处识辨，指指点点，这一方是麓湖、广东电视台、中信大厦、东塔、西塔、小蛮腰、天河城，那一边是火车站、芳草园、白马广场；这一边是越秀山、荔湾湖、白鹅潭、广钢、芳村，那一方高尔夫俱乐部、白云山的群山、花都。

远远近近、高高低低，无数的点点灯火，在城市的上空会合成云霓，统一的光明与广大的黑夜争竞。天与地，光明与黑暗、城市与乡村，相互交错、相互容含；天风浩荡、星河流畅、琴瑟和谐，月亮如一艘银舰，在天海巡航；草树的芳香、明月的清辉、林涛的声浪，相互应和，犹如一双情人的手，在温柔地抚摸着我的臂膀；脚下的沉暗处，星湖灿烂、波光粼粼，摇动着山谷里的黑暗；灯下的绿、树丛里的黑、城中的霓、云的白、天的青，夜里也如白天一样，色彩斑斓。我像一朵云，在漫游，在飘荡。

我与蓝梓都陷入沉默，呼吸声相闻。广大的空、无边的静、近处的黑，我看到蓝梓眼中有火。我的心在狂跳，我仿佛在期待着什么。

我突然觉察到蓝梓的手臂，如蛇一样搂过我腰肢，把我粗暴缠紧，拉向他的胸口。我的上身本能向后躲闪，蓝梓口里呼出的热气喷在我的脸上，酥酥麻麻。蓝梓伸过嘴唇，轻吻了我嘴唇，我感到彼此嘴唇的柔软，我浑身战栗。

蓝梓意犹未尽，他转过身，背靠栏杆，腾出另一只手搂着我的肩膀，把我搂得更紧。我再无法后躲，我们的嘴唇贴得更紧，我们的牙齿相碰，我们的嘴唇不再冰冷，而是一团火，把我们点燃了。我为什么要躲，情侣接吻不是再正常不过的行为吗？爱有什么错，我们为什么把它看作下流，做得偷偷摸摸？

我心泛起泪光，有些酸楚。多年来，我一直梦幻着这样的拥抱，这样热烈的吻。可是，我等到三十一多岁，它才迟迟来到。好酒不怕晚，是解嘲，还是无奈。我已经无法思想。

龙涎香、麝香、安息香、乳香如激昂的歌在我们的唇齿间流动，坚硬的如石头，柔软的如婴儿的肌肤，在我们唇齿间摩擦、在耳鼓里喧闹。

光明与黑暗在融合，草树云星在奔腾，安静与内心的鼓噪在冲突，心跳时的热和肌体战栗时的冷在交集，我的心轻如羽毛，从躯体逃逸，随风飞升，去追逐天边的云。白云凝固似石，安静的、巨大的孤独挂在天空。我孤独了、我害怕了、我快乐了、我痛苦了、我赞美了、我诅咒了，我要紧紧抓住，那股来自人间传来纠缠的力量、热量和气浪，那唇齿之间、手臂之间、身体之间都是空洞，我要用我的真实去填充，去弥补。

我狂喜地发现了对方，同病相怜，惺惺相惜，息息相通。心再柔软，也会擦出火，擦出坚硬。至空而大有，至寂而大生。我要勇于面对自己、面对命运，给彼此等待过后最好的答案。那是一种信仰，是破茧重生，携手共生，生死相随。结局固然重要，而生的本质，是时间的积木，形状如乳房，在蓝梓的手里，不断变幻着形状。

我害怕睁开眼睛，害怕这种感觉，随着强健的臂力、身体柔软的潮润、嘴唇传来的微微喘息消失而消失。这是人间最天真的童话，最原始的歌谣，我的心灵漂泊了这么多年，现在找到重构心灵家园的力量。

我迷恋这里的山、水、草、树、楼台、芳香、光、热与凉，我迷恋因激吻而颤抖的感觉。有你在，大自然是自己最舒适的家。夜的黑，唤起的不再是阴郁的感觉，而是星空的美丽，白云的遐思，黑幕的静谧，从天上倾泻而下的清爽，还有灵魂的自由，远离了文明灯火，回归原始的莽原，体会生命原动力：爱欲的冲动，身体的图腾。

我的吻，我的鸿鹄楼，我的夜，我的图腾。

（二十）芄兰在李氏庄园

我们总认为，自己是沧海一粟、微不足道的人物，哪怕一点小小风波，就令我们载沉载浮，动荡不安。我们总是看轻自己，否定自己，甚至不敢做自己的主人。法国的哲学家拉波哀西曾指出：人类的可悲在于，自愿奴役。

我好佩服芄兰，她懂得自己需要什么样的生活，即使是百二城关，八百孤寒，也始终如一保持自己人生目标，不受外物的影响，保持自己的真性情。

在我与芄兰共处的短短九个多月的日子，我们免不了谈及个人私生活和以往的经历，实证了她的真性情。

我曾经对芄兰说："芄兰，如果我是一个男人，我一定追你。"

芄兰问："为什么？"

我说："因为你漂亮、真诚、有个性。"

芄兰说："就这些？三者之中，你最爱哪一个？"

我坦率地说："太多了，说出来怕你骄傲。三者之中，漂亮最可爱！让我赏心悦目，我会因此长寿。"

芄兰撇了撇嘴："俗！不过算你坦诚。漂亮是上天和父母赋予的，而个性是后天生活培养的。如果我是一个男人，我就会喜欢你的才华，那是你自己通过努力得到的，深植在你的血肉里。”

我说：“你就是漂亮嘛。”

芄兰苦恼地说：“我的漂亮，已经掩盖了我后天的努力应得的荣耀。浅而言之，我好歹也是北大毕业生。北大的生活，是我本人努力追求的结果，它不是别人给的。何况，漂亮是一枚银币，时间会在它的表面留下黑色的锈迹，而通过后天努力得到的学识、智慧、品格、个性，才是一枚金币，不会因为时间推移变得暗淡无光。相反，它们受时间的打磨，更加熠熠生辉。美貌、名誉，是树上鲜艳的红苹果，过了保质期，就会腐烂。而个人的德行和个性，如同海底的红珊瑚，虽然成长缓慢，即使研成齑粉，也不会褪色。美人迟暮、烈士暮年，总让人伤感。可是，生老病死是自然的常态，美人烈士与芸芸众生，在它的铁蹄之下，有谁能幸免？高山为谷，深谷为陵，变化是自然和人类共同的法则。我们无声无息地来到这个世界，当然要平静安详地生活，然后悄悄地离去，不带走一粒尘埃，这才是人生正常的轨迹。我们为什么要在别人吹起的泡沫中沉浮？我们为什么要在装满了‘哈哈镜’的空间观己？我们为什么要在所谓的‘社会普世价值观’所砌成的迷宫，茫然地生活？我只希望踏实、真实、明白地活着。”

人心真复杂，复杂真人心。

我玩笑地说：“芄兰，你真没心肝。如果，你能分出小手指头那么丁点大的综合优势给我，我各方面的资质就会提高一个档次！现在，你还不满足。足者恒足，不足者恒不足，这是什么世道？我要扼死你。”我做出凶巴巴的样子，作势要扼住芄兰天鹅般的脖颈，做一个马丁内斯式的凶恶人物。

芄兰从椅子上跳起来，与我打闹成一团。

等闹够了，芄兰严肃地对我说：“春媚姐，说真的，你不要妄自菲薄，上天是公平的，在你的身上，我看到了许多的闪光点：聪明、勤勉、能干、刻苦、坚韧、温柔、知性、内敛。如果我是男人，我一定娶你，除非我瞎了双眼。”

我打断她的话：“男人才没有瞎眼呢，你说的这些优点，不过是所有善良的普通人身上都具有的。这些优点如同美好岁月的童年时代的美好精神，只是童年纯洁时代的见证。人，一旦成人，就要面对社会激烈的竞争。为了在这个激烈竞争的社会中生存下去，人们不得不扑灭或压制这些童年时代人身上的优点，让丛林法则的妖风吹进古老的森林。你没有听到虎狼在嗥叫吗？你没有看见弱小的鹿、麋鹿等在仓皇地逃命吗？你没有看到温顺的大熊猫、金丝猴、麋鹿、藏羚羊正变成濒危动物、需要保护吗？”

芄兰看着不可救药的我，语重心长地劝诫："姐，你说的我都懂，也不否认，那是人类在物质面前异化了，堕落了。然而，造化造人，总是为了美好世界而造设。因此，造化造人，在每一个人的身体里，都种下了各种优劣品格的种子，人触机让某些优良的品格萌芽、生成，而有些，如沉在淤泥里的莲子，到死时，也没有萌芽的机会。优良品格的根苗，会与劣根争夺生存空间，可谓此消彼长，即使拥有一两项优良品性，造化已经能让人骄傲、心安地活在人世间。而你，特别受到上苍的眷顾，身上具有那么多的优点，你还不满足，认为它平凡？你真贪婪，身上太多的优点，被人当作圣人一样供着，好吗？做一个普通人有什么不好？关键在于自己的选择与取舍，你想进化成为高尚的人，还是成为一个卑鄙的人，还是一个温顺的普通人？”

于是，芄兰便向我讲述她之前的一次经历：

那时，我还北京某机构工作。一次，应出生京门的同学赵景文邀约，去参加一个李姓富豪家的聚会。

听赵景文说，李杰毕业于北京某医学院，后被分配到某药厂做销售。后来，有了自己固定的客户，就下海做医药进出口生意。赵景文在医药进出口管理局工作。富豪的生意，属于赵景文的业务管辖范围。虽然，赵景文刚进单位，但是，他的背后有靠山，他父母都在外交部工作，姥爷是老革命，家住在南池子一带。富豪也不是一般的人物，对于赵景文的背景，打听得门清。尽管赵景文初来乍到，李杰不仅没有轻视他，反而处处巴结他，总在赵景文上司面前为赵景文说好话，刻意与他攀交情。于是，不到两个月时间，赵景文与李杰成了朋友。这次李杰请了一些政界、商界、文艺界的朋友，到他家的生态农庄聚会，一起品尝他家新酿的葡萄酒。

一般人以为：自己酿造的葡萄酒，不是酸涩，就是葡萄汁，没有什么好喝的。你这样想，说明你的环境限制了你的想象。

据赵景文说，李杰在门头沟有一片生态庄园，种植优质葡萄。当然还种植桃、李、杏、梨、栗，经营各种庄稼，除养殖三鸟三牲四鱼外，还养殖孔雀、鹌鹑、山鸡、鹂鹊、驼羊、梅花鹿等。他家日常吃喝的牛奶、饭食、蔬果、金鳞翠羽，美味佳肴，除了山珍海味之物外，几乎都产自自家的庄园。他自诩道：他家的生态园所产的蔬菜水果，都是厩肥培育出来的，没有打过一滴农药，最绿色、环保、有机。关于绿色、环保、有机的说法，实质是一个偷换概念的问题。除了瓦砾、石头、泥土、流水、铝铜锡铁金等是无机的外，能吃的，大部分东西不是有机的？说白了，是钱在作跳。

据说，富豪专门请了二十多名外地农民为他打理庄园，种植庄稼果蔬，养殖动物。李杰的生态庄园，从来不对社会开放，只是供他和他的朋友、客户自用。赵景文隔三岔五收到李杰赠送的绿色食品。物品不值钱，贵在有心。

李杰的庄园内，一年采摘的葡萄，精选后不过四五吨，酿出的葡萄酒不过千升。但，李杰每年花在葡萄种植、酿造、进口橡木桶和窖藏的钱，却达数百万。他自诩：他家产的葡萄酒的品质，与法国波尔多庄园的葡萄酒不相上下。即使在波尔多采购等量的葡萄酒，花费也不会如此之巨。但是，按照李杰的说法：这样好玩。

今天，李杰借品尝新酒的机会，把他需要联络的和需要他帮助联络的，都聚集到他的生态庄园。大家拜码头，分享人脉，沾沾连连，各自确立个人江湖上不同的地位。

那天一大早，赵景文开车来接我。我们从前门大街出发，经石景山，一路向东，翻山越岭，经过潭柘寺、永定河，差不多到了天津关，才到达李杰的生态农庄。

我与赵景文到达的时候，已经来了三十几位客人。我们到来后，李杰亲自迎接，他看见赵景文，老远伸出双手，对着我们大声地嚷嚷，说：“欢迎！欢迎！欢迎贵客！”并一把握住赵景文的手，直摇，亲热得如多年未见的老朋友。李杰对一个年轻客人如此亲厚，实属出格。

李杰乍一见到我，先是一愣，然后，上下打量了一番，啧啧称奇，赞道："天人！天人啊！芳驾莅临寒舍，令寒舍蓬荜生辉！"语言、情神实属夸张，我并不喜欢。

然后，李杰看着赵景文，八卦地问："你的漂亮女友？"

赵景文似笑非笑地看着芄兰，说："我很期待。不过，天心难测。目前，还是同学。"

李杰哈哈大笑："同学，志同道合。进一步，是同学；退一步，还是同学。永远的同学，永远的志同道合，永远的女王。"

什么歪论？出于礼貌，我还是与李杰轻握了一下手，言不由衷地说："谢谢李老板。承蒙夸奖，小女子受宠若惊了。"

人的真情是不可拿来说的，而是用来做的。说出来的就变了味儿，不真实、不完整。现在，我却不得不虚情假意地恭维李杰一番。

李杰这老家伙很不老实，色眯眯的一双金鱼眼在我身上乱转，我仿佛听到一群苍蝇在围着自己打转的嗡嗡声，内心不知怎的，就生出一种挥之不去的呕吐感。

我开始分裂了！

李杰对赵景文说："你们还是第一次来我的庄园，就由鄙人带两位尊贵的客人转转，参观一下本人的寒舍。如何？"李杰现出讨好和炫耀混杂的神色。

赵景文毕竟涉世不深，加上出身官宦之家，自带傲气。于是，揶揄道："李老板，此言差也。你这里称寒舍，我那蜗居，只配为柴门了。"

李杰自然听出了赵景文话里的弦外音，却并不觉得难堪，反而大言不惭地说："赵公子，你们住的是甲第，有规制、有品位、有内涵。如窗棂，皇家用的三交六椀菱花，内涵天地，寓意四方；郡王家用的是双交四椀菱花；官宦之家用的是步步锦，寓意事业有成，步步高升。你们追求的是内涵与品味，我们只是一介草民，腰包里又有几个铜角子。于是，就放肆起来，也不讲究什么品、什么味，什么规、什么制，追求的就是外在的光大，内在的狂野。说得难听一点，就是：'牛屎面上光，里边一包糠。'与你们比，不可同日而语，不可同日而语！让赵公子和美女见笑了。"

我和赵景文被李杰的狂浪、卖弄和恶心的比喻逗笑了。只要他不尴尬，尴尬的就是我们。我不得不在内心感叹：李杰太厚黑了，完全没有了正常人的羞耻感和人格尊严。做了孙子，还把做孙子当作炫耀资本，你说奇不奇，佩服不佩服？李杰倒是坦荡，即使在陌生人面前，也不掩饰小人得志的模样，真小人也。

我还能说什么，只能接受他的盛情，随他去参观他引以为傲的生态庄园。就在我们准备前行时，背后突然传来两声嗲声嗲气的娇喘声：“李老板，等等我们。能不能带上我们，一起观赏您家的生态庄园，让我们长长见识？”

李杰、赵景文和我都扭头回望：只见两位个子高挑的丽人，正急步走来。那位体态偏瘦的佳丽，内穿着一件鹦哥绿的旗袍，外套一件雪白的狐皮大衣，脖子上挂着一串珍珠项链，脚穿一双白色的方口皮鞋，手里提着一只蛋青色的包包，给人一团雪似的清纯感。另一个体态偏胖的佳丽，上下身穿着一身浅黑色皮衣套装——短皮夹克、皮长裤，内穿一件杏红色的高领毛衣，长出部分扎在裤腰里，手里提着一个浅绿色的包包。这身打扮，使她显得浑身优雅干练，又不至于呆板；把丰满的身体包裹得凹凸有致，又不张扬。

显然，她们无时不在观察李杰的动静，时时都在寻找亲密接近他的机会。李杰已见惯不怪了，远远地向她们招了招手，大声地说：“两位大明星，你们慢点，我们等你。你们摔坏了，就是我李某罪过。”那个胖佳丽，很会来事，开着玩笑，说：“恕您无罪。能拜倒李杰老板的门下，那是小女子的荣幸。”说罢，大家都开心地大笑起来。

于是，我等三人都停下了脚步，等待急忙赶过来的那一对丽人。这时，李杰用粗鲁又不屑的语气低声告诉我们：“是两个籍籍无名的二线明星。没有才气、没有灵气、没有背景，全靠肉体攻势，才出演了几个电视剧的小角色。现在，不温不火，前途堪忧。常言：‘没有金刚钻，不揽瓷器活’。前不久，我在一个朋友聚会上认识她们，她们就像牛皮糖一样黏上了。这次，她们听说我这里有聚会，还邀请某娱乐公司的老总出席，于是她们就巴巴地赶来，混个脸熟。对这样的人，我不好拒绝她们，人生就是一场游戏，只能逢场作戏罢了。万一有一天，机缘巧合，她们成了一线的明星，记不记得我这个老头子不重要，只要不在背后骂娘，我就作揖了。算自己积德，做一场慈善吧。”

也许因为我在场，李杰有些话说不出口，只是猥琐地向赵景文挑了挑眉毛，仿佛在说：我不说，你也会懂的。

世间有四种人：有德有才为圣人，有德无才为君子，有才无德为小人，无才无德为愚人。按此标准，李杰在社会上混得不错，也算是有点身份、有点才干一类。可是，李杰在别人背后，肆无忌惮、尖酸刻薄地评论、挖苦两个有求于他、正陷入困境或起步阶段的女人，实在有失厚道和身份，应是无德。按照四种人的标准：李杰应归类于小人。

李杰嘴里说的积德、慈善，不过是往自己脸上贴金罢了。何况他说事，并不高尚。既然，他已经把两个丽人定位为肉弹，他要把肉弹送给谁呢？如此看来，以李杰龌龊，他不过是一个乘人之危的皮条客而已。听赵景文说，今天还有一个主管进口医药的职别较高的官员要来。谁知道李杰，打什么鬼主意，做什么骚体文？难道他的初衷，就像他口里所说的那么光明磊落？也许他心里，此刻就有一只嗡嗡叫的苍蝇在飞，趁四周无人的时候，在别人创痛的伤口上吮几口脓血才罢休。我深深地为那两个丽人不值，像李杰这样的人，能亲近吗？

李杰接着嚷嚷：“那个偏瘦的叫张绮，胖的叫李可。”两个丽人的名字很好记，我一下就记住。

两个丽人还没有走近，我就嗅见一股甜蜜的花香气袭来，等她们走近了，我才发现：原来这两人如此美丽，她们诠释了什么是燕瘦环肥！她们的美更像一把火焰，把整个山谷都照亮了，让山谷中所有的寻常物，都生出新的光辉来。我不由得想起来李白为杨玉环题写的《清平调》中的诗句：“一枝红艳露凝香”“名花倾国两相欢”“解释春风无限恨”“可怜飞燕倚新妆”的美句来，多么香艳！

张绮和李可来后，直往李杰身边靠。李杰乐呵呵大笑，大为得意，他的神态大胆而倨傲，一手拉一个，向我们介绍：“这是‘雪玉团’张绮，这是‘皮里春秋’李可。”

张绮和李可异口同声地嗔道：“李老板，您又在给我们乱取花名了。今天不给个说法，我们可不饶您。”

李杰摇头晃脑地说：“好啊！牡丹花下死，做鬼也风流。”

随后，李杰看向我们说：“你们评评理，你看我取的花名中不中？你看张绮，穿着一件雪白的狐皮大衣，远远看去，像不像那冰山上的一团白雪，让我们可望而不即。我们称她为‘雪玉团’，还不能尽叙她肌肤之白嫩之万一，我恨不得把她含在嘴里，让它融入我的身体里。”

那肌肤似雪的张绮，脸上如飞来一朵红云，她嗔道：“李老板，你真坏。”李杰不以为忤，油油地说道：“男人不坏，女人不爱。”大家还没笑，李杰竟自己先笑了。

李杰接着说：“再说，李可，今天穿一身皮衣，里边穿着一件杏红色的毛线衣，杏花当春开，现在是深秋，给李可取个‘皮里春秋’应不应景，应不应时？”同行的人“应景”“应时”附和着。

李杰又说：“‘皮里春秋’本意，讲的孔子修春秋时，说话含含糊糊，藏在心里又不明说，为后人开了一个很坏的头。直道而行不好吗？今天，我们这里，谁又能看清，李可皮衣里包着的是什么东西？”李杰作势要扒开李可的衣服作窥胸的动作，吓得李可尖叫捂胸躲开。

李杰越说越不成话，当着大家的面，他用语言和行为肆无忌惮地调戏起李可。这样的秽语和轻佻的行为，同行的人，除了我感到恶心外，其他人都把李杰的低俗当幽默，逗得开心地尖叫。你还不得不佩服李杰这老小子的歪才和不要脸。可是，李杰对李可的大不敬，在赵景文或张绮眼中算是再稀松平常不过的事了。

李可故作生气，挥着粉拳，就要打李杰，说：“你，编排我也罢，你竟编排上古圣人来，就该挨打。”李杰趁机接过李可打的手，轻轻地带了一把，李可几乎跌到李杰的怀中。

他们又是一阵嬉笑，我却感到一阵难过，李可本可以堂堂正正、有尊严地活着，为什么要这样作践自己，出了名又如何？如果他们是一对年轻的情人，这般玩笑倒也开得。芄兰突然想起了唐代佚名诗人的《菩萨蛮·牡丹含露真珠颗》诗句来“檀郎故相恼，须道花枝好。一向发娇嗔，碎挼花打人。”

可是，他们明明不是恋人关系，竟在众目睽睽之下，开这样露骨的玩笑，做着极不得体的动作，视众人如无物，礼仪何在？真是颠倒三观。然后，李杰将我们介绍给张绮和李可，张绮握着我的手说：“妹妹，好可爱、好漂亮、好清纯。即使是匆匆一瞥，你的美丽让我不敢逼视。你让我想起了我大学时代。”说罢，张绮又轻轻地摇了摇头，嘴里分明呢喃道：“一失足成千古恨，再回头已百年身。”

我原来以为，张绮与李可是没心没肺、自甘堕落的人物。现在看来，她们也有难为人道的苦衷，她们并不甘心过这种生活，作别人的玩物。

我收起对她们的轻视之心，我知道，自己不是什么牧师，也不是什么卫道士，既不能拯救她们，更没有资格来批评她们。每个人都有选择自己生活道路的权利。我在心中对她俩，尤其对张绮开始产生了好奇和亲善感。

接下的时间，李杰陪着我们四人参观了他的生态庄园。期间，遇到了一些客人、佣工，他们与李杰招呼、献媚、谄笑，极尽卑躬屈膝之能事，敷衍地与我们点头、握手、矜持地笑，或者视他们为无物。但是，这些并没有打断李杰陪同我们的游园活动。

李杰的庄园，夹在群山之中。原为某厂的培训中心，由于市政府环保政策出台，某厂迁往河北某市，这座占地四百多亩的培训中心，某厂作价处置。十多年前，李杰走门路、托关系，花了两千多万把这个培训中心买下来。据说，某厂当初仅征地和地面建筑的投资，就花了三千多万元，还不包括某厂后来庭院改造和绿化的投资，仅门口那一块高达数米见方的太湖石，就花了三百多万元。

培训中心，原有高高的砖墙把中心与外界相隔。李杰买下后，只是对培训中心的主体建筑进行翻修，对园林稍加规划，就变成了今天的生态庄园。庄园的主体建筑是一座三层楼的仿古建筑，外加两座副楼。主楼原有的会议室、课室改成了卡拉 OK 室、小型影院、台球室、乒乓球室、棋牌室、茶室、咖啡室、桑拿房、室内游泳池等，原来的办公室、卧室、餐厅，都经过了重新装修，显得十分奢华。主楼前，种植了六株玉兰树，已达数丈，如果春天时节，定让满堂生辉。

说是副楼，实为两座别墅，原是厂里接待高级贵宾用的。每栋别墅前种植着桂花、石榴和龙爪槐。每栋别墅都是三层，一楼会客厅、餐厅、小型卡拉 OK 室，洗手间。二楼有一个小会客厅，两个套间。三楼为一个豪华套间，含一个小型的会客室、棋牌室、卧室和一个大型书房，书房里面摆放一张黄花梨木大书桌，足可以放两张八尺宣纸，让两人同时作画。每个套间都安装了立式高压按摩水龙头，房间的设施极尽奢华。

别墅有遮雨回廊，与主楼相连，回廊是歇山式的画廊。画廊与副楼之间，间或有假山卧石，点缀些迎春、连翘、蔷薇、月季、吉祥草等花坛、花径植物。主楼前是一个大草坪，草坪左边是一个篮球场、一个羽毛球场，右边是一个网球场。草坪和球场四周，种植着桂花、海棠、樱花、石榴、龙爪槐、玉兰、枫香树、圆柏、雪松、白皮松、银杏等观赏性树木，路边、球场四周以冬青为篱。

草坪外是一口大池塘，水源是东面山上的溪水，小溪通过闸门，穿墙而入，流入池塘。池塘水面足有六七亩，呈不规则圆形。水蓝汪汪的，如猫的眼勾人。岸边，种了一排垂柳、桃树。近岸处，几处种植些风车草、纸莎草、芦苇。青石作岸，参差凹凸，看似无序，却得自然的真趣。小溪斗折蛇行，也以叠石为岸，与池塘气脉相连，仿佛葫芦藤上结了一个硕大的葫芦瓜。池塘边有一亭一台一榭。亭台水榭边，有假山乱石，假山乱石之间，分别种植了迎春、连翘、蔷薇等小灌木。水面上有鸭、有鹅、有鸳鸯，还有一对黑天鹅，三三两两，正在水面闹腾。池塘边、小溪旁散置些黄蜡石、青石，可以让客人歇坐观水、观鱼、观禽、观山、观云天。对着主楼正门，还有一码头，栈桥是条石做成，长达丈许，架在大理石做的石梁上，斜引入水。栈桥的石墩上，系着一条江南小乌篷船，当是参照江南水乡式样。

是时，天空无云、无尘，阳光庄严、明净，高山静穆、如新硎铁剑，直插云霄。池水如璧，仿佛天融化在里面。阳光下，新翻麦田的土壤，如吸足了水分的新米，散发着荧光；枫叶，如腾腾新鲜的火焰在燃烧；金色银杏树，如慷慨的金主，把金叶子大把、大把地馈赠大地；已采摘了葡萄的藤上，叶子有褐有黄有绿。园内所有的植被，给园林披上了华美的盛装。

丽阳、山光、水色、秋景、丽人、静谧，周遭的一切汇集在一起，如花儿的民歌，开阔起伏，舒展自由。

听着芄兰的讲述，我想起李清照的《行香子·天与秋光》：“黄昏院落，恓恓惶惶”，只是太过悲、太过凉。芄兰还是喜欢柴可夫斯基前期的音乐，充满了明朗、乐观、热烈，这正是此时此景的真实写照。

一切都向死而生，一切都充满生命的热烈与生命的沉静。

我的思绪被芄兰的话语打断，芄兰继续给我讲着她的经历。

李杰告诉我们：“今天，我叫人杀了一头猪、一只羊。还给大家准备了鹿血酒。所有食材，都是来自庄园里，绝对绿色、绝对环保、绝对有机。”

这时，一群大雁从山的那边飞过，大家都仰望天空，雁群把目光引向无穷的虚空。李可若有所思：“大雁春天来，秋天去。这一来一去，看见了，留下一个影儿；没有看见的，连个影儿都不曾留下。”

赵景文道：“我现在站在这里看大雁，大雁是过客；大雁在空中看我们，我们是何物？是弓弩，是恐惧，是食物，抑或木石？我们追索其背后广阔的天空，沉思时间的周而复始隐藏着的规律，移情物我之间的联系与快乐。庄子与惠子不是面对游鱼而发出‘鱼之乐’的争论？显然，智慧若庄子、惠子者，也无法完全回答‘鱼之乐’的问题。大自然以存在，演示它的秘密，并不作答。今天，造化又借大雁，再一次向我们演示历代先人，常思常新的问题。明知没有答案，却还让人苦苦追索？这不是自寻苦恼吗？难道人类的灵性，就在于，对未知问题，锲而不舍的追求的活动上？”

我扯了扯赵景文的衣袖，指了指空无一物的天空：“维天之命，于穆不已。”世间风动云飞，山崩川竭，倏忽无迹。诸行无常，宇宙万象刹那间顿变，我们却执着于名相，希望用自己的法则来定义一切。你的疑惑、古人的疑惑，都在于刻意穷理，结果疑虑丛生，百端推度，只增迷惘。迷惘之事、之思，如何能决定、能达意大千变化？强欲说是事已非，结果把自己陷入困境。风送白云，与候鸟迁徙，不一样吗？物本无实，以心临空蹈虚，怎么能执定一时一事呢？天不语，就是以虚临虚的最好示范，人为何不悟其理？妄构虚词，坚词于名相。岂不是咄咄怪事？

赵景文扭头看了我一眼，脸唰地红了。

李杰看着一脸窘态的赵景文，哈哈大笑：“今天，大家都成了大思想家，各抒己见。”

（二十一）芃兰讲的故事

芃兰又说起发生在中餐用餐时的一些事，是芃兰与张绮两人的对话，以张绮的自怨自艾、牢骚话居多。

芃兰继续说道：

中餐，是自助餐，菜肴真丰盛。自助餐在主楼前的大草坪上进行的，所有的点心、水果、饮料、烟酒、凉拌、熟食都摆放在一个大长条桌上，保温桶装着猪杂汤。十几张圆桌散布在草地上，据说今天的客人有五十多人。有几个厨师在案几旁忙碌，他们各有分工，有负责烧烤的，有负责煮面的，有负责做菜的，只要哪样菜不够，厨师就及时添加。那些种植的工人临时拉来做帮厨，洗菜洗碗，冲茶倒水。

餐具十分精美，都是唐山的骨瓷，大大小小分开，用筐装着。我盛了一碗汤，挑了一块烤羊排，取了一些生水萝卜、生苦菊菜、紫甘蓝、炖白菜和一些拌料（芝麻酱、花生酱、辣椒酱、葱、蒜蓉、生姜等）。我嫌闹，与赵景文选了一个临池偏僻的桌子坐。张绮与李可也跟了过来，于是四个人坐在一桌，边吃边聊。

这时，庄园里的调酒师，戴着高高的厨师帽，穿着崭新得体的白色厨服，托着一个搪瓷茶盘，盘里放着二十个小白酒杯，杯中装着血液一样颜色的液体，来到我们所坐桌边，说：“请贵客们取用鹿血酒。”

我本不想饮用，但调酒师和张绮、李可都劝：“这酒尤其对女性友好！”

我经受不了大家劝，加之好奇，就取了一杯。我问：“用什么酒调的？”

调酒师回答：“用五十四度的茅台酒调制的。”

于是，我掐着鼻子，强把那杯酒灌入口中。一股腥辣的气味，直冲脑门，而一条火线从喉咙直达心腹，让我感到双重的难受。我连忙吃两把生苦菊菜，才把刚才的火劲压住。

而同桌的三人，浑若无事地喝了几杯，连称好酒。看来，有些福，我是无法消受的。

一会儿，李杰端着酒杯过来，殷勤地问：“都喝了鹿血酒吗？”

大家异口同声地说：“喝了。”

李杰关切地问：“好喝吗？”

大家又回答：“好喝！”

李杰得意非凡地说：“喝这种酒对男女都好，特别是对男人。”说罢又放声大笑。

笑罢，李杰神色倨傲、不由分说地对我们说：“走，我带你们去认识几个贵人。” 然后，他贴近赵景文的耳朵，说起了悄悄话，显得他对赵景文特别的偏爱。

赵景文露出少有的兴奋的神色，连连点头说：“好！好！承情！承情！”

赵景文扭过头来，征求我的意见，说：“李老板带我们去认识一下某大型娱乐公司的王总裁，还有某主管药品进出口的雷副总裁，如何？”

见药品进出口公司的副总裁，是赵景文此行的目的，也是他今天的重头戏。戏已经开场，我答应了他今天来，只能陪演，免不了要做一回“傧相”。我答应着，心中很平静。

李可与赵景文一样兴奋雀跃，张绮神情淡淡的。他们早已端起桌上的高脚红酒杯，里边装着庄园自产的葡萄酒。我不会喝酒，但欣赏它玫瑰花般的颜色，阳光般的透彻，红宝石般的晶亮，闻着淡淡的葡萄芳香和橡木的油脂的气息，觉得这酒如同孩子般可爱。

我曾悄悄地问赵景文："酒怎样？"

赵景文说："如雪糕一样口感细腻、润滑，还有一种陈年普洱茶的醇厚，这酒真好。但不是今年的新酒，新酒都免不了有青涩的味道。"

赵景文把喝酒品出了雪糕和茶的感觉，我不知道他是不是品酒的行家。但以他的家庭出身，他应该接触过不少好酒。

在十几桌客人中，摆在正中的两桌围坐的人最多，一桌是娱乐公司总裁所在的一桌，另一桌是医药公司副总裁那一桌，不仅两桌子坐满了人，外面还站着一群敬酒的人。听李杰说，娱乐公司总裁那一桌，都是一些演艺圈的朋友；副总裁那一桌的一群人，大都是做生意的和体制内的人。

李杰趾高气扬、抬头阔步地领着我们四人先去敬娱乐公司总裁，尽管里三层、外三层围着人。人们看见主人亲自带人过来，在点头哈腰打招呼的同时，主动让出一条道。李杰红光满面、微笑呵呵的不断对周边的人合掌作揖，口里唠叨着："谢谢大家捧场。不要跟我客气，多喝几杯。"

到了娱乐公司总裁面前，李杰和王总裁两人又旁若无人地谈笑一小会儿，李杰才把张绮、李可拉到前面，笑呵呵地介绍给那娱乐公司总裁。张绮、李可自己斟了满满的一杯葡萄酒，说是向X娱乐公司总裁表达最崇高的敬意，自己干杯，老板随意。娱乐公司王总裁看是李杰亲自带来的人，也就站了起来，与她们碰杯，只是喝了一小口。李可又倒了一杯满满的酒，要娱乐公司总裁喝完杯中的小半杯酒。

娱乐公司总裁笑嘻嘻看李可的脸，故作神秘地说："喝可以，不过……"

站在旁边的人心领神会，起哄要李可与娱乐公司总裁喝交杯酒。

王总裁满脸微笑、嘟起嘴巴，像面对一块诱人的雪糕，贪婪的目光在李可的脸上转来转去。

李可垂下了眼帘，故作沉思状，眼睛却骨碌碌地转，然后，仿佛下了蹈火的决心，坚定地说："东风吹，战鼓擂，如今世上谁怕谁？今天，有幸得一个情哥哥，多美气！”

旁边的人在起哄，娱乐公司总裁似乎很享受这样被人围绕、追捧的感觉，他歪着脑袋，得意的微笑，如一个被宠坏的孩子。于是，李可右手与王总裁右手勾在一起，一仰脖子两人都把自己杯中酒干了。我不知道他们喝交杯酒的意义，是逢场作戏？还是通过这种形式来达成某种默契？

娱乐公司王总裁似乎意犹未尽，一张肥脸几乎贴近李可的脸，嘴巴几乎咬到李可的耳朵，不知道说了一句什么悄悄话，让李可这样大方女人突然脸都红了。娱乐公司总裁若无其事地举起酒杯，双手合十，向大家作揖。于是，又引起周边的人一阵起哄：“再来一个！”

李杰又悄悄地与娱乐公司总裁耳语，显然是在介绍赵景文和我，没有想到娱乐公司总裁主动与我和赵景文打招呼，并握着赵景文的手，端详一会儿，点点头：“嗯，将门虎子！将门虎子。你姥爷的身体还好吗？下次，你见到他老人家，请代我向他老人家问好，说我很想念他，很想聆听老人家的故事和教诲。”

赵景文感激地说：“劳王总惦记，我代表我的姥爷，感谢您对他的关心。我和我的同学一起敬你，祝您生意兴隆，票房可期。”赵景文从身后拉过我，我只得上前，与赵景文一起举杯敬他，一饮而尽。王总裁也豪爽大笑，自己给自己的酒杯满上，并一口将杯中酒饮尽，然后很绅士地向我和赵景文做了一个照杯的动作。我知道，王总裁这样豪爽陪酒，陪的不是我，也不是赵景文，而是他背后的那一位。人们就是通过这样恭敬的方式，来敬奉看不见的神祇，不求他降福，至少不让降灾。如果大不敬，传出去就不好说了。

赵景文毕竟是见过大世面的人，在王总裁面前，作为世家子弟，他有着很大的心理优势，故而显得落落大方，并不怯场。尽管赵景文与之道不同，他也不需要娱乐公司总裁来装点门面，但是，这个社会上所有的精英们都互相心气相通，互不得罪，又互相提防，恭敬就是巧妙的提防方式。

准备离开时，王总裁悄悄地塞给我们四人名片。李可在接到名片的那一刻，脸上莫名飞来了一朵红晕，如同初上轿的嫁娘。

然后，李杰带着我们四人辞谢了王总裁，去见那个主管某药品进出口公司雷副总裁。

到了雷副总裁的身边，李杰自然又故作神秘地向副总裁介绍赵景文。那副总裁直接拉着赵景文坐在他的身旁，说一些恭维赵景文父母的话，赵景文也给副总裁敬酒，诸如“青云平步、白鹿随轩、身体健康”等官场应酬的话是少不了的。

我与赵景文敬罢酒，觉得无趣，小声与赵景文打过招呼，便与张绮回到原来的座位。赵景文、李杰、李可留下来陪着雷副总裁。

我和张绮坐下后，张绮好奇地问我：“你的同学什么来头？”

我如实回答：“曾经听他说过，他的父母都在外交部门工作。关于他姥爷，我也和你一样，今天才听说。”

张绮带着羡慕的口气说：“妹妹，你好福气。看你的同学，对你很有意思。花开有时，切莫错过。”

芄兰说她并没有看上赵景文。如果说要看背景，在她读大学时，比赵景文更有背景的同学多了去了。他们中不少人曾经追求过芄兰，但是，她都敬而远之。如她所说，她不过是出生在一个小县城的小家碧玉，父母只是普通的中学教师，高攀那样家庭的孩子，她怕自己的修养不够，不懂规矩。耻没了自己尚可，耻没了父母，则罪大了。再说，礼出大家，谁知道他们有什么样的规矩？多大的规矩。规矩太多，她怕自己受不了。

芄兰继续讲着她的这段经历：

于是，我说：“‘十步之内，必有芳草。’走一步，看一步吧。谢谢张姐的提醒。”说罢，人畜无灾地粲然一笑。

张绮认真地说：“人们常说：‘女人生得好，不如嫁得好。’说真，能够钓到多金有权的金龟婿，这是多少女人梦寐以求的事。有了靠山，你就有了安全感，甚至有了美好的未来。姐，我，人微言轻，但时不待我啊！女人的青春年龄就像花上露水，过季，就什么都没有了。妹妹，姐人微言轻，不宜劝人，但痴长你几岁，虽没有什么见识，但这也是姐姐的肺腑之言。”

真没想到张绮有如此的学问，她并不像李老板说的那样不学无术，而是有实学的（后来，从张绮谈及自己的身世，就更坚定了芄兰这个念头），又感念张绮的真诚，于是，我也稍稍坦露自己的心迹："姐，谢谢你的箴言。说实话，我并不想攀高枝，我知道自己的斤两。人家家里种的梧桐树，为的是招凤凰。而我只是普通的一只小彩雀。梧桐树粗枝大叶，固然能经风避雨，我一只小彩雀，不需要那么大凤凰居。'华庭植牡丹，柴门掩黄华。'这个道理，妹妹还是识得的。"

"那是，像妹妹一样活得通透的人少。"张绮听我这样说，陷入短暂的沉思中，仿佛有无穷的心事要说，欲言又止。最后，张绮还是鼓起了勇气，用沉重的语气讲述她的故事。

张绮说："妹妹，你不会认为姐姐是野草闲花吧。"

我真诚地对她说："姐姐，怎么会产生这般想法呢？这话从何说起？姐姐是白马清流。只是当下，浊流杂清流，贱人凌贵人。时势弄人，姐姐能洁身自爱，实属难得。"

张绮理了理水一样的云鬓："妹妹过誉，这是妹妹的宽宥与大度。现在社会上，持这样看法的人，多如过江之鲫啊。"

我不解地问："为什么？"

张绮激愤地说："我在娱乐圈啊！又没有成功，难免招人议论。"

我赞同她的观点："是啊！小人难为，大人易适。"

张绮感激地看了我一眼，说："是啊。妹妹是个明白人。你也知道，那些成功人士，他们怎么做都是合适的；没名没位，你怎么小心谨慎行事，也是不对的。谁叫我们出身寒微呢。我出生在古城西安，父亲是一名公务员，母亲是一名教师。本来，出生在这样的家庭，过普通人的生活，也会很幸福。可是，我少年时，自认为有几分姿色、几分灵气，并不安于过普通人的生活，受社会潮流的影响，心中产生了明星梦。我四岁开始练习古筝，五岁参加舞蹈班，六岁参加电视台的节目小主持人培训，并有幸成为市台节日小主持人；十三岁参加省第十届古筝比赛，获得少年组季军；十四岁那一年，我与另外三个同伴参加了中央电视台少年频道春节特别节目的古筝表演。这一切，坚定了我的明星梦，老师与同学把我当神一般的存在看待，当时，我为此洋洋得意。祖父母、父母为了成就我的梦想，倾其所有。他们节衣缩食，给我请来了西安某剧团的有名舞蹈家和西安某交响乐团的古筝的演奏家来指导我弹奏。为了实现目标，我不分日夜、不分寒暑假，拼命地学、刻苦地练。十八岁那一年，我到北京、上海等地，参加当地电影学院、舞蹈学院、戏曲学院的艺考。功夫不负有心人，我如愿考入了影视大学。家人、老师、同学都引以为傲，我自己也以为羽翮已就，横绝四海。从此，自己可以梦想成真了。”

张绮沉浸在往事的回忆中，嘴角荡漾起一丝不易察觉的微笑。说到这，张绮停了下来，端起桌上的红酒杯，优雅地喝了一口，仿佛那红色的液体，能给她的身体注入活力，能给她的神经元输入能量。

张绮下意识地理了理鬓发，一片云翳浮现在她的眼眸里：“入学前，我是多么狂妄与无知，我觉得自己就是颉颃翱翔九天的凤凰。妹妹，不怕你笑话，直到在大学里报到的那一天，当我站在一群莺莺燕燕的天之骄子之中，站在那些珠光宝气的家长之间，我才发现，我只是一个普通得不能再普通、平凡得不能再平凡的凡鸟。家族没钱没权，姿色属于中等偏上，才华也刚够入围。而我们的职业，却需要人脉、金钱来铺垫。当初有多得意，现在就有多么失意。刚入学那阵子，我的心情别提有多沮丧。”

张绮冲我苦笑了一下，端起桌上的酒杯又喝了一口酒。自助餐还在继续，原来热闹的那两桌依然热闹，人声鼎沸。李杰所到之处也引起一阵阵恭维的热浪和骚动。赵景文、李可还没有回来，我与张绮这一桌，就显得更加寂寥了。本来像张绮这样的丽人，走到哪里都应该成为一道靓丽风景，可是，在这样的场合，没名没姓、没权没势的她，成了一个多余的人。

张绮接着说她的故事，声音显得有点寂寥：“我们班共三十八人，都来自城市。其中，北上广深，就占了三分之一；省城的又占了三分之一，地县的不足三分之一。出身艺术世家的学生占了五分之二，来自商人或官宦家庭的占了五分之二，来自普通家庭的只占五分之一，而我就是五分之一的之一。一位来自上海的同学，相貌、资质都很平庸，听老师说，她那做生意的父亲为了她能进这所大学，为学校赞助了一千万。后来，某行业要拍一部电影，他的父亲找到某行业的主管部门，答应投资三千万，只有一个条件，让他的女儿演女一号。有人先游，虽朽木枯株，亦可不朽。过去，不信，现在信了。”

张绮腼腆地咧开嘴对我笑着，问：“妹妹，我是不是过于愤世嫉俗了，使人烦？”

我立即说道：“姐，哪里的话？妹妹长见识了。”

张绮笑了，说：“妹妹不烦，我就接着说。说实话，我不甘心啊，谁肯服从命运的安排？我打小，就有一股倔强、不服输的脾气，我希望通过自己的努力，来实现我的目标。我重新定位，把大学当作高中来读。专业开设文化课、表演课，同学们花三个小时，我花六个小时。我还兼修文学和其他门类的艺术课，目的是使自己内外兼修，以提高自己的竞争力。我的付出似乎得到了回报，我的文化成绩和专业成绩，在班上是数一数二。电影院校除了看学习成绩，还要看在校期间是否参与过拍摄电影，参演的角色是否取得成功。在学校师生的眼中，我充其量，不过是一个读死书、可笑的书呆子罢了。”

池边的柳树，枝叶纤纤，在风中摇摆不定，即使是黄莺这样的小鸟，也难以驻足了。我的心也随着张绮的言语和柳条的摇摆。我理解张绮的苦闷，却爱莫能助；我对张绮充满了同情，却是无力援手。我只能在看着张绮大口大口地喝酒时，好心地劝说：“绮姐，少喝一点。”

张绮摆了摆她那玉琢般的手，苦笑道：“酒是个好东西，忧愁时可以使人忘忧，高兴时可以使人增兴。‘痛饮狂歌空度日，飞扬跋扈为谁雄。’多少沉醉是为了逞雄，好奇，趋时，解愁，不得不如此。让妹妹见笑了！我习惯了，这点酒，还奈何不了我。不瞒你说，我过去，把艺术看得那么的高尚、那么纯洁，看成是一个人修道。可是现实，却把我的艺术理想击得粉碎。”

张绮似笑非笑地看着我，仿佛要从我眼睛里读出某种答案来。我被她看得有点不好意思，只能尴尬地耸了耸肩膀。张绮意识到自己的无礼，于是收敛了眼中光芒，继续说道：“但也有些真正为艺术而艺术的艺术家，他们把毕生精力用在艺术的追求中，延续着艺术高尚的血脉，是名副其实的‘德艺双馨’艺术家。十年前，如果我有今天的认知，我不会选择这个行当。妹妹，我现在是骑虎难下。像我这样没有背景的人，迈出一步难，后退一步也难。当然，在这个圈子里的女人，还有一条路，就是嫁一个好人家。我有好几个同学都嫁给了比她们大许多岁的强人。她们住进了深院大宅，做起奶奶来，成了优雅的宠物。她们追求艺术的道路，成了包装自己、抬高身价、卖个好价钱的招牌。可是，据我的了解，她们也有说不出的苦恼，谁不愿意昂首挺胸地做人，谁甘心居于下流？当她们没有其他成功，没有为社会奉献的机会时，她们只好选择做一个宠物般的‘寄生虫’。妹妹啊！我一直想追求更加清纯、优雅的生活，可现实却欺骗我。我不仅失去了学生时代的清纯，还失去了追求的清纯优雅的根本和信心。”

嫌贫爱富，媚上欺下是社会常态。正因是社会常态，人们就认为它合理，庸人们甚至附和着推波助澜。

张绮感慨道：“忠厚的长者越来越少，伯乐就更少。然而，我们对艺术苦心追求，却始终难达彼岸。正如我追求的幸福，它如一只金色的蝴蝶，向我飞来。我伸手去捉，却轻易折断了它的翅膀。蝴蝶在我手心中苦苦挣扎，却再也不能自由地飞翔。等待它，不是堕落，就是无声的死亡。冥冥中，有一只看不见的手，把美人的命运引向大众预设的‘美人命薄’的轨道。因为，你的美丽，失去保护，你就是人人都想吃一块的软肉。”

对于张绮的感慨，我也深有同感。现在，我不是也受到权贵们苦苦相逼吗？他们并非欣赏我的才能，只是爱慕我美丽。爱慕也罢，他们还仗着自己手中的权力和财富，横蛮产生了非分之想，还要变成我头顶上的天，不让我看到别处的阳光。

于是，我附和道：“是啊！牛嚼牡丹，人们从来不会责备牛的不道德，只会怪牡丹生的时空不对。伦理规定了的旧习，法律斟酌后的新规，有多少是反人类的、反自然的？可是，大把人揣着明白却不说？人们总是浑浑噩噩地人云亦云，随波逐流，这种缺乏明辨的恶习，为民群所传习、所效仿，让美女们吃尽了苦头。可是，这样的人今天有，过去有，将来还有，他们如海里的浊浪，一浪接一浪，无止无休。”

张绮深深地吸了一口气，猛喝了一口酒，痛彻心扉地说：“看，多少愚蠢而骄傲的父母，出卖自家女儿的灵魂与幸福，以向权贵、豪门换取自己荣华富贵，为此还沾沾自喜。‘宁愿坐在宝马后面哭，不愿坐在单车后面笑。’成了多少女人行事的信条？世人们普遍认为：牛嚼牡丹，那是牛的福分和本事，人们除了艳羡，还为之辩解道：‘哪有猫儿不偷腥？’所以，做女人的，我们不能珍惜自己，这个世道就再没有人珍惜你了。”

张绮突然不出声了。我看了张绮一眼，此刻，她的脸偏向池塘，正弓着腰，双手紧握，撑着下巴，手肘放在腿上，皱着眉头，陷入沉思。我不好打扰，于是，我们俩都处于静默状态。我无聊地看向果园，深秋的太阳呈淡淡干净的黄色，风凉飕飕的，如果不在太阳底下，甚至能感到些许凉意。池水泛起微波，近处的水蓝汪汪的。池中则点点金光，似一群金色的蝴蝶在翩翩起舞。远处一片朦胧的光辉，如一片金帆在鼓帆向前。新翻的田垄、葡萄园、远山等受洁净阳光的照拂，显得很新，很远，很净，很苍古，显得富丽堂皇。可是，在这样美丽的风景中，却改变不了张绮心中黑色废墟留下的阴影。

张绮苦笑地摇了摇头，低声咕哝着：“童年时的野心，少年时的追求，大学时的理想。现实却如一块沉重圆石，压在女人们生活的喷泉之上，她们的个性与希望，再也不能直冲云霄。相反，她被压弯成一朵蘑菇，失去了向上的冲力。人人伸手可掬，再也不用担心，激流溅湿她们的衣裳。美人的美已经变成了人人喜欢，人人想得到的俗艳，我终于活成了别人希望的模样。我不敢大胆地爱和恨，时刻感到精神空虚、寂寞、彷徨、悲哀和绝望，如影随形追逐着我，即使深夜，我灵魂也不能安眠。”张绮脸上现出一丝苦笑。

是啊！要么屈服于世俗，要么屈服于生活。我看到张绮痛苦的样子，我的情绪也在膨胀，我的心已经超载，沉甸甸的重量和压迫感，让我每条神经都绷紧，生疼。同为女人，我能理解张绮目前的痛苦，我也为自己的未来发愁。按照张绮所说，只要我与赵景文联姻，毕竟他是自己的同龄人，在别人的眼中，算是女人最理想的归宿了。但是，我不愿意依靠任何人生活。靠依赖他人过活的废人，怎么会真正活出自己的尊严？那些堕落者或正在堕落者，不过男人的玩物而已。她们在别人的大腿之间生存，看到的、听到的，只是衣裙和衣裙抖索的窸窣声，哪里能听到人内心的轻轻呢喃？因为，她的心灵高度不够。

是不是我与张绮都心气太高？如《红楼梦》中林妹妹“心比天高，命比纸薄”？不，绝不是这样，林妹妹没有选择，而我与张绮都有自己的选择，这大概是我与张绮比林妹妹幸运的地方。只是有人选择了热闹，有人选择了安静。现在的草坪上不也是这样吗？热闹的地方是真热闹，清静的地方是真清静。那些故作欢笑的人们，争相自吹自擂，只是，我们不屑如此罢了。

张绮沉痛地说：“你可以选择有尊严地活着，但你也选择了贫困；当你选择了物质，你也选择放弃做人的尊严。这是什么样的时代？可悲的是，那时我们年轻，不知自守，容易被外物所诱。结果，我活成了让自己痛苦的模样，还百事无成。我现在痛恨自己当初不明智，才落得到现在尴尬的境地。我现在是鲤子入浊水，只能与水同浊，与水同污，与水同腐。我现在处在生命里的冬天，没有花、没有阳光，我成精神上的乞儿，身体成了依附别人的奴婢。清纯于我，已经是明日黄花，这本不该是我辈的命运。”

我安慰张绮说：“姐姐，既然是时代病，那就不是你一个人。罚不责众，你又何必为此苦恼？你还年轻，又多才多艺，不应悲观。毕竟社会还是给普通人留了上升的通道。”

张绮解释说：“妹妹，我不是悲观。而是，我累了，我已经厌倦‘血色罗裙翻酒污’的生活。我觉得，一个普通人，成功太难了，我们的付出，与得到的不成比例。我们人生最美好的时光在消逝，一个希望接一个希望，却以失望结束。”

是啊！我们都是时代的漂泊者。哪里好！我们涌去哪里。哪个行业好，大家削尖了脑袋钻进哪行。迷生于俏，多少人只见其利，不见其害。天生万物，有一利必有一弊。这个道理有多少人知道？

我若有所思，说：“我是一个直肠子的人，有啥说啥。我也不知道说的对不对。姐姐，你替我参详参详。你面对的苦恼，这是我们普通人要取得成功必须经历的苦难和委曲罢。”

张绮思索片刻，说道：“是啊！我承认，因果早已设定。那些富二代们的前辈，已经为他们经历过我们现在的挣扎，他们可以安享前辈的余荫。而我们现在正在经历他们前辈们的挣扎，成功决无幸至。我已经放弃了我的明星梦，我也不再急于求成。世界上，从来没有免费的午餐，我已打算回西安，准备自己开一个艺术培训中心，以我当初在当地留下的名声。重新开始做自己想做的事，重新活成少年的模样。”

我鼓励她说：“姐姐，只当‘此身非我有’，奋力搏一回，事在人为嘛。”

张绮颓然说：“妹妹，我累了。人生不过百年，何必这般辛苦？‘长恨此身非我有，何时忘却营营。’有时你成功了，还想着更大的成功。何时才是一个尽头？人事再强，也难改天逆命啊！”

张绮突然觉得我们谈论的话题太过沉重，于是转变话题：“过去的事就让它过去罢，不说它了，说来伤感。”说罢，张绮想起什么好笑的事，坏笑起来，露出洁白整齐的牙齿。说：“妹妹，你知道我从第一眼看见你，我在你身上发现了一般美女身上没有的东西。你想知道是什么吗？”

我不知道张绮要拿我身上什么样的特点来取笑或恭维我，我于是用手指着自己的鼻子反问道：“我？”

张绮微笑地点了点头说：“是的，就是你。妹妹，第一眼我就爱上你了。我在妹妹身上，看到了我梦寐以求的美——安静。”

我吃惊地问：“安静？就是高冷吗？”

张绮调皮地说道：“非也！非也！安静与高冷是两码事。高冷是一种自视很高，拒人千里的高傲。妹妹的美，是那样清纯、那样的庄严，用‘可远观而不可亵玩焉’来表述，就接近了。”

“那不是清高吗？”

张绮忙着摇头说：“不，不是清高，与清高截然不同，清高是孤芳自赏。你不是，你让人一看，就觉得可亲、可爱，又令人高山仰止，就是这种感觉。你的美是许多人的禁区，我在你的眼中，我读懂了什么是安静。过去，我不懂得美的存在，就是为了自身。我把美定性为人见人爱、讨人喜欢。于是我们把高山幽兰，变成了大蕙兰，不再在乎兰花内在的馨香，只关乎它外表的娇艳。妹妹要好好保护自己的清纯、庄严之美，那才是为自己开放最美丽的本质。人们对美的接受也是相当复杂的，美本身是迷人的，但最高贵的美，是一种迷人的禁止。”

我不好意思地说：“高山仰止？姐姐，你太抬举我了。”

张绮认真地说：“我说的都是实话。但是，我要告诫妹妹：越是珍贵的东西别人越想占有、越想毁灭它。成人难，毁人却易。‘莲之出淤泥而不染，濯清涟而不妖。’现实生活中很难。常人都有‘介而不果，涅面留痕’的定势思维，在这样的思维下，谁来为你洗白？我以过来人的身份，给您一个建议：以后少来这种场合，这里就是一个大染缸，看见美的东西，只要有点势力的，谁都想占有它，不怕玷污它、毁掉它。”

我知道张绮是出于好意，于是点头称是。

张绮侧着身子，依偎在椅子上，神色悠悠地说道：“他们需要我们的美来抬高身份，他们需要我们的美来装点门面，他们需要我们的欢笑来吸引别的有权有势的男人。他们通过‘扔带铅的骰子’，获得财富与权力，他们通过欺男霸女，来证明他们的能力。‘不欺于天地，不欺于暗室，不欺于妇幼’，那纯粹是痴人说梦。”

张绮又变得愤愤不平，嗤之以鼻：“哼！他们占有我们青春，甚至占有我们的肉体，反而说是我们的错。因为大众也会附和他们观点，也就像黄金能吸引所有人的眼球一样。因为在大众的心中，所有的弱势者，都希望是占便宜的那一位；所有的灰姑娘，都是想嫁王子的那一个；所有的小人物，都是没有原则没有底线没有体面的糊涂蛋；所有的女人，都爱慕虚荣，喜欢攀附；所有的新人，都希望得到贵人的眷顾，才出人头地。于是，他们做出出卖自己灵魂的事。强人制造舆论，普通人听信舆论，管它事实真相如何，所有脏水都会泼在弱者、灰姑娘、小人物和新人的身上，嘲笑他们的轻浮、愚蠢、虚荣、虚有其表，准有人信。大人们制造的舆论迷雾，让糊涂的普通人信以为真。有了这样的迷雾掩盖，大人们变得更加大胆，更加贪得无厌，成了心照不宣的潜规则。无论是胖的、瘦的、高的、矮的，他们来者不拒。他们对于有求于他们的女性的占有欲，与饕餮等量齐观。尤其是对一个漂亮的女孩，更被强人视为禁脔，别人不可染指。他们占有了我们清白，反而嘲笑我们的风尘、堕落、寄生。多么不公平。”

张绮说这番话的时候，她的情绪异常激动，音量也提高了许多。我发现她的双手都在颤抖，身子不停地哆嗦。我不由得感到不安起来，我想改变一下现时的气氛，却又找不合适的话题。我们又陷入了沉默。

相隔数桌，王总裁坐的那一桌此刻有一个女高音正即兴用美声唱法歌唱《红梅赞》，她的音色清澈透明，音质婉转圆润，音域宽广坚定，那歌声如一只奋飞的白鹤在乱云中飞度，不屈不挠地追求心中光明。张绮也注意到歌声，她不由得坐直了身子，从刚才灰暗的情绪中走出，凝神聆听。最后，女歌手音调窜高八度，如一声礼花直冲云霄，赤橙黄绿青蓝紫的火花，化作星光璀璨的翠羽，在空中飞舞，久久回旋。女高音收了唱功，赢得了一阵掌声和喝彩。良久，张绮才回过神来，仿佛从歌声中汲取了无穷力量，脸色变得坚毅，她握紧自己的拳头说：“这真是一首好歌，这个人唱得不赖。红梅傲雪，昂首怒放，香飘云外，朵朵芳华！是啊，只要绽放，每朵花都有属于自己的芳香。”

张绮自嘲道：“让妹妹见笑了，我是不是太神经了？”

我只能说：“姐，你多心了。你刚才不是说了，只要绽放，定有属于自己的风采吗？”

张绮附和道：“对！妹妹，你保持自己的本色，就是最好的。”

我不好意思地说：“我实际上没有姐姐所说那样好，只是性格和教养使然。我的母亲常常教导我，不管他是石崇还是乞丐，不管他是王子还是贫儿，不管他是潘安还是王猛。关键就是他能尊重你的人格、尊重你的灵魂、尊重你的选择、尊重你的自由。没有这些，他给你再多物质和荣誉，你也不会幸福。再说，今天，他高兴了给你物质和荣誉，明天，他也能收回这一切。我的母亲不想卖女儿，硬把一个她不喜欢的人塞进她怀抱。如果那样，我的母亲在百年以后，灵魂也不得安宁。”

我笑了笑，接着说：“直到现在，她依然带着严厉目光审视我，是否保自性、自尊、自爱、自强。”

张绮举起大拇指，夸赞道：“你母亲真伟大。”

我不好意思地说：“当初，我认为我的母亲太古板，不知变通。就是现在，我身边的一些人在背后议论：有人认为我天真，有人认为我孤傲，有人认为我有骨气，有人认为我超脱，有人认为我脱俗，有人认为我神秘，有人认为我有气质，有人认为我知性。但，这都是外人强加给的判断，我只是为了活出自然来。现在，想想我母亲的教育和要求，也有一定的道理。”

张绮夸张地说：“岂止是有道理，而是一副醒世的良药。”

“可是，把我都得变成了‘小古董’了。”

张绮调皮取笑我：“不是‘古董’，而是矜贵。”

我这时也毫无顾忌地向张绮坦陈：“我之所以答应来参加这样的聚会，就是想使自己从令人厌烦的工作中、从对熟人的恐惧、人事的奸狡和社会的喧嚣中，走进大山，看看大山、树林和天空，呼吸一下自由、纯洁的空气，修复一下自己郁闷产生的脾气。可是，我奢望了，在这里，我看到了更加露骨的攀附，赤裸裸的各种交易。不仅不能呼吸到山间纯洁的空气，相反，看到全是腐朽，闻到的都是铜钱的霉味。在这里，我只是一个打秋风的客人。哈哈。”

张绮说：“我辈正是耻逐屠沽儿，才落得今日跋胡疐尾的窘境。但我相信：只要你持正守一，会在自己的生活之中，有一个大千世界藏在你的心窝。别让外界的喧嚣打破心中的宁静，你就会在宁静中听到心中的歌。我从妹妹的身上，看到不一样的人生，不为物欲所蔽，不为权势所移，不为名利所动。这是一种完美的圣洁，宛如孤星，是那么高远、那么洁净、那么美丽、那么深沉、那么平和，但又那么孤独。茕茕茕茕，孤星高悬，但浮云遮不住它，它永远会在黑夜中散发出美丽的光芒。”

我被张绮赞赏弄得不好意思，说：“姐，你抬举我了。我不是尼采、叔本华的唯意志论者，也不是斯蒂纳的唯我论者，我也不是易卜生笔下妇女解放的倡导者。我更倾向于沙弗斯伯利的自然神论者，我崇尚自然。我无法改变别人，但我要保持自己的真性情。我要做生活的主人，做自己的主人。人的高贵，不是因为出身豪门，就具有高贵的血统。什么是高贵？古人认为君子清且贵。何为清与贵，即使穷而不贱，这才是我辈所求。”

经过那次长谈，我和张绮成了朋友。我们互留了微信，经常联系。不久，张绮离开了北京，回到了她的家乡西安，开了一家舞蹈、戏剧表演艺术培训中心。由于她是科班出身，又曾经有过出演电影的经历，她的培训中心一开张，就不愁生源，生意也不错。张绮说，尽管现在把艺术当成了生意，心有不甘，自己走不通的艺术之路，就让有机缘的人去走吧！但是，自己回到西安后，心里很踏实，她再也没有北漂时的那种空虚、恐惧与痛苦。自己脚踏故乡坚实的土地，为自己的事业挥洒汗水，生活显得格外的充实而具体。虽然，没有做明星的光鲜，贵在有自己的事业，有自己独立的人格和内心的平静。

天无绝人之路，只有自立，才能立人。一个身体的流亡者，注定精神上也是一个流浪者。

我真为张绮感到高兴，她已经不屑于给人娱乐，也不再需要什么桂冠与喧哗来装点她的人生，她需要的是纯粹的事业和圣洁的品行。

上面就是艽兰讲述那天中午发生的事，我认真地听着艽兰的讲述，虽然是兴之所至，意在调笑与自嘲之间，也可以窥见艽兰与张绮这等美人的心路历程。后来艽兰因为满腹的不合时宜，又不愿依附于人，工作中，别人处处掣肘，她时时处在跋胡疐尾、动辄得咎的境地。艽兰不堪忍受，也离开了北京。

可见，美的东西，并不能让所有的人认为为美。美，并不一定能给拥有美的人带来好运。大家又何必执着于外表的美丑呢？大家还不如认真地过好自己的每一天，来得更实在，更有意义。

（二十二）我的放逐

这是另一场放逐。

颠沛流离后的思想，爱情如洪水般漫流。

五月，这个多雨的季节，多情的季节。

我与蓝梓的相认，让五月终结了所有单纯的生活，黑色透露着黎明的冷清与温暖，微微的南风。

新的思想、新的体验、新的感情，让我获得一个新的身体。它美好、强壮、敏感、轻快、意气风发，生活不再是令人厌烦的事。

过去，习惯一个人躲在暗夜中，安全的角落里，看着周围人来人往。一台手机一副耳塞，一些钱，于是开始心灵的漂泊。

日复一日，一个高脚杯和一台电脑。

陌生男人肆无忌惮的眼神，我厌恶。

摇晃的灯光，我迷茫。

每日都必想念的流星夜，祷告成了我每天生活的必修课。

这些远去的生活，有着断杀和决绝的痛快，所有的一切，不只是为遗忘，而是为了迎接新的生命。

不知是从哪年春开始，在明媚的夜空和狂欢的人群中，突然开始想念一个虚幻的人。

曾经无比怀念这个说可心话牵着我冰凉小手的人，我们一起逃亡流浪。

曾经记得一些一起走过无奈青春的朋友，以为会是永远的真正朋友。

可是最后在彼时的阳光里，我看见了冷漠和陌生的残忍。

有很多信念开始轰然崩塌。

我素面朝天，飘逸的裙子和背了许久而不愿更换的包，深夜才逐渐入睡，开始安静地上班，尽管没有工作激情，可还是依然伏案应对那些无聊的稿子，做着日复一日枯燥的工作。突然喜欢上网听着蓝调的放空，我以为这样简单的生活可让自己的心安然、平静地老去，可是依然喜欢穿越黑暗的城市，在星火里、在高楼里、在音乐里释放自己的灵魂，他们喃喃自语，他们挣扎尖叫，在尖锐的伤痛里追逐着自由却得不到自由，呓语和伤痛，敏感而自虐。

五月

再次祝福你，我真诚地希望我们可以各自过得很好，没有入骨的恨和咬牙切齿的侮辱。

是的，我放下了。

我早已忘记了曾经最信任的桀骜不驯的飞扬，曾经无比骄傲的飞扬遇上无比高冷的我，大学四年，飞扬未能在我身边短暂地停留，只剩我记忆深处的一个影子。我们都是如此骄傲的孩子，一个不愿仰望，另一个永远高昂不屈身。为了骄傲，我们残杀了引以为傲的自尊。

也为此，一个撕心裂肺的梦让我夜半泪流而醒，此后三年夜无眠。

怎么能够想到，记忆里那么自傲的影子，今时今日，竟会泯灭至此，美好在刹那被撕毁得七零八落，狼狈不堪，所有的认为，在爱无能的此时我只有连回忆也忘记。

偶尔想起热带的海风时，我希望我还可以记得曾经的一些黎明。

那些在暗夜里厮杀过、呼啸过的黎明，一切都安静地回到原始和最初，河水依旧清澈，生活依旧美好，只是我已经长大。

我怀抱着自己的羽翼，倔强而坚强。

生命是一场放逐。

多熟悉的一句话。

我期待不让这些透露着寒冷的文字给自己带来任何感染和回忆，可惜这就是生活，它原本可心更美好，原本我们不会相识，原本会有无数可能，甚至原本我们可以不降临在这个复杂的人世。

一切已经回不到最初。

我可以残忍地想到多年后我们会如何俗气和现实，那些青春年少的梦想逐渐在时间里沉淀，或许，多年后我可以满带笑容，在某个充满音乐和书香的地方，我们得以重逢。

二十一世纪的第X年的第五月。

就将悄无声息地过去了。

很多事情我不说，你也知道，现在的我真的很平静，面对离别和伤痛都可以轻描淡写。可是你也知道，我依旧是那个看重情谊的人，很多事宁可默默去做，也不再是那个愿意张扬表现的年龄了。

人的心境还是把握在自己手上，那些自虐任性的时间死去了，所以现在过得很简单。

如果你像我，为了证明自己的存在，把压抑、阴暗、痛苦当成唤醒自己灵魂的手段，当成是不麻木生存的事物。沉醉于它，并且从中找寻生命的灵感。

或许你现在好好的，享受和驾驭这些自由的时间。

虚幻，如一片白色的叶子，缺少叶绿素，注定无法结出芳香的果子。

在这样静静的夜晚，在灯火荧荧中，我想起他模糊的影子，也想起了你——蓝梓。黑夜里，我仿佛看到你多情的目光。面对你多情的目光，我竟心生怯意，我甚至怀疑自己，怀疑自己对你的感情是否至洁至圣。

这个时代谈感情的纯洁，如阿里巴巴芝麻开门一样充满了童话。自由旗帜下的贞德姑娘，露出了她硕大的乳房。在该谈恋爱的年龄，我做了大家在这个年龄都做的事，只是没有结果。现在却成了我心灵上的债务。

我必须收起过去的思绪，如一副古老褪色的画轴，卷起来，封存在我心灵的保险箱里，上了锁，还要加上一串不好记忆的密码——最容易忘记的密码。

当我靠在你厚实的肩膀上，蓝梓呢喃地说着：“我爱你！”

我的心和我的脑细胞里都注入了蜂蜜。

我要加倍地爱你，以偿还过去精神上的出轨。柏拉图式的爱情花，结不出丰满的果实。我发誓要用我未来的岁月，还有我的肉体来补偿，你满足吗？

蓝梓，我的爱人。

日子如水一般过着，看着手机上转来转去、无数重复泛滥的文字，就提不起精神。

在这样寂寞的时刻，我不由自主地想起了蓝梓。我这是怎么啦，有时我骂自己：你好歹也是一个大龄女了，为什么要这般小女儿之气，没有见过男人吗？男人，见多了。可是，蓝梓是自己见了、又心仪的男人。我在他的身上看到了激情，看到了希望。他是我心中的八米卢郎，我倾心相属的好阿侯。

蓝梓，这个我喜欢的男人，他对我似乎有点冷漠。但是，他的文字却充满了温情，充满了男性的张力，充满了才情。我与蓝梓也会谈一些社会上流行的热点，那个观察，这个时评，这些热点离我们很远，又很近。但更多的时候，我们会谈喜欢的人与事，谈生活、谈美食、谈艺术。

我有时称蓝梓为大才子，有时称他为大词人，有时称他为大厨师……总之，根据他谈论的话题、他的擅长，我不断改变对他的称呼，多少有点爱恋、有点调侃、有点崇拜、有点欣赏的成分。蓝梓说的，都是别人很少提及的领域。现在，社会上的人们流行谈论政治、名流和名流的隐私、赚钱的门道等，大有过屠门而大嚼的意味。

记得那一天，我们一起去早喝茶，蓝梓问我：“喝茶吗？”

我说：“过去喝过，现在喝得不多。”

蓝梓疑惑地看着我："为什么呢？"

我笑笑："胃不舒服，只能少喝。"

蓝梓关心地问："胃病很严重吗？"

我腼腆地说："有一点。过去经常熬夜，为了防止困倦，就大量喝浓茶，单丛、铁观音什么的，都喝。也喜欢吃辣，把胃搞坏了。"

蓝梓建议说："偶尔喝点熟普，养胃。"

我对自己的胃病一直耿耿于怀。过去，自己仗着年轻，什么也不在乎，拼命加班，也不太注意保养。现在年龄上来了，身体纯净的精元有点压不住内外的邪气，毛病就冒出来了。

我面对自己的恋人，自己身体不好，觉得内疚。不过，蓝梓没有责备，满满怜惜地安慰我说："没事，好好调理，放松心情，很快就会好起来。"

蓝梓还自我调侃道："我是大厨呢，包你三餐满意。不过要交钱，而且收费很贵。"

我说："我是一个乡下姑娘，没有钱，只有那么点薪资，你收费高，我出不起价，怎么办呢？"

蓝梓坏笑道："没事，把自己卖了，就有钱了。"

我说："卖不出去咋办？"

蓝梓说："抵押给我，作为童养媳。"他得意地哈哈大笑。

我狠狠地在他的手臂上拧了一把，娇嗔地瞪他一眼："你敢！"

我低下了头颅，心里却甜丝丝的。

唉，真是欢喜冤家！

晚上，我做了一个梦：梦见了璀璨的七色花，还有说不出名的小鸟，它们飞舞着，结成一个大大的圆球，美轮美奂。我赤着脚，踏着挂着珍珠露的青草，一路留下两行浅浅的脚印。我迎着霞光，翻过了七座山，走过了七座林，终于抵达一个琉璃般童话世界。我一路上梦呓般地祈祷着，诉说着自己心中的愿望，不多不少，也是七个。七个愿望都有着好看的颜色：红橙黄绿青蓝紫。最后，红橙黄绿青蓝紫缠绕在一起，形成了一座七彩的天生桥。我踏上天生桥的那一刹那，繁花如丽雨般纷纷扬扬，天香弥空。我在玉树琼林中看到一个熟悉的身影，他峨冠博带、唇红齿白、青衫飘飘、风流倜傥地站在桥的那一头，笑吟吟地向我招手。我定睛一看：是蓝梓。我又惊又喜，纵身一跃，竟轻飘飘地飞起来，如一条游龙，向蓝梓飞去。我的爱人啊，我终于投入你生命的丛林中，投入你生命的海洋里、投入你爱的怀抱里。我和蓝梓，如两条缠绕的飞龙，在红的、粉的、嫩黄的、淡蓝的……花雨里、花海里、芳菲的海里畅游。这时候，天空似乎又下起了雨，每一滴雨，包裹着光，包裹着热，撒落在玫瑰色的花瓣上和洁白如玉的枝头上。

蓝梓也春风得意，我笑意吟吟，笑着笑着，我就在自己的笑声里醒来。这时，金黄色的晨光从窗帘缝隙里照进来，清风吹拂着窗帘，外面传来庭院中小鸟的欢乐吟唱。多么美好的早晨，多么美好的一天，多么美好的梦，多么美丽的七彩桥。

我把自己的梦告诉蓝梓。蓝梓笑着说：“你住在天河，就是织女。我要为你建一座七彩的桥，把你接过来。”

（二十三）房租

沉静的五月快终结了。

今天又是账单日。

又透支了多少？

我完全没有概念。

当然，你亦可以与我秋后算账了。我透支太多，还不起，只好逃跑。

许多许多年以后，你若看见那个苍白透明的鬼魂，那么，是我开始还单了。

工作，这份别人羡慕的工作，让我从还算开朗的人变得白痴，自然没有太多抱歉于你。

只有上班、下班，然后选择加班，这让我没有时间去思考去想事情，未尝不好。

何况我一点都不担心你的前程，一个自由的打工人。

小说里那些脆弱的醉酒者不会是你。

小说里那些爱到死去活来的、幸福得一塌糊涂的不会是你。

小说里那些招蜂引蝶的人也不会是你。

…………

我安心地做着我的工作，安排着一天、一周的生活，整理那些仅仅为了花钱而购物的账单。

什么时候，家已经变成了房产，于是夫妻之间、儿女之间、情人之间，有了计较，谁也不敢轻松。为了家，变成为了房。为了儿女，也变成为了房。亲情、友情、爱情，都让房子领跑，房子把所有的人变成了房客，哪有主人的感觉。

月供，就像一条无形的锁链，把我们套牢，我们成了没有房或有房的房奴。

悲催！

现在，我还是蓝梓名义上的女友，蓝梓也是我名义上的男友。只是没有法律夫妻之间应该履行的义务，生活却可以像夫妻那样。

这个时代，对于这样的事情，没有人在背后指指戳戳。因为，你未婚，我未嫁。可是，我不愿意，你也不勉强。因为，他的游魂还在眼前飘荡，我有些后怕，我再也不愿意做大尾羊。

但是，房子的事，还是可谈。蓝梓告诉我，当初，他跟一个师兄来到广州，那时广州猎德段正在进行珠江护岸工程。一切都生机勃勃，欣欣向荣，遍地都是机遇。“东西南北中，发财到广东”，他像当年赵佗带领他的军队挺进南越，站在大庾岭之巅，拿着马鞭，指点江山，神气活现地来到广东。

蓝梓真不愁找不到工作。当时，广州的平均工资才两三千，他已经能拿到七八千了。

光棍汉，穷光蛋。年轻时，这些概念离他很远。据他身边的朋友说，那时，蓝梓的头抬得很高，阳光帅气，腰杆挺得笔直，精神抖擞，仿佛腰里藏着无数金元宝。

蓝梓初涉社会，没有一个女人掌家，大手大脚，赚了一千，花得八百。因此，那些年，他赚了一些钱，却没有攒下老婆本。他的母亲焦急，逼着他在老家——湖南的三线城市买了一套商品房。

那时，广州的房价也便宜，平均一平方米不超过四五千，好的才过万。但蓝梓没有广州市的户口，因此，没有办法在广州置业。

以蓝梓对未来的预测，自己的职级会向上攀升，工资也会随着资历上涨。只要自己手头紧紧，将来在广州置业不难。

总之，明天，大有希望。

个人的日子，一定要过好。三餐，加夜宵，少不了。

蓝梓的工地就在猎德村附近。那时的猎德村还藉藉无名，周边还是一望无际的菜地。好多的老乡从湖南拉来成鸡，在这里圈养一段时间，接了地气；然后，接受本土化的鸡，变成了本地鸡，悄悄地走进了广州的各家食肆，身价大涨。

蓝梓经常从老乡手中买鸡做夜宵，老乡以低于食肆的友情价卖给他。人，是故乡人；鸡，是家乡鸡。

吹着江风，看星云随滚滚的珠江水流去，喝着珠江水做的珠江牌啤酒，做一个在珠江边安家的梦，如群星在水中的倒影一样灿烂。

前几年，蓝梓终于按政策，可以把户口迁入广州了。可是，广州的房价就像窜天猴一样，嗖嗖地往上蹿。过去一平方米的房价，成了广州人集体的美好记忆，恐怕这些记忆只能在广州地方财政年鉴才能找到……

仿佛当时，买房的人没有被买房的压力搅得夜夜失眠，仿佛“房奴”的称呼，昨天才出现似的。

后来，朋友给蓝梓介绍点点、姗姗、樱桃、玫瑰……不同芳名的小女孩、大女孩、老女孩。

女孩问：“你在广州本地有房吗？”

蓝梓摸摸自己的口袋里仅存的几枚硬币，低下快乐的头颅。

即使，卖掉老家的房子，也不够他在广州付个首期。

有身、有业、有家，弱者最起码的生存条件。过去，似曾有过，汉、唐盛世曾经为了保护弱者，制定过相关的政制。

不久以前，仿佛还有人享受过政府的福利分房，现在都成了过去的故事。

岁月仿佛什么也没有改变，可是蓝梓的心已经望秋先零，工作的压力，与人打交道的强笑，无人倾诉的苦恼，拧紧发条的神经，无边无际的空虚。蓝梓如一个烧透了的蜂窝煤，外表完好，一碰就会崩溃。

岁月悄悄地偷走了蓝梓的红颜；汗水流成江河，事业的方舟却在激流中打转；自己辛辛苦苦筑成的美宅豪庭，却成了自己难以攀登的险峰高岩；自己用真诚浇灌的爱情花朵，却轻易地被黄金和高门摘去……

人，白来世界上走一遭吗？

蓝梓笑啊！蓝梓醉啊！蓝梓做梦都想拥有一个男人拥有的一切……

可是，工作难，生活难，安家更难。

唉，曾经蓝梓是一个人人羡慕的天之骄子，有单位，有工作，是一个有事业、有地位、有身份的人，能给女人带来安全感。可是，当蓝梓辞掉工作，离开了原来的单位，他就成了组织上的编外人员，社会的流浪儿。他背井离乡，为了活得像一个人，结果事与愿违，所有的苦都得独自吞下，所有的罪都得独自担着。安全得不到保障，情感得不到依靠，生活得不到满足。

现在，社会还是给他们一个很崇高而美好的身份：打工人！社会无私的建设者！

有人鼓吹：租房。

鼓吹者住着宽敞的房子，手搂着妻子的腰，兜里揣着大把的票子，出门开着自家的车子。得意的鼓吹者，得意的从满是油脂的嘴里，滑出两个轻飘飘的字：租房。

有租老婆的吗？

“池边柳弱莺难驻，庭畔花残蝶未回。”

绾不住的青春岁月，难驻的莺，未回的蝴蝶……

一切都意兴阑珊，春已尽。

（二十四）富贵竹

最近天气有点闷热，长期慢性咽炎又发作了。喝了大量的水，吃了不少的水果，可是，这些对我的病症似乎没有用。

初夏，蚊子大量来袭，我的出租屋，纱窗早就千疮百孔，蚊子无孔不入。房东只顾赚钱，却舍不得投资修葺，而一个女人，来弄这些，确实有点犯难。

当初，我从深圳调来广州，在单位附近的城中村——杨基村租下这间房子。

记得找房的那会儿，好的房子租金贵，租金便宜的却连个厕所都没有。如果一个厕所都没有，这对一个女人而言，多不方便？于是，相中这间房。正如当初女房东强调的那样："房子面积有二十四平方米！有一房一厨一卫，还带有阳台，配有家具，很实用。"

可是，在我眼中，怎么也看不出房屋有女房东所说那么大、那么好。卧房兼客厅大致是十二三平方米。厨房里只有一个水泥砌的台，宽不到一米，长度不足一米五，刚够摆下一个煤气灶，放下一个砧板，安装一个洗水池。厨房的过道很窄，如果两个人在厨房忙碌，连转身的地方都没有。卫生间与厨房一门相隔，去卫生间需通过厨房的走道。我唯一满意的是屋里带有一个三四平方米的阳台，平时阳台可以晾晒衣服。

女房东口中所说的家具不过是一张陈旧的木书桌、一张半旧可以折叠的四方饭桌、三张掉漆的直背木椅和一张一米三四宽的木架床。这些家具都很旧，不知从哪里淘汰后被房东捡来。好在房间的基本功能都能实现，自己孤身一人也够用了。后来，因为懒，我一直没有换房。

一个人，特别是一个孤身女人，在外真难啊。如果身边有一个男人，该多好！

回到家里，我不得不点蚊香。我知道，这对我的慢性咽炎不好，可是没有办法。上次蓝梓来时，给我带来了水剂的电蚊香，刺激性气味没有那么大了。看蓝梓装好电蚊香，插好，我开心地笑，心里感觉暖暖的，温柔地给蓝梓拿香皂和自己用的毛巾，让他洗手，像一个小妻子伺候着自己的丈夫。即使在这简陋的出租屋，我也感觉到一种家的温暖。

什么是家？有一个遮风遮雨的地方，还有一个相爱的异性在一起，这就是一个完整的家吧！我如此想着，水杯里的开水正冒着氤氲的热气，房间里很安静。

窗台上放着几盆富贵竹，这是我十块钱一盆从街边淘回来的。我很喜欢富贵竹，它们有松柏的仪态，也有竹的枝节，只要用水浇它，它就能生根，开枝散叶。清清爽爽，简简单单，如一个精明、清丽的人过日子。

因为，房间的光线不好。几年来，已经换了几次富贵竹了。每次都惹得我感叹几天，伤心几天。

可不是吗，富贵竹借着散光和清水顽强生长着，如果为采光不够，就会叶老干枯，等待着凋零的末日。即使剩下的几株，也是文文弱弱的，挨日子吧。适者生存的现实在自己小小的房间里不合时宜地演绎，新叶切断了残破者生存的希望，后者无奈地淹没在时空的转轮里，与生者再无后会之期，引来我无穷的哀伤。

一个乡下的女子，一路拼搏，上小学、中学，我是同学学习的楷模，老师们的骄傲。上了大学，我被调剂到生物学专业。中国的学生选择的机会不多，专业可能会决定未来的事业。我对自己不喜欢的专业确实提不起什么兴趣，在浑浑噩噩中度过了大学四年，以中等偏上的成绩念完成大学。毕业后，被分配到有“经济四小虎”之称的东莞的一所乡村中学。后来，我还是选择离开了东莞，来到了深圳。

通过重重考试，好不容易在一个文化公司找到一份工作。这是一份有关文字的工作，女人的灵性，文学气质与天赋，加上自己的不懈努力，仅三年，我就当上公司的中层管理者。

当初那三年，除了每天上班、下班，还不时加班，我的付出得到了同事的尊重、上司的赏识。尽管公司不大，才百十几人，但我管理的恰好是业务口，没有几手硬功夫，是掌控不住的。

我一干就是四年，岁月不居，身心俱惫。

后来，由于老乡的帮助，我进了一家大型国企。

养富贵竹没有想过它能带给我什么富贵之运气，只是喜欢它的绿。只想着，每天醒来睁开眼望着窗台能看到绿，看到生命的气息。可是我无法照顾它，无法忍心看着原本葱绿的富贵竹一天天在房间里枯萎。于是移到阳台。虽然我曾那么努力去挽救，却心有余而力不足，不到迫不得已，不踏进阳台。

那年十月，我迷上了书。每当看完一长篇著作，感觉了却了一桩大事。

看书看电视，我从不会在乎去体会情节是否跌宕起伏，剧情是否扣人心弦，我的感受却是别人无法理解的忧伤和无奈，然后，化作独自哀伤、感怀、辛酸的文字。

子君（鲁迅《伤逝》中的人物），尽管她曾让我心破碎，呼吸困难，但还是理解她的选择，原谅她对自己的决绝，独有一具空壳行走，是对自己的残忍。

自己给自己温暖，云淡风轻，只有孤单寂寞需要的时候才被忆起。

回忆还没有变黑白已经置身事外。

承诺不曾说出来已经忘了感慨。

看着办公室那些只能在狭小的空间游来游去的热带鱼，不需要陪伴，没有眼泪，寂寞生长，是我们的榜样。我微笑。在任何我难过或者快乐的时候，我只剩下微笑。

我惧怕孤独吗？即使夜深，无法入睡，只需要蓝色小调，一些轻柔音乐，一本书，静静地躺着。

必须抱着抱枕，蜷卧。

都说这是缺乏安全感，但我只是喜欢而已。

有些事情是可以遗忘的，有些事情是可以纪念的，有些事情能够心甘情愿，有些事情一直无能为力。

有些东西可以是一瞬间的事情，也可以是一辈子的事情，每个人都有理由选择，而遗忘让我们坚强。

可真的能够坚强吗？

云淡风轻……

如果身边的人，让他们换一换站位，会有怎样的结果？

不知道有些决定究竟是对是错。

就要随着它的方向走了，却是忧虑和恐惧，知我一定会过得很好，再逛街的时候，常常用几十倍于大学时的价钱，买来那些海市蜃楼的欢喜，可是再多的钱，买不来廉价的快乐，当你想要拥有的现实都能拥有了，当你追寻的你始终无法把握，生命之余，上演的究竟是怎样一场疲惫的喧嚣？

选择性的湮灭。

远离每一个给我真切关心的人，都很困难，在我猜疑不买的性格里，总是不愿意决绝地伤害，不愿意决绝地放弃，那么这一次，我潜藏的逃离的欲望，真的可以安好地掩饰吗？

多雨的天气，没有灵魂地穿行在不属于自己的城市之中，此刻有一种心情叫不想说话。

在这个空荡的城市，漂泊途中倚靠在一个角落，奢望过一些温暖，也预知感情只是彼此寂寞的一个安慰，却在一厢情愿的安然和残缺中，感受到它无处可逃的寒冷。

也许是这几天休息不好和食物惹的祸吧。

咽喉从昨晚就开始疼痛发痒但咳不出来，也不想咳，一直忍着。

香槟和鸡尾酒代表着喜庆欢快，红酒本来的意义是在烛光音乐中慢慢地品尝，可这些没能在湖湖、静静和我三人身上上演，有的是如东北人家用大盅喝白酒，这些都不及啤酒的痛快。

在出租车上听着呼啸的风声，兴奋与高声笑语，管他人什么眼神呢。

我们上过几天学，但算不上才女，先天的乖巧伴着后天的叛逆，所以我们也会疯狂，也会一手捧着高脚杯，一手摇骰子，似乎也算不上真正的淑女，后两种人与我无关。所以只是孤魂野鬼般地游荡漂浮。

走在大街上，感觉灵魂里一半清醒一半麻醉，像一条鱼，游离在陌生拥挤的人群里，突然感觉自己在笑，声音慵懒，表情娇憨，酒精能使一个女人变得简单和天真，只是浸透在身体里的温暖会逐渐变冷。

该走的时候感觉背后湿透，冷已开始蔓延并游走，涌上眉梢淹没尽头。一切变得明白，一切不过是自导自演属于一个人的戏剧罢了，已经落幕，也是时候落幕了。

（二十五）有趣的称呼

夜里，分隔两地，我和蓝梓在蓝色的屏上，开始了神侃。

没有具体的话题，具体的话题，需要商榷。必须建立在坚实的感情基础之上，即使分歧，也不会星飞云散。现在，我们认识还不到两个月，只图快乐。

我：“我该如何称呼你？蓝梓，对你的称呼让我犯难。”

蓝梓：“你爱我吗？如果爱我，这样叫有点生分，要么有点夸赞或嘲讽我的意思。”

我：“叫‘亲’好吗？”

蓝梓：“俗。现在全网的人都叫亲，都成‘流感’了。”

我：“叫‘亲爱的’好吗？”

蓝梓发了一个捂脸大哭的图。

我又发：“行不行吗？”

蓝梓：“你不觉得难为情吗？我们是在中华大地上生活，这不是洋气，而是洋相了。何况去美容美发的地方，都是称之为‘亲爱的’。”

我：“那叫你‘蓝哥’，好吗？”

蓝梓："随意吧。"

我："我称呼男同学都叫X哥。"

蓝梓："啊！我还以为，我与你有点不同呢。"

我："什么不同？"

蓝梓："你揣测吧！还是叫'蓝哥'好。简省点，叫'哥'；稍稍情浓点：叫'亲哥'；再隆重点，叫'哥哥'。现在这年月，叫'亲''亲爱的'多是陌生人。这世道变得太快，我的思维都跟不上时代的节奏了。"

我也被蓝梓的幽默逗得哈哈大笑起来。

我从来没有想过，称呼竟然如此有趣。今人的幽默与智商，全用在无关的名目上，洋的、土的都得接受改造：先生、小姐、美女、亲、表哥、表妹、干爹、亲爱的……

小姐不再高贵，美女不再专属美人（只要一刀下去就可以改造，很物理的），亲爱的也不再分男男女女了。我的智商大降，许多的事情很烧脑。

坏了。

两个初涉爱河的人又该怎么称呼？两个热恋的人又该怎么称呼？还有新婚夫妇、中夫妻、老年伴侣、爱偶、怨偶、恨偶、离偶等，我已经被各种称呼搅得昏头昏脑，我的智商已经跟不上时代一个小小的变化。

可怜的现代人，被一个简单的称呼的信息，已搅得不知所措，无所适从。

我想起自己父母那时彼此的称呼，父母的感情一向很好，我母亲叫我爸"相公"，我爸称我妈"娘子"。相公带有女子对男子的仰慕，娘子带有男子对女子的呵护。多少带有举案齐眉的意象，现代人不再崇尚这个。因为，男女平等了，女权了，还有举案齐眉的必要吗？

看吧！今时的雨，今时的风，比刀剑还利，在大刀阔斧地切削侵蚀万里长城的砖石，留下些残垣断壁，冷冷地镶嵌在历史的记忆深处。还有一些生僻、国人不常用的词汇：相公、娘子、关雎、葛覃、卷耳、螽斯、桃夭、汉广、汝坟等，还如一块块顽石，突兀在漫天的黄沙之中，呈现着一种不死的意象。在你衰老的脸上的痛苦的皱纹，我读懂了时空中沧桑与文化里的痛苦。

欢乐还未央，还有多少崇高以及永远讲不清楚的问题，在这个时代流浪，娱乐成了时代的哲学，庄严变成阳光下的冰山。

昨天，我们唤不回，绾不住，如风如水；明天，却被硬质的今天阻隔，难以跨越。何况明天的事，谁又能测度呢？

手机已经没有电了。

夜已深沉。

（二十六）咖啡屋

李白斗酒诗百篇，酒有火一样的热情；路遥的咖啡杯里的咖啡因，使他保持写作时神经兴奋。

爱情如诗，也需要酒一样的热情来点燃，也需要咖啡因来振奋精神。恋爱需要激情，婚姻需要坚韧。恋爱和婚姻是两种不同的存在状态，前者是为了激情，后者是为了生活。恋爱也需要酒与咖啡来点燃、来助兴。

在一个夏日的晚上，我们相约在一间咖啡屋。咖啡屋处在一个浪漫的地段，很适合初恋的人们。时空的交会，成就了现实的浪漫、过去的回忆、未来的愿景。

青春与爱情如早晨一样清新，这清新感令我陶醉。青春与爱情同在时，该多么美好！而我的青春和他的青春如花上的露水，还有多长久？爱情嘛，不说也罢。

我与蓝梓相对而坐。咖啡屋有一位男歌手正弹着电吉他，唱着刀郎的《2002年第一场雪》，声音苍凉、空旷。旁边的青年男女也摇头晃脑地跟着吟唱，驳杂声光，冲淡了原来歌曲应有的感伤。我们听着还有一丝会意伤感的音乐。

此时，伤感但不伤心，更需要人来慰抚。二律背反的作用力，此刻如此强烈。

咖啡的味道一直在空气中飘摇，香甜香甜，一直深入细碎的骨髓，诱惑着我回想过去的阳光。追思如春天的蒲草一样生长，那时我多年轻啊！痛苦可以化作眼泪，幸福也可以化作眼泪。而现在，一切只归于平静，面对平淡，从容且微笑。

灵魂的引力吸引往日飘浮在空中的磁铁，我在嘈杂的喧闹声中收集着过去记忆的碎片，组合成一幅残缺不完、早已褪色的画卷，再没有当时的激越，平静的如一池水，不起波澜，只是仿佛存在着。

似乎是 X 年六月底，整整十年，戒掉了那些不好的习惯。可是在今夜里，走进熟悉的咖啡屋，那些灵魂里不停跳动和斗争的小分子们开始细细地渗透出来。我知道，终于又开始想念叫浏览夜的地方，那些年少但是娇艳的女人们，那些用光碟串成的装饰品，那个吧台里忙忙碌碌的少年，摇曳的烛光，一切的摇滚和猛烈的音乐，都如此地让我想念，再也没有哪一个地方，会在喧嚣中让我迅速地平静下来，在角落静静地看着来来往往的人，所有的忧伤和开心在音乐和人群中安静下来，只有淡淡的伤感，微微的喜悦和漂泊流浪的开心。

习惯了一个人，习惯在陌生的地方行走，习惯在月色里想象未来的美好，快乐有时候来得太单纯，忧伤也会随着蔓延，然后在音乐里死去和重生，生活就这么把人推向衰老和死亡，甚至还来不及思考宿命和轮回。

人再也回不到过去。过去，人们通过自然，就能获得心灵上的慰藉，面对高山、流水、群星、宇宙，就能得到天启，唤起人别样的情感。科学的力量，让人类自大起来，人类探万类之原因，问大地之动定，谈月表之隆陷，究星辰之志属，考成天之质分，殚精竭虑，苦思于此，迷茫于此。

为此，他们追求快，奔如火箭；他们追求高，逃离太阳的束缚；他们追求深，向最深的海沟挑战，他们希望以征服者的姿态出现。只是当地震、海啸、火山喷发时，人类才对大自然产生恐惧、敬畏和感怀大自然的高贵和凛然不可侵犯。人类不过是用自私的锄头，在江河湖畔，开辟了几亩贫瘠的土地，而周围都是阴森森的荒原。

人们时常低头刷着手机，各种声光已经炫乱人的眼睛。人们已经不屑环顾四周的风景，不屑打量四周的事物。人已经弃去对人、对风景的兴趣，人性已经枯萎。

上帝在最壮年的时分死去了。

城市的闭塞和沉闷，需要夸张和怪诞来弥补它的精神上贫血。

“朋克”“垮掉的一代”“达达主义”，反叛、反叛、再反叛！斗争、斗争、再斗争！如电耀九天，如雨落九渊。生活的钟摆，还是不紧不慢地摇摆着。

蓝梓低沉、关心地问：“春媚，你在想甚？”

蓝梓的问候把我从遐想中惊醒。我粲然地对他一笑，掩饰道：“没有想啥。”

在这样初恋般的约会中，我为什么不回忆一些快乐、轻松、温暖点的东西？为什么要把自己引入伤感黑暗的隧道，用黑色来书写快乐的时光？也许，我心中一直缺少光明。

昏暗中，我看见了他闪亮的贝齿和他的手臂传来了温度，空调的温度很低，我需要温暖。

来自同性的、异性的、朋友的，甚至敌人的。

我的肉体皈依灵魂，我需要是食物、水、温暖和宁静。偶尔有一点酒、一点咖啡也是不错的。

我问：“你常来吗？”

蓝梓说：“不常来这些地方，只因你曾经喜欢。”

我说：“人的口味会变。”

蓝梓说：“正常。自从认识你，我的口味不是正在变吗？”

说罢一笑，还是白亮、白亮的牙齿，如夜里明星，闪烁着诱人的光，照亮我眼前的黑暗。

我曾经听蓝梓说过：普通咖啡太苦，拿铁咖啡太娘。

真难为他了！我知道蓝梓话中的分量。我回握他的手臂，也有点冷。

在这个远离家乡的地方，需要有情的人彼此温暖，心依偎着心。

我虔诚地相信：爱情，可以改变小小的世界。

（二十七）女性政治和夫人政治

许多尽人该知的道理，可是，大家都不说。

硬是把别人吐出的糟酒，含在嘴里，难受。

我们许多时候因为自卑、有求于人，或者自己也是这样做过、做着，于是装成浑然不知。

大家心照不宣地说谎。甚至把谎言当成真理来赞赏。目的，即使不是为了分一杯羹，也是希望得到一时的安宁，趋吉避凶，委曲求全了。

“青山遮不住，毕竟东流去。”水对大海的向往和大海的召唤，对水而言有着同样的命运和使命。

芃兰说：“万事均有定时，人最终能把握的东西都不能称之为命运，只能是命运感。”

我附和着：“一旦树叶凋落，甚至连上帝也不能使它返回树枝。个人的力量，在强大、难以驾驭的命运面前，是多么渺小。”

我们一起唏嘘不已。

在唏嘘声中，我看见了芄兰的忧伤，她的反叛，她的逃离。为了尊严的活，为了活得更像自己，她选择了逃离常人为她设计的人生道路。她逃离了京都，逃离了繁华。

想起芄兰，又想起我在冰凉的宿舍里度过的日子、读过的书、用过的笔、说过的话。在芄兰简陋的车上搬着行李，汽车一路呼啸而去，她说太像黄土高原上那些因为战争逃亡的女人和男人们，相依为命的日子成为我们这一生最珍贵的回忆，所谓的感情，又怎么能比得上这些寂寞无望里张望的日子？

我笑称："美，是十分活跃的元素。拥有它，就是在命中注入了更多的流浪因子。"

芄兰却说："不，美没有罪过，只是需要世人、世情的保护和同情。这种力量，来自自己，来自家庭，来自亲人，来自社会。可是，我是被紧逼的脚步，不断逃跑。"

我笑问："那你为什么不嫁赵景文呢，他家有钱有势。他足可以给你提供一个安全港湾。"

芄兰说："我看不上赵景文，不是因为他的家庭背景，而是他太娘了。你看他一张白净的四方脸，嘴似红丹，整天头发梳得一丝不苟，衣服严谨，白衬衫、西裤、锃亮的皮鞋，眼睛里透着冷冷光，仿佛对一切都不在乎，如一个小老头，缺少朝气。所以，在学校时，同学呼之为'老夫子'。我喜欢活力澎湃的人，即使青春如野草一样杂芜，也不失生命的活力。还有，这样出身的人，什么东西都容易得到，容易得到的东西，人们一般不会太过珍惜。"

我问："他不是北大的高才生？"

芄兰说："他这样的高才生在国内一流高校中太多了。不说，你也是懂的。"

我问："那是不是很多的老板追求你，你不愿意嫁给二世祖，就嫁给一世祖啊？"

芄兰摇了摇头说："春媚，你不懂的。这些暴发户，才领略到强权与成功的滋味，他们言语粗俗、举动粗鲁，他们既缺乏旧的道德的滋养，又没有很好接受新的伦理的调教。于是，他们经常参加各种聚会、沙龙，有富商、有新贵、有平庸的艺术家的聚会等，他们想借此提高自己的荣誉与声望。虚伪、强权、贪心、利益作为出发点，作为一切权力、一切正义、一切真理的象征，什么都要顾问，什么都批评，刻薄的话、藐视之情溢于言表。春媚，你不知道，这样的男人，为了颜面，具有更强的控制欲和占有欲，美丽不过是他们禁脔。我如何能够得到平静自主的生活？”

我说：“芃兰，你太过理想化了。即使无钱无势的人，对另一半也会存在无法估摸的占有欲。这是人性。”

芃兰固执地说：“春媚，你说的情况，我都想过。我不是儿童般不谙世事的天真，也不希望成为城府深沉的社会主宰。我只想做回我自己，在两性关系中，比我差的人，定会畏惧我的美丽；比我名气大的人，定会显摆我的美丽。我不想成为别人的心理负担，也不希望成为别人摆弄的花瓶。我要找一个条件比我稍好一点的人，他面对我的美丽不会自卑，也不会骄傲。所谓的阴阳调和，就是阴阳的势力达到势均力敌时，才可调和，阴盛阳衰或阳盛阴衰，都会打破平衡，都难得到和谐与平静。生活最本质是平静，而平静的真谛是与自然和谐相处，与人和谐相处。可以自由地呼吸，可是漫不经心地看着时光流逝，我们身体健康，内心平静，我们从容闲适过活，那才一个女人需要的生活。”

芃兰目光坚定，若有所思地说：“我经历尚浅，但是，我有一个原则，就是保持自己的个性。人生的百态，我没有必要去模仿。如果，我活得像别人一般模样，我岂不是白白地来这个世上走一遭？自己活轻松一点，为什么要走进大众的视野？只有成为有钱人，成为有权势的人，成为人人羡慕的对象，才算是成功吗？人的本质，是为自己活着。”

我说：“社会留给我们选择生活的道路并不多：一条是投入浊世红尘，一条离群索隐、洁身自好。你向往陶渊明的隐居生活吗？”

芃兰说：“不，我向往王维晚年闲逸的生活。陶渊明有田园可归，而我没有田园可归，没有租税可收。我要生活，必定要像王维一样，有一个相对固定的职业，不孜孜追求于名利，只要豆饭果腹。”

芃兰神色黯然道：“我纵有‘伯成辞耕，严陵去钩’的志向，向往田园生活。可是，我出生在城镇，我一生出来就失去了土地，注定无法满足归隐田间生活的愿望，注定无法畅快地呼吸着泥土的芬芳。我只是一个很普通的人，普通人只能接受生活现实。面对生活现实，我是土地的弃儿，我是风吹的柳絮。‘日出而作，日入而息，凿井而饮，耕田而食，帝力于我何有哉。’自在自为显然不可得。一旦我失业，就进无所往，退无所据。这是城里出生的人的悲哀。城镇化，让大大小小的城市都在趋同，在雷同的城市里生活着的我们，被城市同化，趋向雷同，我们默默地接受或承受城市化的恩惠、诱惑和伤害，谁想过抽身离开？可是，城市化的浪潮一浪高过一浪，人们欢呼着，我在人们欢呼声中战栗。因此，我要退守城市最后的田园生活。刘禹锡的《陋室铭》的描述接近了城市田园生活。如他说‘苔痕上阶绿，草色入帘青’，算是境近。‘可以调素琴，阅金经。无丝竹之乱耳，无案牍之劳形’，应是心近。而‘斯是陋室，惟吾德馨’和‘谈笑有鸿儒，往来无白丁’则太过着相——着于名相，尤有不足。城市田园生活，没有华堂俊彩，没有灯红酒绿，忘记身份功利，倚门看客，北人南来南人北，管他什么帝王将相、名儒侠客、富豪商贾，还是戍卒小吏、僧侣道士、市井百姓，只求内心自在自为，自由与平静。”

我说：“芄兰，你不同，你即使嫁给赵景文，别人也知道，是他追你，不是你追他。我有一个女同学，颇有几分姿色，为了追求美好富足的生活，她不会打高尔夫，但花钱参加高尔夫女子俱乐部。在国人眼中，高尔夫因为稀少、高消费的运动，而视为优雅、体面的贵族运动。参加打高尔夫的男人，大都是一些成功的男人。现代的人，都推崇什么平台、圈子，以为只要加入了某平台、某圈子，就得到了晋身的阶梯。这是多么恶俗的想法，真正有钱人、体面的成功者、有深厚底蕴的人，会在高尔夫活动中挑选一个‘社交女郎’？在我那些女同学眼中，高尔夫女子俱乐部，只是一个体面的走秀台，女人与女神之间只差这个舞台。现在有了这个舞台，自己就成了女神了，就等待有钱人、体面的成功者的挑选。这些女人中，极少好一点运的成为人妻，大部分成为见不得光的第三者，或妾。”

芄兰问：“你没有听闻‘物贵极征贱，贱极征贵’？大家只看到官宦之家光鲜的一面，没有看见他们危亡之势。一旦有贪功害能之徒，为了成就自己的事业，从中生事，他们轻则受耻，重则灭族。与其这样惶惶不可终日，不如现在守拙。说说你的那位女同学后来如愿以偿了吗？”

我说：“现在和我一样，还是一个快乐的‘单身汉’呢！”

芃兰听后，哈哈大笑：“有人说，女人只要想嫁得好，就一定能嫁得好。如果，都能做到这点，就没有失意的女人了。再说，你以为男人们个个都是蠢货？哪一个男人不想找一个贤内助呢？有权有势的男人，更看重女人背后的和内在的东西。诸葛亮为什么找黄月英，你知道黄月英的背景吗？《三国演义》中说：黄月英为沔阳名士黄承彦之女，黄承彦以黄月英有才向诸葛亮推荐，请求配婚。诸葛亮答应后遂与黄月英结为夫妻。相传黄月英长相丑陋，黄头发，黑皮肤，但知识广博。嫁给诸葛亮后，生诸葛瞻、诸葛果，收诸葛乔为养子。她的智慧，为诸葛亮的北伐提供了无上的帮助。多少年来，只要读过、听过《三国演义》故事的老百姓，无不把诸葛亮与黄月英的爱情故事当成佳话相传的。可是，一旦你了解到：黄月英的社会背景，你就会产生疑问。黄月英的父亲黄承彦是襄阳名士，南郡大士蔡讽的女婿，与庞统（凤雏）、庞德公、司马徽、徐庶等人交好。诸葛亮以一介寒士娶了黄月英，对他出山，定益州，三分天下有多大的助益，谁又能说得清楚？历史不是法律的审判，法律的审判讲实证。而历史学家，在记录或记述时，又带有多少自己的猜测、推想、估算、设定与假设？为尊者讳，这是中国编史者的传统，它只为成功者说好话。这样的历史的‘真相’偏离了‘事实’有多远，谁又知道呢？当然，如果黄月英真的‘丑陋’，说明诸葛亮也是个奇特的男人，为了个人的成功，算是不计其余了。真真是一个狠人。”

我傻傻地问：“你究竟要说明什么呢？”

芃兰白了我一眼：“你是真傻还是假傻？这关系到女性的地位。在中国，一直有男主外、女主内的传统。像这样的情况国外也不过如此。日本就不用说，单说说英国。章士钊的太太吴弱男，家庭出身豪门，她是淮军将领吴长庆的孙女。在日本留学时，是同盟会员，才华不逊于章士钊。当初吴日常口中所论的：不是男女平等自由，就是社会革命。但是，吴嫁给章士钊后，随章到英国留学三年，看到英国家庭男女在家庭生活的状况及英伦社会上种种言论，顿悟前非，回国后，绝不问外事，更鄙视女子参政。显然是受到英国妇女的家庭生活的影响。章士钊曾感慨道：‘嘻！欧化真似之辩，吾妻今昔之殊，诚不料其相违之度如此之大也！’可见，英国女性在家庭和社会中的作用并不是大家想象的那样。否则，像吴弱男这样的巾帼不让须眉的人，会回归家庭？

“现在一些女性把回归家庭，看成是女权的弱化。这是对女权的本质缺乏清楚的认知。而男主外、女主内，或者女主外、男主内，这实质是男女在争夺家庭的主导权。而女权实质是一个女性在社会的政治权利，女性能不能与男性一样，平等与自由参加工作，能不能同工同酬，能不能拥有同样的参政议政的权利。女权是一个政治概念。

“也许有人说：现在的社会，多是女性依附男人。这种说法也不准确，应该说女性依附的是权力或金钱。女性手中有了权力有了金钱，不是与男性一样作为吗？莎乐美（《圣经》中以色列希律王的女儿）的金盘子不是托着圣约翰的头颅？武则天不是专门设有‘控鹤监’机构，公开让薛怀义、沈南、张易之、张昌宗等人成了她的男宠吗？还有那飞燕立过的金盘，同昌公主的联珠帐，西子浣过的纱衾，红娘抱过的鸳枕，哪个不是世间的稀罕之物？寻常百姓三餐都紧张，这都是权力和金钱的魔力，与性别无关。谁掌握了它们，谁就拥有了可支配资源、自由、空间、时间和他人命运的权力。我们多数人都面临着无法独立生活的困境。这也是为什么人们孜孜不倦追求权力和金钱最根本的动力。

“‘妇女能顶半边天’。在中国，并没有夸大的成分。自古以来女性在社会的作用是无法替代的。传说的女娲炼五彩石补天，这是拯救整个世界的节奏！也难怪，人类文明的起源，就是从母系浓浓的乳香中产生，父系的权威只是母系采摘果实时剩下的果子，被敢于冒险的男人偶然拾得。即使在男尊女卑的中世纪，女性们以她们卓越的才识，敢于牺牲的精神，在内政、外交、法律、科学、文学、艺术等领域崭露头角。娘子关前的娘子军为父开国，与丈夫并肩战斗；梁红玉击鼓退敌；被人们津津乐道的杨门女将，以她们的血肉之躯，为国之干城；昭君出塞、文成公主和亲，这是女性参与外交，以身许国的实例；西施曲线救国，缇萦救父变法；蔡文姬、班昭、李清照、李淑真、卫夫人、公孙大娘等以她们的才艺，为中国文化艺术发展留下浓墨重彩；发明缫丝的嫘祖，改进纺棉技术的黄道婆，留下天文地理数学专著的王贞仪等，共同促进社会经济、科技的发展。她们以毫不逊色于男性的成就，在中国历史上建立了不朽功绩，向后人们诠释了什么是‘巾帼不让须眉’‘妇女能顶半边天’。

“就拿女性参政而言，一种如黄月英一样，甘愿站在诸葛亮后面，以自己的聪明才智，文章才藻，助丈夫成功，充当丈夫的好助手、好伴侣、信仰者和追随者，永远作为丈夫或儿子背后的那一个，甘作为贤妻良母，以夫人身份，影响丈夫。这是夫人政治。

“一种如武则天、慈禧太后一样，直接撇开丈夫或儿子，甚至凌驾于丈夫或儿子之上，直接站在前台，把本该法理上属于丈夫或儿子从事政治活动权力揽在自己手中，把丈夫或儿子视若自己执政弄权的障碍，她们不再依附男人，以一个独立的个体、显赫地存在权力体系之中。这是女性政治。

“从过去的礼仪制度而言，夫人政治是符合政制的，而女性政治是历史的偶然。然而，你想像男人一样活，你就得准备像男人一样死。如果你做不到这一点，你就妄论男女平等，这不是凌驾于男性之上问题，男女是物竞天择的结果，老天爷早就把男女的能力分开了，你想抹平男女性差异是不可能的。顺应自然，尊重现实，阴阳调和，互生互补，琴瑟和谐，家和福生，对婚姻双方不是一件有利于已、有利于家、有利于社会、有利于国家的好事吗？现在，一些女性打着女权的幌子，实质不愿意履行女性在家庭和社会的责任，这样对家庭对社会对国家的发展并没有多少好处，对自己也未必就是好事。这过头了。

“现在‘夫人政治’，已经变了味，往往与腐败有着千丝万缕的联系，成了助纣为虐的典型。显然，有违传统的意义。我对‘夫人政治’没有丝毫贬低的意思，有的只是敬意和羡慕。人们常说：一个成功的男人背后站着一个伟大的女性。不错，尤其是政治人物，他们背后的女人，不仅帮助其丈夫立家固本，为天下立仪，还运用自己的政治手腕，助她们的丈夫纵横捭阖，或开疆拓土，或继往开来，成为历史上绕不过的政治藩镇。不是很好吗？

“无论过去还是现在，在父系社会，习惯了男性掌权。对于女性临朝称制、称王称帝是不符合人们的思想习惯。但是，历史上对她们还是宽容的，无论是《旧唐书》，还是《新唐书》，对武则天、上官婉儿等，历史充分肯定了她们卓越的政治才华、高妙的谋略手段，像歌颂男性一样歌颂她们在繁杂多变的政治斗争旋涡，‘任凭风浪起，稳坐钓鱼船’，成为封建朝堂之上一言九鼎的那一个。放在今天，人们也要尊称她们为‘铁娘子’了。菲律宾的阿基诺夫人、被称为‘阿根廷玫瑰’的阿根廷首位女总统庇隆夫人等，她们继承了丈夫未完成的事业，用智慧书写了国家和个人传奇的历史，为人们所传颂。

“也许有人要拿骆宾王的《讨武曌檄文》说是男人对女性的嘲讽与打击：有什么‘掩袖工谗，狐媚惑主，秽乱后宫，包藏祸心，窥窃神器，因而声名狼藉。’‘人神之所同愤，天地之所不容。’天下共讨妖孽的共同印证男尊女卑。

“此言差也。翻阅历代《檄文》，哪有借以好辞色的？不是骂对方‘大逆不道’，就是说是讨伐的对象‘愚顽’，该死，该杀。

“曾国藩亲写的《讨粤匪檄》中，诉说洪秀全的罪恶：‘逆贼洪秀全杨秀清称乱以来，于今五年矣。荼毒生灵数百余万，蹂躏州县五千余里，所过之境，船只无论大小，人民无论贫富，一概抢掠罄尽，寸草不留。其掳入贼中者，剥取衣服，搜括银钱，银满五两而不献贼者即行斩首。’

“檄文中，洪秀全的罪恶是灭师祖，绝人伦，惨无人道，与畜生不如，人人将得而诛之。这不是男人对男人口诛笔伐吗？

“纵观二十四史，汉高祖的皇后吕雉，唐高宗的皇后武则天和大清咸丰帝的皇后叶赫那拉氏三位，她们三位女性以其卓越的政治才能，成为中国古代最有权势的女人，她们就是女性政治的典型代表。”

芄兰洋洋洒洒地讲述着自己对“夫人政治”与“女性政治”的理解和观点，让我大开眼界，没有想到她年龄如此小，对女人参政有这样高深的理解和见解。我对她佩服得五体投地了。

芄兰高深莫测地说：“一切都很现实。关键在取舍。我希望：两性生活追求本真，个人生活追求平静，人与人相处追求和谐。吕雉、武则天和叶赫那拉氏，后世对她们褒贬不一，就是她们违背自然的原则，做过了头。我十分赞同杨绛先生所说：‘人生啊，哪有什么两全之策，短短百年，不过是教人取舍罢了，手持烟火以谋生，且停，且忘，且随风；且行，且看，且从容！人字有两笔，一撇写前半生，一捺写后半生，前半生写执着，后半生写释怀！生活，一半烟火，一半清欢，人生，一半清醒，一半释然。不念过往，不畏将来。愿今后的日子，阳光留清澈，世事皆温柔！’人要活成自己想要的样子。”

我说：“你不愿意执着于物，不愿意执着于名，不愿意执着于富贵，你要什么呢？”

芃兰说：“我赞同亚里士多德的幸福观，比上不足，比下有余，不要为物质而发愁，然后，可以做一些自己喜欢的事，可以仰望星空沉思啸吟，一生足矣。‘太高人愈妒，过洁世同嫌。’我辈消受不起。”

我调侃芃兰道：“你只能流窜，逃离繁华一途了。”

按照胡适的话说，“不降志，不辱身。不追赶时髦，也不回避危险”“威武不能屈，贫贱不能移，富贵不能淫”的文人气节，在芃兰身上闪着金光。

后来，没过多久，那些曾经在北京追求过她的老板，又不知从哪里得到芃兰到深圳工作的信息，又一窝蜂追逐到深圳，芃兰不得不开始新的逃亡。这是后话。

（二十八）雨

临近端午，下雨成了常有之事。

且耐心地等待，等待晴朗的日子。

这样如晦的天气，并不太使人难过，从家到单位，只有十分钟的车程，叫个计程，呼个滴滴，打着伞玲珑地走着，也不失女性风雅。

听雨，却要看心情。

早晨，雨扯天扯地地下着。过去，可以了无牵挂地躺在床上独自听雨。如今，有了蓝梓，心在这雨天也不能像过去一样轻闲。蓝梓，带雨伞了吗？蓝梓，出门淋湿了吗？蓝梓，工地安全吗？蓝梓……

全是蓝梓。我突然发现，自己变得婆妈起来。这不是本小姐过往的风格，我摇摇头，潮湿的灵魂里有万类在甜蜜地生长着。爱情啊！也许，就是一种思念，一种牵挂，也是一种改变。改变心态，改变行为，改变想法，改变故我向对方靠近。爱情的本质就是向对方献身，在献身中不断地改变自己。

有人研究：一对长期生活在一起的夫妻，吃同样软硬的饭，喝同样酸碱度的水，为同一件事笑，为同一件事哭，结果，面部肌肉的纹理、肠胃的功能都出奇的一致。于是，出现了夫妻相、夫妻胃、夫妻病。婚姻家庭生活是多么的神奇！多年的父子成兄弟，长期生活在一起夫妻也会熬成兄弟吧！

对恋爱中的人而言，牵挂是一种幸福，被人牵挂也是一种幸福。蓝梓，你这时想我吗？我想一定会的。在动物世界里，多数种类的雄性在向雌性求爱时总会表现出温柔的姿态。你看啊！在发情的季节，西西里荒原上最健壮的两只雄性长角羚，用最美丽的长角猛烈地冲击对方，“砰砰”的声音惊醒沉寂已久的荒原，它们在表现最原始的力。而人，“发乎情，止乎于礼”，思念就是一张网，把自己引诱，让自己心甘情愿投入到对方罗网。谁又能抗拒单身异性的引诱？青春的荷尔蒙如雨一样铺天盖地地罩下来，收获的是生命的挣扎、心灵挣扎和身体挣扎。我的同事说：我的皮肤最近充满胶原蛋白的光泽，眼中有了花的笑声，声线也变得甜美柔顺，脚步也变得更加轻快。是吗？这不是美容美体的效果吗？

我不知道我们最后爱情的结局，但现在我得到了爱情的恩惠。要说我与蓝梓之间恋爱的标志，并不是第一次相见开始，而是从关注蓝梓开始：关注他的讲话，关注他读的书，关注他所关心的球队，关注他的一笑一颦，一举一动。他是我生命中最伟大的魔术师，他表现的一切都让我出乎意料，在他的手中变幻着我的欢快、惊悚和悲痛。也许我的心灵还不够强大，还受到爱情的牵引而起伏。不要笑，这一切都是我自愿，能与蓝梓在一起，是我之幸；不能与他在一起，是我之命。

确实，我感觉到，我的心中充满了诗的情绪，爱情可以让一个平庸的人思想生动起来，它赋予了人类灵气，如同一只无形温暖的手，在悄悄地拨动我的心弦，我仿佛听到高山流水的交响曲在耳畔奏响。一种情愫如酵母一样在潮湿的身体里发酵成长，如咕咕作响的酒泡从堆积的酒糟里冒出来，炸裂。只想大声地歌唱，才能表达自己浓情厚谊的沉醉。为什么那些在闭塞大山中，那些没有读过书、识过字的山腰妹和阿福哥，都能唱出动听的山歌？那是来自灵与肉的挣扎、呼喊与叫唤。所以，才显得格外的惊心动魄，摇撼行云。如极乐鸟唱着春歌，陶醉春风，在天空中布满赤、橙、黄、绿、青、蓝、紫等美丽绝伦、风流无限的身影。

我出神地望着窗外烟一般的雨，看着雨水打在玻璃上，由粒粒珍珠，汇成串串珍珠项链，在游走，在奔突，我的心活活泛泛：《致雨天》

一夜滂沱大雨，半园凄凄草浦。

昨日繁花如梦，终究是个无常。

不经意间，我成了一个行吟诗人。我要与自己最爱的人分享。于是，我用微信记下来，发给了蓝梓。

蓝梓的工作是辛苦的，做工程的人只赶工期，没有周一到周日的概念。时间，对他们而言，就是离工期还有几天几夜几时。时间被切割成无数的碎片，如砖如瓦，砌成墙，搭成窗，成为交付给甲方的大厦。

也许此时，蓝梓和我一样正在听雨。

我很快就收到了蓝梓回信：

谢谢你的《致雨天》，谢谢你温暖的问候！我正在车上，但这不能妨碍我对你的思念。我对你的思念如这清晨的雨，把天把地把你都搂在怀里，浸在里边，渗透到你的每一根发丝，每一个细胞里边，让我的爱在里边畅快地流动，融入你的生命，融入你思想，融入你温暖潮湿的渴望。

我笑了，这家伙真会来事，把他的思念比作现时迷蒙的雨，倒也很别致，总比那些老生常谈的老调来得新颖，叫人欣喜。只是，如果他的爱真是这倾盆大雨，我就要湿身了、溺亡了。

爱情真美好！岁月真美好！雨季尤其美好！只有这样的雨，在周末的日子，才可以可心地，安安静静地，舒舒服服地，坐着、躺着听雨，不需要找别的理由……

我要感谢这雨、感谢这半晦半明的天气，这样晦暗的天气，思维似乎要争那一份光明，于是让人的思维变得更明丽，更活跃；也要感谢蓝梓，感谢他给了我敏锐的感怀。

我慵懒地爬起，打开了电热水壶，拿出已经包浆的紫砂茶壶，泡了一壶新出的冰岛普洱生茶。我把自己深深地陷在沙发里，细细地品味着茶、品味着雨，品味着与蓝梓的恋情；这生普的味道正好，有些青涩，如这份初来乍到的爱情，虽然缺少老茶的醇厚，却也有另一种浓浓的刺激味道。

这时，最适宜听钢琴曲了，很轻盈、很舒畅，让人感觉轻松。本来生活已经够沉重了，在业余的时光里，我们自己可以拒绝沉重，选择愉快。

选择听《遇见那样美》钢琴曲，遇见那样美，这有点像第一次与蓝梓单独相见。我永远记得自己第一次与他单独相见，也是这样下雨的天气。蓝梓告诉我，他们下班较晚，要我耐心地等待。他快到我单位楼下时，再给我打电话。

尽管我认为自己早已过了冲动的年龄，但那一刻，我还是如少女般，忐忑不安。尽管前一段时间两人在微信上聊得很投机，从灵魂的深处接受了对方。但是想到过去一个与自己从不相干的陌生男人，马上就要站在自己的面前，听到他声音，呼吸到身上散发的气味，怎能不叫自己慌乱？

我甚至还估摸着，他会不会如在微信里一样，对自己彬彬有礼，如果他对自己动手动脚，又该怎么办？拒绝，呵斥？从自己心里而言，早已百分之百意属于他，甚至期望两人之间有更亲密的举动。可是如果一见面就动手动脚，说明他至少对我并不尊重。我无法预测见面的情形。

终于等到他的电话，我稍稍迟疑，按下了接听键，手机传来一个久违而陌生成熟男人声音，这就是我梦中的爱人的声音："我在一家叫家谊超市的对面，你在哪？"

我用手拍了拍自己的胸口："嗯！我知道，我马上就下来。"我关了办公室的灯，在电梯里用手机照了照自己。唉，如果自己再年轻点，再漂亮点……我苦笑了一下。

楼下，刚下了雨，街道没有往常的燥热，这对平静自己的心绪有好处。

是他，蓝梓，手里捧着一束花，站在临街的地方，安安静静地等着，没有四下张望，一切很从容不迫。我有点感动，有花的标志，就不要费心地找寻。这是一个细心的男人，一个浪漫的男人！这是我对蓝梓的另一重印象。

蓝梓身材很标准，有点儿酷！蓝梓说他经常运动，打球、散步、游泳。一个可心的人，一个把平淡日子过得很丰富的人，不是一个很枯燥乏味的"大叔"。我惬意地笑了，快步走上去，叫了一声"蓝梓！"他叫了一声"春媚""你来了？"于是彼此认真看了一眼对方的脸。蓝梓依然清秀，如果往前倒推十年，他一定迷死很多的少女！为什么他这么多年都没有成亲呢？这个问题如一道闪电，在我心底划过，就消失在茫茫的黑障里。

蓝梓礼貌地把玫瑰花递到我的手里，不是大红的玫瑰，而是粉红色的，一共十三朵！围着两朵洁白的香水百合，四面缀着白玉般的星星草。我捧在手里，心中挺美！

百合浓郁的香气，驱散了我一天的工作疲劳。玫瑰象征着爱情，百合则象征着婚姻。百合——百年好合。它端庄素雅，纯净芬芳，犹如身披着婚纱的新娘。我有点醉了，似乎听到天籁般的声音：“很高兴又见到你，这是我送给你的，希望你喜欢！”

没有肉麻的表白，只有淡淡的问候。一切都显得内隐、含蓄。如同蓝梓送来的粉红的玫瑰花，如果玫瑰花是大红大紫，热闹是够热闹，却缺少了点雅致。蓝梓是一个用心、成熟、优雅的男人，这样男人让人觉得安全，放心，蓝梓做的一切让人觉得不温不火，周到细致，让我感到舒服，妥帖。

这就我与蓝梓见面时，对他的印象。我总想知道蓝梓对自己的印象，但是蓝梓打死也不肯说。有一次他不经意间，透露一个字：土！为此，蓝梓赢得了我一顿粉拳。

我对蓝梓十分满意，甚至感谢老天对自己的眷顾。因为有了爱，自己觉得被一种幸福的诗意包围着，从《遇见那样美》的钢琴曲，似乎读懂了遇见的全部意义：

遇见美丽遇见你，不曾预约，未曾彩排，一场缘相遇在人海，是注定，更是幸运。遇见，一场魂与魄的相牵，一次情与情的长跑，一句珍惜，在眼；一声思念，在心。这世间的遇见，没有早晚，没有对错，珍惜，才是最美丽的拥有。遇见，不必在最美的华年。

遇见，就是一种美丽，哪怕是邂逅。

我想起了戴望舒的《雨巷》，想起了那深深的雨巷，一位撑着油纸伞，一个丁香一样地结着愁怨的姑娘，一次擦肩而过的邂逅，足以让一位多情的诗人写出断肠句。何况，我要与他长相守，永不忘。故，我没有丁香姑娘的哀怨和彷徨，没有丁香姑娘凄清和惆怅。

在这样的雨季，我畅饮爱情芳醇，品味爱情的芳香。爱如春天的雨，把天罗地网，把我们一起罗网，我的心也是五月湿漉漉的芳香。

（二十九）奶奶

来到广州后，节假日，我经常回家。同事们笑我：“这么大了，还离不开妈妈。”

我告诉他们：“奶奶八十七岁了，父母的年龄也六十好几了，见一回少一回。”

汪大姐笑我：“春媚成熟了，开始恋家，懂得珍惜了。”

我感慨道：“父母在，我还有归路来处。父母去了，我就没有家了，我就成了孤独的自梳女了。”

汪大姐责备我说：“呸！春媚，别乱说！怎么会呢。你不要眼光太高，看着顺眼就行了。俗语说：泥鳅黄鳝一篓捉——丑俊都要，快快成个家吧。人好比那地里的庄稼，过时无收。”

我怎么不想成个家呢？我这样的年龄，还有我这样传统家庭出身的人，怎么会违背社会的风习呢？小时候，我的母亲就在我耳边唠叨：养儿有根，养女有亲。女儿是养在家里是客卿。有这样心思的岂止我母亲这样的农家妇女，即是元好问这样的大文豪在女儿出嫁时也感叹：“生女便知聊寄托，中年尤觉感悲欢。松间小草栽培稳，掌上明珠弃掷难。” 对女孩而言，女孩未嫁之前，娘家只是一个暂寄托身的地方。出嫁后，纵使父母再难割舍，也不得不把掌中的明珠如同小草移交给别人。

我想：元好问不仅是一个性情中人，也是一个有大智慧的人。他与大多数父母爱女儿不一样，普通的父母希望女儿嫁入男方家中，能处主导地位，在未来的家庭中能一言九鼎。他却希望女儿能伏低做小，如小草一样的柔弱来赢得生存的空间。他并不指望自己的女儿如松树一样伟岸地活着，而是希望女儿如同松间小草一样贱生贱长，希望她能在未来未知的岁月中，平平安安地过上一辈子。元好问早已看透了人生的本质：好死不如赖活！更何况“峣峣者易折，皎皎者易污”。人也大致如此。元好问爱女，可谓立足长远，用心良苦。

人应该怎样地活着？如松树一样伟岸地活着，还是应该如小草一样卑微地活着？

我曾经游览过长白山。乘车而上，沿途风物垂直次第分布。据导游介绍：海拔 1100 米以下是山地针阔混交林带，这里生长着胡桃楸、黄菠萝、椴树、柞树、白桦、榆树等。海拔 1100 米到 1800 米之间，是山地针叶林带，这里有长白山红松、云杉、臭松、落叶松等。海拔 1800 米到 2000 米，生长着岳桦树，岳桦树树干灰白，为了适应山顶严寒、大风的严酷环境，都长得低矮扭曲，如一条条翻腾的小白龙在云雾中游动着，在绿色青草地上玩闹着，与小草共这一方空间。

再往上走，环境越发恶劣，高山之上，难见黑土。长年雨水、雪水、风暴的冲刷，遍地留下的都是砾石，土地十分贫薄。加上高纬度高海拔的双重影响，山顶上气候以多风多暴多雪的极度严寒为主（年均气温在 -7℃至 3℃之间，即使是最高气温的七月，月份平均气温不超过 10℃，一年有 269 天在 8 级大风以上）。海拔 2100 米到 2300 米，灌木也都随着海拔的升高而减少，而逐渐变成了高山草甸、高山苔原带。

踏着苦难而登高，从容、坚定，小草用外壳的柔弱和忍耐换取生存的空间。小草成了高山草甸、高山苔原带无可争议的主宰。在这样的严峻环境，在这样苦寒之地，草以英雄的姿态存在着，它们紧贴着地面，低低的，一簇簇的，如锐利的箭，射向四方，抵御随时降临的暴风雪，给这里荒凉的地界带来了无限的生机，给单一灰白颜色的砾石天地，增添鲜艳的绿色，撞击人的眼球，给人们带来丰富的视角享受，让人惊叹生命的伟大与顽强。在长白山上，小草把低洼地的沃土留给了森林，把沙砾与高山的狂风与寒冷留给了自己。它们餐风饮雪，以清教徒的苦修，磨砺生命简素的品格；它们以殉道者的钢铁意志，锤炼生命的坚韧；它们用耐心的等待与挑战，标高了生命的极限。它们占据高高的山峰之巅，睥睨物表，俯视群生。它们独饮痛苦，却把甜美的芳香回赠大地；它们甘守清贫，却把丰美回赠大地；它们身处简陋，却把鲜亮回赠大地。风，吹不倒它；雨，冲不散它，沙石，打不坏它；冰雪，冻不死它。它们创造了生命的奇迹，活出了坚韧、活出了风采、活出了高度。它们是这里无可争议的君王，它们是战无不胜的生命强者，它们是生命不死的化身！它们用谦卑与苦难，打破时序的节奏，打破普通的逻辑，演奏出生命中的强音。

造化用精妙的心思创造了大树，也用同样的奇思妙想创造了小草。无论是大树，还是小草，都是生命演化的一种形式，都是大自然不可或缺的组成部分。它们相互联系、相互补充、相互影响、相互构建。他们都是生命的斗士，以争发向荣的姿态，展示生命的精神、精彩。他们以钢铁一样的意志，以坚忍顽强与苦难抗争的方式，来证明生命崇高。

大树有大树的伟岸，小草有小草的崇高。

我由衷地赞美小草，赞美小草的生存智慧：抑引随时，变通适会。初春荒野，它争时早发；初夏林间，它谦退避让；高寒极地，它坚韧高拔。造物主是公平的，她减少了你体量，却增加了你发展的数量；她给了你的贫瘠，却扩展了你的生存空间；她给了你的苦寒，也给了你的芳香。

无论是大树，还是小草，都是大地之子，尽情地延展自己的美，活出自己的精彩，活出自己的本心来，都不枉来这个世间走一回。

人生如戏，场次早已安排，终局均不可阻挡。别人怎么做，自己就该怎么做，千万别出格，尊重传统，按照传统生活是最偷懒最安全的做法。

“男大当婚，女大当嫁”，就像“处暑萝卜白露菜”农谚一样，劝人什么时节该做什么事，不按照时令做事，到时就没有收成。我早就到了该种萝卜该种白菜的时节。我本不是什么明珠，而是田野上生长的野草。我现在像半荒之亩，谁愿意为它辛勤耕种？

婚姻是两个人两相情愿的事，哪由得自己一个人做主？ 现在，我与蓝梓的爱情就像撒在田里的秧，什么时候移植、收成，还需要借以时日呢。

好在父母尚健，我身有家。孟子指陈：“君子有三乐：父母俱在，兄弟无故；仰不愧于天，俯不怍于人；得天下英才而教育之。”我不是教授，自然不能教育英才，这一乐看来无分；二乐“仰不愧于天，俯不怍于人”，对我而言也是无缘了。现在，我唯一拥有的只有一乐“父母俱在，兄弟无故”。这份乐趣还是父母兄弟给予的，我除了要分外珍惜，还要懂得感恩，让他们快乐，让他们延年益寿！

古人说：“父母在，不远游，游必有方。”我现在身处广州，离老家，也有两个多小时的车程。父母当年送我上大学，鼓励我在外安心工作。显然，父母从来就没有生出过“父母在，不远游，游必有方”的念头。否则，当初，他们就不会辛辛苦苦、死心塌地供我上大学了。父母给我的爱如同阳光，不仅温暖了我，还让我看清未来的路。

“羊有跪乳之恩，鸦有反哺之义。”父母没有动这般念头，我却不能忘怀父母的恩义。即使不能为奶奶、父母做更多更大的事，膝下承欢也是一种报答的方式。老莱子七十岁还穿彩衣娱亲。关于老莱子彩衣娱亲，是娱亲，还是自娱，应是两说。

我回乡探亲的目的，不仅是为了娱亲，也是为了自娱。我需要爱，正因为，我缺乏忘情的两性之爱，才需要从父母那里索取亲情之爱。这对上年纪的父母之言，有点强人所难的味道，父母从来没有嫌弃他们的女儿—— 一个感情生活十足的失败者。

在乡下，像我这般年龄的女子，她们的儿女都可以帮助家里打酱油了，而我还形影相吊，孑然一身。

平常的人只要有饭吃，有衣穿，有相当的异性配对，这一生，他们也就心安理得的过去了，这也没有什么不好，许多人都是这样过来的。可是，也有一部分人对爱总是不肯认命，他们不断地追求理想中的爱情，可是理想的光芒，照在生活的河流上，看到的只是游移的金光幻影。没有生活和责任把它锚定，爱，永远是一条漂泊的轻舟，不是翻覆就是搁浅。

我只是一个寻常的女子，希望过寻常的生活。我不是不安心爱情，而是没有得到别人的垂爱。我渴望婚姻，可是没有人愿意陪我走进婚姻的殿堂。

只是因为我长相丑。

生活有烦恼，工作中也不少烦恼，除了工作忙、工作难外，我耳边时常响起：“谁又有了男朋友了”“谁的职务又晋升了”“谁家的老头有钱”“谁家又买了房”“谁又买了车”“谁家的孩子考上了985学校”等等诸如此类的信息，如黄蜂一样在我耳畔轰炸。我不得不跟着他们一样夸着、骂着、高兴着、痛苦着、亢奋着、恐惧着、艳羡着、怨恨着、嫉妒着。

人生的悲壮在于：明知不可为而为之。不愿意伪装也无可奈何，孤独和虚伪注定要伴随人的一生，光明的时代也终究抵不过黑暗的舞台的侵蚀。

我自认为，我不是一名生活中的强者。可是，别人却把我当成一个强者来提防。我与世无争，无意伤害任何人，可是，别人总是想方设法来伤害我、侵害我的权益。郁郁寡欢的爱情、捉襟见肘的生活，与性相关的屈辱，还有歧视、焦虑、斗争、遗憾、羞耻与孤立，如附骨之疽，甩都甩不掉，使我痛苦不堪。他们还嘲弄地说：诺！看看这个不中用的人！真是稀泥扶不上墙。

当我被外界的各种创伤刺得体无完肤时，谁来安抚我，谁来怜我惜我疼我？我人前只能装得其若无事，睁一只眼闭一只眼，以求能生存下去。当我被痛入心脾的孤独、虚伪等恶劣情绪撕裂、淹没时，我选择了逃避。回家看奶奶、回家看父母，就成了我逃避各种纷扰最好的借口。这，又增加了虚伪的例证和痛苦的稠度。

父母之家，也不是最佳的心灵逃避处。从奶奶白发、满脸的皱纹、干瘪的嘴唇、黑色的对襟衫和写在脸上无穷的寂寞，我就知道，奶奶生存环境并不理想。

每次回去，奶奶的手指甲、脚趾甲都长得很长。显然，我的母亲无暇顾及奶奶的指甲，看着奶奶长长的、枯黄色、变形的长指甲，我就感到一阵痛心。母亲为什么不为奶奶修理指甲呢？她真的抽不出十分钟时间来做这些？用忙的借口掩盖任由老人自生自灭。我怎能用这样险恶的用心来揣测父母的心思？这不是一个做女儿的应该有的念想。

罪过，我的老天爷！原谅我，我这不孝的子孙。

每次，我回去后，我都把奶奶的手和脚用热水泡洗后，帮助奶奶修剪她的手指甲、脚趾甲。这时，是奶奶最惬意的时候。她坐在门前阶级上的那张老竹椅上，深深地蜷缩在竹椅里，柔和的阳光从庭院里返照在她的身上，她微微地喘着气，咝咝可闻，就如一只慵懒的猫，任由阳光和微风吹走她脸上的红颜，吹白了头上的毛发，吹干眼里那一泓清澈的涟漪。

奶奶那一双曾经如玉一样圆润、柔软温暖的手，现时已经起了蛇鳞、如枯干的枝树一般的手，握在手里，如今已经有点冰凉。这一双枯枝般的手，曾经绣过最好看的鸳鸯，纳过无数双千层底的鞋，调过芳菲的脂粉，采摘过山上最美的紫徽花。这一双枯枝般的手，何曾像今天一样无力，甚至连拿一把剪刀的力量都没有了。她的这双有力的手，曾经搬过砖瓦，扶过犁铧，摇过桔槔，抱过孩子，我大伯、我的父亲，还有三个姑姑，还有我哥和我都是在她的臂弯里长大的。还有两个早夭的姑姑，也是她用双手亲手埋葬。奶奶如今枯干的手啊，曾揩过辛酸痛苦的眼泪，也曾掩过红唇开心的大笑。奶奶如今枯干的手啊，曾经在轰隆隆的土地上播种了春天，也曾经在沙沙作响的稻浪里收割了秋天。奶奶如今枯干的手啊，曾经做过世上最好吃的美食，也曾经为她的子孙清理过屎尿。如今她的泪水已经干涸，她的笑声已经沙哑，她虚弱的如一个孩子，如我的孩提时代一样，需要人来呵护，需要人来陪伴，需要人来照顾。可是，她老了，她为这个家，为了她的子孙，为了这片埋葬了她的爱情和亲人的土地，她的乳汁已经吸干，汗水已经撒尽，泪水已经风干。如今，她如一堆无用的稻草一样，堆在那里，只缺一个火种，就会变成烈焰，熊熊地燃烧，变成血红色的光，在子孙的眼眸里变成一个跳动火焰，变成一个曾经光明的符号，这也是她最后的贡献。

过去，奶奶总是问我：“媚丫头，什么时候成亲啊！”

我总是顾左右而言他，说：“奶奶，你又来了！”

奶奶马上讨好般地说：“好！好！奶奶不问了。”

接着就又语重心长地说：“春媚啊，奶奶年龄大了，现在就这么点心事了。你的工作我不懂。与单位人相处，但行好事，莫求前程，只要你对他们好，就行了。人心都是肉长的呢！”多么善良的奶奶。

奶奶说的，我自然只能答应下来，说：“奶奶，你是天底下最好的奶奶！孙女都听你的，我现在一切都好！”

奶奶自豪地说：“单位上的人，应该对你好才对。我家的姑娘，哪能不好呢？聪明、懂事、能干、孝顺，抬出去就是一尊菩萨！”

我能说什么呢？在奶奶的眼中，她家的女人个个都是最好的，都是菩萨，都是一朵白莲花。可是，在别人的眼里，我是不是阎罗，是不是小草，都难说。“人莫知其子之恶，莫知其苗之硕。”家长对子孙的自私的爱，都一样的。

接下来，奶奶会自言自语地说：“秤离不开砣，公离不开婆。人，还是有个伴好。”

唉！我固执的奶奶。兜兜转转又折回到原来的话题。不成器的孙女让你老人家操心了。

有时，一个下午，我就是这样与奶奶东一句、西一句闲聊着。我不知道这样做的目的、意义，只是想着要陪伴她，因为奶奶时日不多了。同时，我在奶奶的身上，看到父母的未来，也看到了自己的未来。我的奶奶年老了，她还有她的儿女、她的孙辈们陪伴她。而我的父母年老了，他们的儿女都在外面工作，谁来陪伴他们呢？还有我自己老了呢？该怎么办呢？

我的心下起了倾盆大雨，我听到黑色的雨在哭泣，我看到白色的风在抖索。我的奶奶、我的娘，她们都融汇成一片黑暗，流入我深不可测的心底里，化作喧嚣的恐惧！

我与母亲的关系，没有奶奶那么亲密，我是在奶奶的围裙边长大的。童年时，父亲外出打工，母亲要做农活，无暇过多地看顾我们。于是，父母就把我哥和我交给奶奶，我们就是在奶奶的育护教养中长大。因此，我与奶奶的感情比起母亲的感情更亲密。

我在与奶奶面对面时，总想起自己小时候的愚顽。当我跌跌撞撞摔倒的时候，我哇哇大哭，母亲总是不耐烦地呵斥：“哭什么哭！又没有摔断胳膊摔断腿，有什么好哭的！”奶奶却总是巍巍颠颠地跑过来，扶起我，拍拍我衣上的灰尘，温柔关切地问：“我的宝贝，摔坏了吗？哪里疼？”

于是，我白了母亲一眼，指着摔疼的胳膊或腿，娇娇地哭着说：“奶奶！这里疼！”

于是，奶奶挽起我的衣袖或裤脚，用一只柔软温暖的手抚摸着我的疼处，又用口，吹数口气，仿佛呵出的气里含有什么灵丹妙药似的，温柔地问：“这里吗？让奶奶看一看，摸一摸就好了。我春媚回来喽，我春媚回来喽。老天保佑，所有的鬼魂不洁之物，从东边来，你就东边回去；西边来，你就西边回去。千万别再惊着我的宝宝。我的春媚，就是最乖最坚强的孩子。”

我不知道，是因为奶奶的双手具有魔力，可以拂去我身上的痛苦；还是奶奶温柔和充满了慈爱的话，给我受惊吓的心灵带来平静。总之，最后，在奶奶温柔的抚摸和镇定温柔的言语里，所有痛苦都烟消云散，我身体和心灵上所有的荫翳尽数扫除，诸天奇花祥云天香纷降，我快乐得做梦都笑醒，甜甜地叫一声：“奶奶。”

当我上学，跌跌撞撞地寻求心中光明的时候，奶奶总是唠叨着说：“三早到一功，省得穷人拜下风”“吃得苦中苦，方为人上人”“好学者如禾如稻，不好学者如蒿如草”“黑发不知勤学早，转眼便是白头翁。月到十五光明少，人到中年万事休”。我知道，这是奶奶鼓励我要读书，读书要勤，读书要趁时，读书需下死功夫，才能成功，才能振兴家业，才能做人上人。谁不打心底愿意改变个人和家庭的命运？古人言：“一屋不扫，何以扫天下？”中国儒家思想历来要求读书人从修身、齐家开始的。只有身修、家齐才能治国、平天下。

每当我在生活和学习上遇到困难，犹豫不前、瞻前顾后的时候，奶奶总会说：“路不铲不平，事不为不成”“晴天不肯去，直待雨淋头”“笋因落箨方成竹，鱼为奔波始化龙”。我知道，这是奶奶要求我在遇到困难的时候，要“言必行，行必果”，不要被困难吓到。人只有经历了难事，一切事都会变成了易事；经历了大事，一切都会变成小事。再一次遇到同样的事，就会迎刃而解。同时，奶奶告诉我，做事要未雨绸缪，才得从容。出现了损失，要及时止损，才能防止损失进一步扩大。

每当我做错了事，需要救赎的时候，奶奶总会安慰我："金无足赤，人无完人""及时缝一针，省得九吊功""知止常止，终身不耻""惧法朝朝乐，欺公日日忧"。奶奶告诉我，是人都会犯错，知错能改，莫大善亦。做事要有分寸，要知道自己的目标和底线，对人对事都要心存敬畏。

小时候，我总感觉奶奶比她的儿女都有学问，有修养。因为，我们遇到什么事，她都能随口蹦出几句文绉绉很有哲理的话来，直指大道，让我们一听就明白我们错在哪里，应该怎么做。奶奶对我的观念和品格养成，就如同那搭瓜棚的扶杆，让我能够顺杆攀缘而上，却不吃力，不受耻。

奶奶从来不用体罚和斥责来纠正我们的错误，而是用她藏在锦绣心灵里用不完的警句、谚语来教导我们，使我们在受教时如沐春风，又能偷学几句雅言。

在对待我辈的教育问题上，奶奶显得比我的父母更有耐心、更有方法。有时，我们犯了错，父母就在吃饭的桌前教训我们。那时我们也不懂事，吃饭的时候挨了骂，倍觉委屈，于是哇哇大哭。这时，奶奶就会出面指责我爸："天大地大，没有吃饭的事大。雷公老子也不打吃饭人。我过去是怎样教育你的？古人讲：'一人向隅，满座为之不乐。'这个道理你也不懂？本来，吃饭是一件大家都开心的事，你千挑万拣挑个吃饭的时候来教育孩子，是什么道理？看你凶神恶煞的样子，鬼见了都发愁，何况孩子？小孩做错了事，等吃完饭后再教育不行吗？"

奶奶为了我们的教育问题，曾给父母立下了许多的规矩："吃饭时不许教训孩子""家里来客人了，不能随便骂孩子""年节时，不可以说孩子""庭中教子，房间教妻""不可在外面打孩子，不可当着小孩骂老婆"等等，奶奶说这事关大体，关系到家族的体面。涉及家人的体面，就不能不慎重。然而，父母把奶奶的话置若罔闻，屡屡触犯，把奶奶气得不轻，骂父母没心肺，也不怕别人笑话。

我是长大后才知道，奶奶从我们记事起，传给我们的那些道理、警语，大多来自《三字经》《千字文》《增广贤文》和一些生活中的谚语。奶奶的一生都把自己小时候学到的传统，运用到她的生活中，运用到与人相处中，运用到后辈的教育之中。也不断地规范了她的言行，令她在日常生活中随心所欲而不逾矩，处理各种事情都能从容不迫，游刃有余。

奶奶是一个活得很通透的老人。

（三十）母亲

我与母亲的关系始终维系在不好不坏的局面。我曾一度想改善我与母亲之间的关系，增加我们母女之间的亲密感。但是，我发现，这是徒劳。我与母亲之间有爱，但有距离。

一次趁中秋节放假，我回家看望奶奶和父母，恰好遇上家中收花生。

于是，我提出要与母亲一起去，母亲却不同意："春媚，你还是待在家里休息，外面的太阳太大，别晒黑了，不好看。"

我说："妈，晒黑一点健康。现在，都下午了，太阳很快就落山了。"

母亲继续劝道："家里的那片地在春树山的山梁上，从早晒到晚。又远又晒，还是别去了。"

我有点撒娇地说："妈，让我去吧，就让我给您打打下手，去玩玩也好。我也好久没有去过春树山了。"

母亲拗不过，答应了。得到母亲的应允，我像小时候从奶奶手中得到一块糖一样高兴。人不管长到多大的年龄，能从自己景仰的人，得到一个承诺和应允，也令自己如孩子般的开心。现在，我仿佛回到小时候，从母亲手中得到一件新衣服一样开心，得到母亲应允能一起去赶集时的心情一样雀跃。

出发前，我换一套运动衫，山上有太多的蚂蚁和虫子，特别是临近黄昏，蚊子成堆，原来穿在身上的裙子是不宜上山干活的。我又换上一双运动鞋，皮凉鞋经不起砂土的磨损。看，我多麻烦，在母亲的眼里，这就是折腾。当然，母亲口里没说。母亲出发前，准备各种挖花生的工具，如箩筐、扁担、锄头等。母亲整理好工具，选了一顶较新的草帽递给我，而她自己随便拿了一个较旧的草帽扣在头上，穿着随身衣服：一条土黄色的劳动布长裤、一件浅蓝色短袖的确良衬衫，脚穿一双塑料凉鞋，挑起一担箩筐，拿着两把锄头，就出发了。

我终于穿戴整齐，如走亲戚一样，紧紧跟在母亲身后，向春树山出发了。

春树山在村子的对面，离村庄有三四公里，出村子，穿过田埂，过一座石拱桥，再穿过一片稻田，就到春树山脚下了。

这条路我曾经走了十几年，现在变得熟悉又陌生，在田埂上、水田里，我认出了许多老朋友，田埂上有：播娘蒿、泽漆、藜、泥胡菜、牛繁缕、香附子、马齿苋、反枝苋、鲤肠、异果莎草、艾草、鱼腥草、细叶益母草、马兜铃等；在水田里，我看见了：看麦娘、箭叶萍蓬草、稗草、水蓼、小香蒲、雨久花、鹅儿草、金鱼藻、浮萍等。知名的、不知名的杂花野草，如潮水般地向我涌来，让我应接不暇。童年单纯的快乐与单纯的痛苦，如桥下清澈的溪水，倒映着澄蓝的天空，泛着浅浅的波纹、拨动河底青石的轻弦，汩汩地流进我的心田，搅动我的思想。在蒸蒸腾腾、温热潮湿的气息中，我能够清晰地辨别出浓浓的稻香中夹杂着苦艾、水藻的气息，其他野草相对含蓄，要走进我的梦里，回放才能辨识。过去，我是打着赤脚与它们亲密地接触，它们所有的气息不仅入我肺、入我心，还涌入我的肌肤，如油脂一样贮存在我的细胞里。而如今，我穿得庄严，它们在我的脚下变得卑微而隔阂，它们也对我留了一手，不让我嗅到它们的气息。我多想再打一次赤脚，踏着草地的芳菲，走进大山。可是，我害怕小石子硌脚，害怕小虫子咬我，我似乎变得矜贵了，娇气了，矫情了。

我疏远了大自然，大自然也同样疏远了我。

人只有匍匐在地的时候，方能体会到大地的厚实，感觉天空的高远。

小时候，觉得春树山是那么高大，山路是那么的陡峭、险峻，如今的春树山在我的眼中变矮了，山路变平缓了，路变得更窄了。也如同走在我前面的母亲，她曾经在女儿的眼中是那么高大，那么挺拔，而现在变得那样的瘦小，甚至有点伛偻，让我心中生出心疼与怜悯。母亲曾经用她那粗壮的胳膊轻轻巧巧地抱起我，无数次走过这弯弯道道的山路，而如今我与她并肩而行。母亲是我心中永远沉重的分量和望之敬畏的高度。因为，我无论怎样费尽心计或用力，都永远别想单独抱动她，就像当年她抱我一样。

我与母亲走在狭窄的山道上，路边长着许多的野草、灌木和乔木。母亲指着路边的一簇鱼腥草说："媚，你可记得，这是鱼腥草，能吃，消炎消肿""这是蛇莓，有毒，长得与覆盆子差不多。小时候，你上山摘覆盆子吃，我真怕你把蛇莓当成覆盆子吃了""这是曼陀罗花，一次你与多多（伯伯的女儿）两人，就曾吃过这曼陀罗花。结果你们两人像喝醉了酒，满脸通红，走路踉踉跄跄，可把我和你伯母吓坏了。我们抱着你们急急忙忙赶到场部卫生所（离村里有两三公里地），好在医生有经验，说你们吃了曼陀罗花，好在量少，过一会就会自解。吃多了可不成，会死人的。"

这些事情，母亲过去不曾对我提及，我自己早已经忘记（也许过去说过，我没有在意）。现在，听来只是一桩童年趣事，我咯咯一笑，就轻轻掠过。

可是，在母亲的心中，却是一桩心病，现在提起这事，母亲还生气，板着脸儿斥我："你还笑，那次可把我们吓死了。要是你死了，我真不知道怎么活呢？"

我第一次听到母亲真情流露的话，心生感动。过去，我总是纠缠于我与母亲之间的分歧与隔阂，考虑的只是从母亲身上索取爱和关注，从来没有站在母亲的立场来思考问题，我回报了母亲什么？父亲什么？奶奶什么？原来，在母亲的凶恶面目的背后，竟隐藏着那么多对女儿生存与未来的担忧和恐惧；在我们一味强调自我、自由、淘气的背后，在母亲严厉的背后，母亲心理上竟要承担多大的压力和无助。我没有做过母亲，自然不知道母亲身上所承担的责任、压力、担当，这都会化作一股气，表现在眉目之中似铁；化作一股力，表现在言行上的风火；化作一股劲，表现得肝胆不移。

为母则刚。

儿女们在父母面前，思想总是迟钝的、懒惰的、任性的，不是为外相所迷，就是为内相所惑。于是，父母成了我们最亲近的陌生人。因为，在我们成长的过程中，父母严厉和过多的关注掩盖了我们被爱的本质，让我们永远陷在爱与恨、亲密与隔阂的彷徨之中。尤其是做子女的，我们从自身的角度出发，想到的是父母的严厉、分歧、隔阂与权威，从来没有设身处地想过做父母严厉背后的那份仁慈、隐忍、爱惜与谦卑，分歧后面隐藏的担忧、隔阂后面是坚硬的生活现实。我们幼年幼弱的生命，没有这样的呵护，哪里能得到安然的生长？

现在，我多少能够理解母亲当时的心境。由于他们对事件最坏的结果有着清醒的认知和预判，她们就成了子女成长路上的木铎，黑夜里的明月烛照，儿女柔肌弱质里的刚健铁骨。儿女既仰仗她的风光霁月之象，万物自立之势，又想推翻、远离父母的独立权威，虽苦心逼近，又感到势同登山之难。所以，敬而远之。

母亲的话如拧开我思想的阀门，小时无数淘气的事如电影中的蒙太奇，不断拼贴剪辑，逐渐在我的灵台衍生。春天，为了摘一把香椿，爬到高高的香椿树梢上；为了摘一粒栎树的种子做陀螺，不惜把家里的蚊帐杆都打断了；为了摘一个猪快快的果夹做哨子，硬是被荆棘把自己的手脚都割破了；为了得到一丝清凉，像野小子一样整天泡在水中；为了摘一朵野菊花，爬上高高的山崖……种种淘气的劣行，隐藏着种种风险和危机，我辜负了母亲多少的爱怜和痛惜，又给母亲心灵带来了多少的不安与压力？我因年少无知，不曾顾及。

我现在还记得，母亲从山上砍来一把枸骨刺，打在我的手上和脚上，记得留在手上、脚上麻沙沙的痛和触目惊心珍珠般的小血珠儿，以及小血珠所呈现出来的残忍。母亲曾经恨恨地说：“与其你自己摔死、淹死、毒死，还不如被我打死。”然而，枸骨刺只能伤到皮肉，连筋骨都碰不着。母亲表现出来的凶恶与严厉，就是那一把枸骨刺，只是一个表象，心里却是满满的爱惜和担忧。那时，我却不理解背后的逻辑，只被血淋淋的表象所迷惑，心中对她充满了怨恨。

我现在已经能够体谅母亲的良苦用心，以及我认知的错误。然而，要弥补却很难。我再也不能像小时候那样，做错了事，给母亲一个娇柔的撒娇，一个委曲满满的求饶，一个天真可爱的微笑，就可以让母亲高高地拿起，轻轻地放下了。我已经成人了，现在，自己对这些小儿女的行为都不能感到满意。可是，我又找不到恰当的方式来表达我的内疚。有时人表达感情还不如一只动物，你看那狮子知错了，就翻过身子，露出自己最薄弱的肚皮，仿佛说：我服了。可是，人偏不这样，即使是做错了事，也要装出一副横眉冷对不服输的架势来！

我工作了，给母亲钱，母亲总说："媚，你还没有成家，留着自己用，在城里没钱寸步难行啊。"当我离开家时，总会发现母亲把我给她的钱悄悄地塞回我的包里。每当回家给父母买衣服，她总是埋怨道："上回买的还没有穿呢！乡下用不着这么多衣服，多浪费。"仿佛我给他们买衣服也是一种错误。每当回家给父母买吃食，母亲总问价格，我故意报低价格，母亲还是嫌贵。临别时母亲还是千叮咛万嘱咐："这些东西在镇上也买得到，而且价格还便宜。以后千万别买了。"这就是我的母亲，处处为女儿着想的母亲。

我何时才能报答母亲的恩义？我只能等待，等待母亲变老，像奶奶一样风烛残年，走不动了，才让我陪着吗？让我们母女俩一起坐在夏天的黄昏里，冬天正午的阳光下，让我给你慢慢地修理指甲，给你洗脸洗头，慢慢地梳理我们母女两人的恩恩怨怨，梳理过往变得洁白如发的纯粹母女之情。

可是，一旦到了那时，母亲的余生还有多少？看着母亲老去，反应迟钝，行动迟缓，脸色苍白，憔悴不堪，受尽各种病痛的折磨，我却没有返老还童的灵药，使她的身体强壮如年轻的姑娘，精力充沛如吮吸奶汁的儿童。我只能无力、无助地看着母亲，步步走向死亡。皆来的一定会来，我的心格外的沉重。我怎能欢愉？我没有欢愉又怎能拿欢愉送给母亲呢？难道我能在母亲衰老的脸上再读出青春的歌谣？能够在浑浊睡意蒙眬的眼睛里倾听到母亲壮年时的激情？在母亲干枯的肌体上再见盛年时圆润的智慧？等母亲老了，那时，她会像一个孩子一样，总是喜欢坐在竹椅上垂头打盹，朦朦胧胧的眼里，关着沉重的黑暗，即使正午的太阳，也照不进去。即使我轻轻地握着她的手，轻轻把她摇醒，在她耳畔大声说："别冻着了。"就像当年她照顾我一样细微。她只能睁开一双带着白色眼屎浑浊的老眼，看着我，裂开无牙干瘪的嘴笑。笑啊！发出的不再是银铃般清脆的笑声，而是发出冰裂一般刺耳的"嘎嘎"声，如同打开一扇死亡之门。所有痛苦，所有的压力，所有的无助，所有的恐惧，让我们母女俩身份调了个个，让我再经历一遍。母亲养我小，我养她老。她看到的是万千气象如旭日东升般的欣悦，而我却要体验凝血下沉中日薄西山的悲怆。我憎恶死亡，可是死亡如广大的黑夜，笼罩在我的心头，同时深深刻在她的额头。让我永远少年多好，让母亲永远年轻多好，让奶奶永远不死多好，这是多么徒劳的幻想啊。我想到奶奶临近的死，母亲将来的亡，我就愀然不乐。悲伤就在我的瞳仁里摇荡，如井沿上的桔槔一样提着了我的心、扯着了我的肠。

到家里的花生地了。花生的叶子已经发黄，苗偃伏在地上，有些枝叶半干了。青相、野燕麦、一蓬草等，迎着阳光，叶子耷拉、支棱棱挺立在花生地之上，如同岗上的哨兵。

听母亲说，这一片地将近二分，收成好的话能产六七十斤花生，足够我家过年过节用了。

母亲放下箩筐，拿出锄头，选择了一下方位，用侧背朝着阳光，开始挥锄干活。母亲挥起锄头，一道寒芒落下，发出单调的咔嚓声，地表的细泥块如小青蛙般四散而逃。母亲用力把锄头柄一翘，一棵花生苗全部露出地面。母亲弯腰扯着花生苗，花生与泥土一起被拔出地面。母亲把花生与泥土在锄头柄上反复轻敲数次，抖几抖，就剩下花生和花生苗了。母亲随手丢在身后，开始挖另一棵花生。

我也学着母亲的样子，挥锄下去，吃土很浅，而泥土却溅在我的鞋和裤脚上，发出扑簌簌的声响，还有几粒细沙溅到我手上、脸上，我感到麻沙沙地痛。我又连挥两锄，才把一棵花生刨出来，手心已经震得发痛。

母亲走过来，给我示范，并告诉我一定要把锄头把握紧，才能抗拒反弹的力量。我如法炮制，感觉手心的弹力弱了一些，但是，我始终不能一锄见功，总要两锄或三锄才能刨出一棵花生。而母亲早已挖完了好几棵花生了。

母亲没有催我，任由我自由发挥，母亲一边干活，一边与我聊天，自然是母亲的发话多，我的答话少。因为，我要全力以赴。

母亲说："花生要种在沙地里最好，那样的花生会粒大饱满，但容易遭旱，要经常浇水。"

我问母亲："水从哪来？"

"从河里挑来啊！"

"这么辛苦！以后别种了。"

"不种了，你们回来吃什么？难道让土地荒着？"

"可以买啊。村子里，不是许多地都抛荒了吗？我们家的条件又不比他们差。"

"你这孩子说什么话？他们是没有劳动力。"

"你也六十多岁了。"

"闲着也是闲着。现在妈妈还有这份力气。等我干不动了，就不种了。"

我再也没有力气说话了。不到一个小时，我全身衣服已经被汗水浸湿，鞋里溅进了许多的泥沙，手握着锄头把如握着一片烙铁，两臂、两腿和腰部都酸酸地痛。我的身体如风干的纸片，空荡荡的，只要来一阵风，就会吹到天上去。可是，我不肯在母亲前面露怯，人全凭一股意志在支撑着。我挥锄的速度越来越慢，挖一棵花生要四五锄。母亲都六十多岁的人了，她不停地挥动锄头，如同一架永动机一样，不紧不慢地挖着。我挖的不到她挖的十分之一。可是，我的体能已经到了强弩之末。

母亲似乎早已发现我不佳的状态，开口对我说："媚，你先坐着休息一会儿，如果还有力气，就帮妈妈收拾花生，码好放到箩筐。到时，你爸爸会上来挑。"

我再也不想充当英雄了，充当英雄是需要本钱和能力的。我把锄头架在两块土之间，身子软软地坐在锄头柄上，草尖扎穿我的衣服，刺得我屁股和大腿痛，我也顾不上了。我举起自己的双手，发现两只手起了好几个泡，一个泡的皮肤撕裂了，露出猩红的肉。手火辣辣的痛，我的情绪低落到了极点。

母亲似乎意识到什么，她放下手中的锄头，走过来，捧起我的双手，心疼得眼圈都红了，说："媚，这不是你干的活。妈妈知道你能干，肯干。但是，各人有各人命，你就是拿笔杆子的。农村这碗饭，不适合你吃。"

妈妈的话让我对命有了新的认知，所谓的命，就是机缘巧合，把你安放在不同时空，你做好或没有做好，都在你自己，这就是命。我忙安慰母亲说："妈，没事的，过两天就好了。"

妈妈仍然握着我的手，说："你看看，这像没有事的样子吗？算了，今天就干到这里。早点收工。"

我嘿嘿地笑着，幸福的阳光捧在我的手中，融合了下午渐渐退去的太阳，只剩下柔和的温暖。母亲命令我："你好好地坐着，我来收拾花生。"

我欲言又止。我的任性已经拖累了母亲的工作进度，现在，这片花生地，只完成了三分之二的工程。明天，母亲还得来继续完成没有完成的农活。我还是安心地等待吧，不再给母亲添乱，就是对母亲最大的帮助。

母亲弯下腰，收拾散落在地里的花生，很快集成一束、一抱。母亲六十多岁的人了，手脚还是那样的利索，让我感到欣慰，又感到难过。在我这般年龄，母亲一人已经撑起这个六口之家（那时爷爷还活着）。家里的四亩水田，八分旱地，都是靠着她坚硬的双手去耕耘，去播种，去收获。想当年，母亲初中毕业时，也是一个柔柔弱弱的小姑娘，手掌没有今天这样粗糙，手臂、腰杆、腿骨没有今天这样坚实，血气也没有今天这样旺盛。可是，当家庭的重担落到她的肩上后，她就义无反顾地勇往直前。她忘记了自己的过去，眼里只有家和家人、现在与将来。她畅饮四季的阳光，让生命变得如大理石般的坚硬。她把双手伸进风雨的枝叶，去采摘甜蜜的果实；把双腿插进大地的深井，捧出一泓清凉的甘泉。母亲用果实和甘泉供养着爷爷奶奶，哺育着她的儿女。母亲独自吞下生命中的苦，并甘之如饴。母亲的天性是春天花粉，传播着爱的种子。这些种子，如果撒在石头上，它成了飞鸟的食物。只有爱的种子，撒在沃土，才能成长为生命之树。

哪有什么命运啊，只是偶然的机遇。种子落在不同的地方，成就了不同的因果。

这个下午，母亲显得很兴奋，她始终和颜悦色。我坚信，这个下午，我与母亲都很快乐。我想：母亲是因为我这个在城里工作因而变得“高贵”的女儿，还像小时候一样依恋她，需要她，感到快乐。我是因为母亲愿意接纳我这个笨手笨脚，不怕拖累，不怕坏事，始终如一爱着我，我又能深刻地感知而快乐。我知道，我与母亲都不完美，正是我与母亲的不完美，造成了我与母亲之间更加密切的联系。没有误解，就不知道理解的可贵；没有深深浅浅积压的“恨”，就不会有和解后如喷泉撕开顽石胸膛激情之“爱”。母女之间哪有什么刻骨怨恨？只是缺少心灵的沟通，情感的交流，换位的思考，造成了物理与心灵之间的间隙。我原来以为，这个误解来自：城市与山乡、生活的丰富与匮乏；劳动的辛苦与轻松等——这些外在的物理距离，渐变成我们母女俩心灵距离。现在，我才知道，只要母女心中都充满信任与爱，就能填满彼此之间所有的物理空隙。

人的一生都在追求和解，与自己和解，与亲人和解，与别人和解，与社会和解，与自然和解，与时间和解，与空间和解。如果没有和解，所有的体系架构都会崩塌，如同人的骨骼折断一样会给人造成痛楚，如地震一样改造地理的风貌。

我感慨地站在山顶之上，看风景。我背向夕阳，眺望远方，远处的群山被夕阳点燃，成了金山。夕阳的光辉还在东面的群山之巅喧腾，刺得我两目发热，不敢久视。于是，我调转身子，面对夕阳，眺望远方，夕阳依然壮丽，高悬半空。夕阳的下面，是紫色的群山和茫茫的紫霭。靠近太阳的地方，最先走进黄昏，走进寂静。

随着时间一分一秒地过去，夕阳急速下坠，由金黄、变成橙黄、变成杏红、变成血红，太阳向群山张开的怀抱奔去，群山把太阳搂在胸口。太阳拼尽最后的一点气力，把白天的碎片抛在身后，一腔热血喷向天空，变成绚丽的晚霞，走进黄昏，走向黑暗的渊薮。

我的母亲，我的太阳！

我听到太阳轰然倒下的声音，心底传来一阵阵剧烈的战栗。

谁会记得这个平常的秋夕？谁会记得我们内心的感动？谁会记得这个我

们母女和解的下午？谁会把它当作不可磨灭的画卷捧在手心里反复观摩？

只有，我亲爱的妈妈和妈妈的女儿。

（三十一）端午节

端午节快到了。我征求蓝梓的意见：“我想回家一趟，你愿意陪我回去吗？”

我听到电话那头的低沉喘息，蓝梓在犹豫。

蓝梓的犹豫很正常，我们认识才两个多月。我现在以商量的名义，实质带有粗暴的胁迫。只是，我用了爱的名义，一切都可以变得轻描淡写，顺理成章。

人的思想是一个宇宙。以现在的技术，人类要改造一个人肌体容貌，技术成熟，有两个月足够了。但要改造一个人的思想，人类还处在蹒跚学步的阶段。

我终于听到蓝梓的纶音玉诏：“好吧！到时候……”我没有听到蓝梓接下来说什么。我只听见春风吹动大地的声音，青鸟洞穿了我的心房。我如同一个赌徒一样，终于赢了一回。梦寐以求，又似真似幻。我有点受宠若惊，快活的蝴蝶在花丛里扇动着闪亮的翅膀。

我长长地舒了一口气，我温柔地在电话里说：“晚上！我请你吃饭。”

蓝梓说："不用。改天吧！"

我坚定地说："就今晚，我等你。"

夜晚，属于暧昧。我与蓝梓还需要经营这种暧昧的气氛。暧昧是男女之间的黏合剂，如胶似漆，难舍难分。女性在这方面比男性更具有先天的优势，女人就是爱的代名词。

如果今天，蓝梓没有答应我的请求，我会这样豪迈吗？我想：我一定不会的。人与人之间只要存在了一点隔阂，事情就难以和谐。

人都有私心的，并美其名：尊严。

有人说，现代意义上的性爱诗发端于一个叫惠特曼的诗人。这是因为，西方人没有把目光投向东方。东方人不想自辩，以讹传讹，从而让谬种流传。比惠特曼要早得多的宋代，苏东坡调侃张先纳妾：

> 十八新娘八十郎，苍苍白发对红妆。
>
> 鸳鸯被里成双夜，一树梨花压海棠。

宋代的王观送好友鲍浩然回老家宁波，也用调侃的语气作《卜算子·送鲍浩然之浙东》：

> 水是眼波横，山是眉峰聚。欲问行人去那边？眉眼盈盈处。才始送春归，又送君归去。若到江南赶上春，千万和春住。

下面摘自惠特曼所做的《傍晚时我听见》中的诗行：

> 因为我最爱的人，
> 在凉夜中，
> 在同一个被单下，
> 睡在我的身边。
>
> 在秋夜的寂静月光中，
> 他的脸对着我，
> 他的手臂轻轻地搂着我，
> ——那夜我很快乐。

惠特曼的诗与中国诗人的诗差别多么巨大。如果仅是译者能力不足，没有准确、雅致地翻译出惠特曼希望表达的意境、情境也罢，如果，惠特曼的诗就是这样直率，只能说惠特曼的诗更像是在叙事，如一面苍白的镜子。中国的诗人在诗歌中体现中国人含蓄美学精神，对意象、对唯美、对生活的追求更加严肃、更加认真、更加朦胧，更有意趣。如雾里看花，风中闻笛。

我为什么要想到这样让人脸红心跳的事？因为，我的身体里也埋藏着欲望。我身体的欲望如一朵美丽鲜花盛开，此刻香炉般，正散发出诱人的芳香。自然中，万物之母的爱欲，不是生命延续的永恒法则吗？可是到了人类这里，却成了难以启齿的话题。难道它不像衣食住行一样正当吗？我们为什么要回避这个话题，羞于启齿，让它成为一首绝望的歌？难道真话已经被禁止，如已经掐断的喉咙；只有一些虚伪的言语，如鹦鹉的歌，才能在这个世界畅行无阻？

我想：只要两性关系符合礼仪、符合健康、符合人类生存与发展的需要，我们就应该勇敢、坦诚地承认它，并为之歌颂。

爱，就爱得热烈，真诚，真实。

自从我到了嫁龄，我的父母还有我的亲戚，包括最疼爱我的奶奶，都有意无意之间，在催婚、逼婚。亲人们的执着和焦虑，已经无以复加，他们的关怀已经变成一根锐利的棘，刺痛了我的耳膜、我的喉管、我的心，他们用的是规劝、吓唬，甚至哀求。我看清生命的无奈与无助，时间已经没有昼夜之分，场合没有内外之别，我本人的悲喜已经不再重要，只要他们喜欢。在亲人们的心目中，仿佛到了婚龄，没有男人的女人已经不是完美的女人，没有成家的人生不再是完美的人生。到了婚龄，还没有嫁娶的人，好像他们的品性都存在着巨大的缺陷。我对亲人们的热情已经过了感动期，现在已经产生了戒心与恐惧，他们的热情几近烤焦了丘比特的翅膀和我的嘴唇，我只能装聋作哑，让我对恋爱产生怀疑和恐惧。

中国历来强调：“不孝有三，无后最大。”听，人们把男女结合的生物属性已经上升到理论的高度，而且很直白：就是为了繁衍后代。的确，男女的结合，无法回避的，就是生儿育女。从某种意义而言，就是把自己的基因传播下去，让自己的生命之河，滔滔不绝，生生不息。这也是人，作为社会人的社会责任。可是，恋爱的目的仅止于此吗？

当然不是，男女相爱的全部意义一定比这深刻、广泛得多。从经济上是两个经济个体的组合，共同抵御经济风险；从情感上，就是让两个世界如水乳一样融合，用石头、血、铁与火，一起建筑梦想里坚固的家园。从社会道义上，就是接过父母交出的生命与情感的接力棒，让父母随时安然地到祖宗面前复命而没有愧色。最后，才是动物的属性，自己肉体的快乐以及生儿育女的家庭与社会责任。

我想起了鲑鱼洄游，在完成从江河到海洋，再从海洋到江河，这一完整的生命闭环的旅程后，它们完成自己一生的责任与使命，死而无悔。

现在，有了蓝梓的允诺，我终于可以在亲人面前洗刷身上“单身狗”的“污点”，终于可以抬头挺胸回去向奶奶、父母复命，我将接过他们生命里的接力棒，将用爱情、婚姻作武器，开始一场轰轰烈烈的改造身份、改造关系深刻的革命，必将改变我今后人生的道路。

爱，是一个不可确定的沉重话题。如带刺的玫瑰，抓在手心中，捏得越紧，扎得越深。将来的事，暂且放到一边，今天，蓝梓的承诺，于我之今日，有了新的意义。

端午节前几天，我给母亲打了电话：说我要带一个重要的人物回去。我原想给母亲一个惊喜，不想说出是带谁回去，但拗不过母亲的一再追问和旁敲侧击，我告知母亲：我将带自己男友回家。

得知真相，我在电话里，也能辨识到母亲高亢的音线和快活的笑声。母亲问：“媚，你真傻，什么时候的事，怎么现在才告诉家里呢？”

我在母亲面前要无赖：“妈，现在我不是告诉你了吗？我们认识的时间不久，就告诉您了。”

母亲哼了一声：“要不是我苦苦追问，你到现在都还瞒着我们，不肯说。”

我说：“妈，我只是不想太麻烦你们！”

母亲责备我：“你这是什么话？什么麻烦不麻烦。你没有男朋友才是家里最大的麻烦。人家第一次来我们家，如果没有准备，轻慢人家，人家跑了，看你怎么办？”

我说：“跑了就跑了，最多是打一辈子光棍呗。”

母亲调侃我：“你说得很轻巧，就怕到时候有人要抹脖子上吊呢！说是我轻慢了人家，导致别人跑了，将来把所有的罪责都往我头上推，你老妈可担当不起。”

我知道母亲拿我开玩笑，即使是电话里，也很难为情的：“妈……”

母亲问我：“媚，蓝梓是哪里人？有什么忌讳？我们要准备什么？”

我说：“妈，蓝梓是湖南人，好像没有什么忌讳。入乡随俗，就按照我们乡下的规矩呗。”

乡下规矩？准女婿第一次上门，我们乡下有什么规矩，其实我也不懂，也不想去弄懂。我为什么要用这样模棱两可的话来搪塞？乡下格外重礼，有时候，说出来容易，做起来特别的复杂，这就与我简化行事的初衷背道而驰了。

我与母亲说：“妈，别整太复杂了！”

母亲嗔道：“行啦，你妈也是活了几十岁的人了，知道该怎么办的。”

好多的事，没有降临到头上，大家都不会去关注的。我们日常处理类似事情时，往往采用折中或讨巧的办法：在乡下按乡下的规矩，在城里就按城里的规矩。尽管我和蓝梓在广州没有房，可我们的户口都在广州，应该算是广州人吧。我们在城里生活，又不是广州当地人，对广州的规矩也不懂。我们早早离开了家乡，对家乡的规矩也不明了。现在，我们成了既不懂乡下习俗，又不懂城里习俗的一群“没有规矩”的人了。

可是，如果我愿意，我可以去了解乡下关于准女婿第一次拜访，女方需要男方遵循什么习俗，知道女方接待男方有什么风俗。还可以，打听到广州类似情况的风俗。可是，我怕麻烦，不愿意去了解。我用我的懒惰和无知来糊弄自己、糊弄别人，用无知来搪塞一切可能不符合规矩的事物，甘愿把自己变成一个不懂规矩、自我放纵的人。

蓝梓第一次去我家见我父母，我真不知道要给家人们准备什么样礼物才不至失礼。现在，我们只能按照平时我回家准备的东西加倍地准备。回家前的那一晚，我与蓝梓去商场，采购了一批回家的礼物，有父亲爱喝的酒、奶奶爱吃的点心，还有奶奶及父母穿的衣帽鞋等，蓝梓还准备了两条中华烟，说见了人少不了发烟。我要刷自己的卡，蓝梓抢着刷了他的卡。

尽管我不希望蓝梓花钱，但是心中对他第一次去我家，他为自己未来的岳父岳母花一些钱，我的心中也没有违和感，这大概是我的虚荣心在作怪吧。

实际上，他能去我家，就是送给我家最大的礼物、最大的惊喜。

我们乘坐高铁，先到韶关。然后，再转乘公交车去小坑。我家就在小坑林区，这里山多田少，村民们用“九山半水半分田”来形容。这里的人世世代代，出门就是开门见山；回家也是抬头见山。

我无法想象，我的先祖经历了怎样的心灵（是战争，是胁迫，是隐居）历程，他们才做出这般决然的决定，离开了故园。他们历尽艰辛，克服恐惧，跋山涉水，披荆斩棘，费尽心力，突破重重阻隔，才在这莽莽的群山之中，找到这样一个可以安身立命的地方：群山环绕之中，恰好有这么一片方圆一两平方公里的山间盆地，一条河流（续源河）拐过山嘴，冲向盆地的中央，自北向南穿过那片平地。尽管林深草茂，但有水源和平地，就有开发农业的基础，丰富的水源如同滚滚的财源，富饶的土地是粮食丰产的保证。有水、有土地，人们就有了安身立命的希望。我们的祖先就是相中了这里得天独厚的条件，在这里安营扎寨。他们不问时风时雨阴晴变幻，不问晨昏昼夜的匆匆更替，只是铆足了劲，勤劬刈作，开荒引渠，利用当时简陋的农具，费尽移山之力，清理一方泥土，施殖一方生命，把荒地变成良田，把草莽变成家园。他们的子孙后代就扎根于他们用生命垦殖的这方土地上，繁衍后代，生生不息，不知道经历几世几代，才有了现在六十二户、三百多人规模的村落。

听奶奶说，由于山高路险、生存艰难，过去的世代，常常有人走出大山。特别是她知道的这几代，代代都有人离开这里。离开这里的，大都是年轻的男女。男人们有的去了南洋，有的当了兵或匪，他们有的杳无音信，有的到老或中年后才回来这里，定居的不足十分之一。女人嫁去了外地，也把外地的女人介绍到村里，让本族的香火得以维系。

后来，中华人民共和国成立，大家碰上了一个好的时代，没有战争，人们不用一次又一次卜居，惶惶如丧家之犬，急急如漏网之鱼，发出“大盗移国，金陵瓦解……旅舍无烟，巢禽无树”的哀叹。

当时，国家正处在上升之势，需要大量的各类人才，有人招工去了外地。小坑大部分山林也变成了国有林场，路修进了山里，外来的人口也入驻了林场，村里一部分劳力成了林场的职工，吃上了集体粮，成了当时社会上羡慕的群体；一部分劳力依然留守在村庄，以种田打猎为生。

后来，政策又有了变化，恢复了高考，族人可以自由地到外地学习、工作、生活，我与我哥考上了大学，也加入了离开故土的人群。

现在，故园之情分，是维系在奶奶和父母的白发之上，淡远于长辈的坟茔之中。有一天，当我们都老去，我们的后辈们谁还愿意回到那山高水远的地方，去祭祀他们并不熟悉的祖先！“莫怪老人添白发，儿童几辈换乡音”。人会改变的，除非他们位显名尊，需要通过祭祀祖先来昭示孝道，才回到祖先用石头、血汗、钢铁和火建筑的家园，追念祖先的丰功伟业，宗教般的追溯身上流动的血脉。

回家的那天，天公作美，没有下雨，阳光灿烂。

上午十点多，我们到达小坑林场。公共汽车在林区行驶一段路程后，我们在一个叫养路班的地方下车，这里距我家还有两三公里路，有一条机耕道通往我家。这条机耕道是从森林中间顺着山势开辟出来，两面都是山，中间夹着一条无名的小溪。这条小溪在我家的附近汇入续源河。机耕道崎岖不平，路旁，散布着长着青苔的乱石。山坡上长满低矮的灌木和高大的乔木，灌木和乔木各争形势，挤挤挨挨，把山野变成绿色的海洋。山间的沟沟壑壑，数不清的流水从沟壑的乱石中喷泻而下，形成无数大大小小的瀑布，流入机耕道边的沟渠，汇入小溪。曲折的小溪两岸长着各种杂树和蓬茅，与云天倒映在玻璃般清澈透明的溪水中。间有枯树横卧其上，形成一道天然小桥，只有顽皮的小松鼠通过独木桥，在小溪两岸便利地交通。

我们踏着黄沙、青苔、落叶，仿佛踩在柔软的地毯上，自然而然地接受森林的注目礼。万物有灵，物我相通。一进入熟悉的林区，我就感到自己的灵魂与森林各种生命是紧密相连，息息相通的。清冷的空气用有力的臂弯把我相拥，淡淡的水雾和着杉木、樟树的气息在林间游走，抚弄我们的头发和衣服，阳光被竹林或树木切成了细片，千万面镜子在绿色的海洋里闪烁，让我们漂浮在绿色与闪亮的银光中载沉载浮。虎纹蛙在小溪水里击鼓，杜鹃鸟在唱着千年不变、熟悉的老歌——割麦插禾。在松风竹韵中，在禽虫的鸣叫声中，旅人的疲劳消于无形。我们快活得如一对相思鸟，在林间自由飞翔。

蓝梓出生在湘南的小城，没看过这么多的山，这么多的树，这么多的竹子。一路上，蓝梓兴奋得像孩子，不断地提出稚真的问题："这是什么""那是什么""能吃吗""有何用"。我只能凭着记忆回答他："这是笔筒树""那是金狗毛""金狗毛可以止血""乌桕的种子可吃"。

我和蓝梓在空旷山谷学布谷鸟叫，他在幽静的林间小路上又跳又叫。看到清泉流瀑，就放下手中的拉杆箱，奔过去，也不管是乱石危立，拨开乱草，停下来，掬一捧清凉的山泉洗手拂面，并大呼过瘾。此刻，在这远离尘世、人迹罕至、郁郁葱葱的大森林里，蓝梓变回到一个孩子，仿佛摆脱了成年人身上的各种压力，表现出浓浓的孩子气，也让我看到他童真的一面，难免生出呵护他的情愫。心想：蓝梓，只要你愿意，这里的山、这里的水、这里的树、这里的花草、这里的鸣禽、这里的四时、这里的云天日月、这里的天伦骨肉之乐，都可以分出一份给你。

一路上，我看见花草树木就向他介绍：樟树、青栲、油茶、荷花玉兰、栎树、金叶木莲、映山红、羊角花、九里香、桃金娘，野牡丹……

蓝梓问："这里这么多山，这么多的树，可有野生动物？"

我回答："有的。有麂子、水鹿、穿山甲、白鹇、蟒蛇、野山羊。听老人讲，过去这里还有老虎。"

看到蓝梓悠然神往的情态，我笑道："蓝梓，可愿做一个猎人、一个渔户、一个农夫？这样，你就可以天天走在林间的小路上，站在乡间的小溪旁，呼吸着带蜜的空气，喝着没有污染的清泉，吃着无公害的食品，做一个不用看别人脸色、听别人嘈杂刺耳的声音、自由自在的无忧公了，我们才回归真实，才有呻吟喊痛的勇气。"

蓝梓愣住了，看了看我，说：“我们吃了那么多的苦，为了生存忍辱负重地爬行那么远的路，才进入城里，目的就是为了将来能够站起来，高傲地生活。我们现在可以贫穷、病痛、衰老，可以受轻视、排挤，甚至压迫，但是，谁也不能阻止我的自由思想。我从来就没有妄想从那些贵人富户那里，乞讨一丝慈悲，赐予我一丝方便。他们的大门只对他们的同类和奴仆开放。我们不是贵人富户，但我也不愿做奴仆。因此，他们不会为我打开方便之门，他们的雨露恩泽也推不到我的身上。但是，这不妨碍我个人对时代的思索，对个人幸福的追求。田间漫步终究是某种形式的逃逸，我不愿意做生活的逃兵。我们现在年轻又健康，富有力量，即使是为了我们的下一代，我们也要和命运拼一拼。”

我看到蓝梓端严的样子，知道自己做了一件蠢事。显然，我的灵魂被现实生活粗粝的沙砾磨出了老旧的包浆，被生活的尘埃污染了鲜亮的童心。蓝梓快活地漫游在荒山野岭，观赏森林中各种绿植的容颜，呼吸着芬芳清新的空气，听林涛、流水、百鸟的合咏，与流水、花草嬉戏，在自己的女友面前，放下自己面具，偶尔表现出儿童般纯粹的快乐和放浪形骸的天真，不是很正常吗？只因暂时的快乐与天真，就要拖带漫长沉重的生活，永远拘禁在这荒野之中，公平吗？毕竟猎人、渔夫和农夫以生活为目的的长期繁重的渔猎活动，与我们轻闲的旅行是不一样的，他们没有心情来欣赏这一片近在眼前的风景，又何来的快乐？正如蓝梓所说，身体可以禁锢在凡尘浊世里，但我们的心可以自由地思想，如云一样云游，为什么要执着于形式？

人，可以暂时挣脱现实的锁链，云一般地浮在空中，做一个不着边际的梦。理想、浪漫、不靠谱，随你安加诬词，都无关紧要。如王徽之一般，“乘兴而来，兴尽而返”，见不见戴逵有什么关系？人的意绪，有时只可以意味，不可语达。一旦落入巢窠，就如飞鸟落于罗网，老虎落入陷阱。隐逸，在某种意义而言，就是一种甘愿过孤贫生活的写照。那些看似轻松自在的背后，又隐藏着多少苦难、无奈和不甘？古人云：“巧者劳，智者忧。”即使是陶令那样的隐逸，自认为跳出了罗网，心也不免再落入世事的烟尘中。杨万里有诗云：“袈裟未着嫌多事，着了袈裟事更多”，做了和尚也有未了之缘。只有像屈原这样抱有必死之心、顾忌皆去的人，才算真正的解脱，放下了世俗的陈规，发出《离骚》《天问》《九歌》这样振聋发聩的嬉笑怒骂之声音。

今天的人们说端午节是用来悼念爱国者屈原的。还不如说，是用来悼念屈原敢发直言、敢言情言性言我、敢怒敢爱敢恨、率真刚直的品格和向往明亮、美丽、温暖和自由的理想。

屈原如杜鹃啼血般歌颂香草美人，歌颂明亮、美丽、温暖和自由，也无意间反证了人间的黑暗、丑陋、寒冷和备受压抑。屈大夫把自己全部生命的火留给了绝唱，留给了人类关于政治、社会和人生的美好理想，留给了饱经痛苦后用生命捍卫自由的歌喉。谁不向往明亮、美丽、温暖和自由？谁不喜欢香草美人等悦情悦性之物？世界是如此美好，可是有几人敢像屈原一样对所处的时代出示真相，表达真情，而不编造谎言？虚伪的世界容不下理想的赤足和孩子般的纯真。历世历代，无论你在朝在野，有几人能发直声抗言？在强权的面前，多少人不是重足而立，敢怒不敢言？在谦抑被视作美德后，有几人敢于表扬和自我表扬？

“想通天上银河易，力挽人间风气难。”现今的社会，那么多人喜欢屈原。因为，是他让人看到人应有的模样。在这样的时节，我更加怀念屈大夫。

快到村子的时候，我看到村口聚集了好大一群人。小孩们先是三五成群在晒谷场追逐、玩闹，看到我与蓝梓走来，就远远地沿着续源河的河岸迎过来，叫着“姐”或“姑”，英雄般地拥着我与蓝梓向村口走去。随着我们的走近，我终于分辨出站在晒谷场上的十多个大人们的身份：我的父母和大伯、堂叔站在最前，堂哥、堂弟、堂妹们站他们的身旁或身后，男的手中拿着高腰鼓、大锣、小锣和大铙等乐器，敲敲打打，奏起了欢快的十点梅花（又称十番锣鼓，是广东韶关曲江民间打击乐）的迎宾曲。这样的曲调，是用来迎接村里的新媳妇入门、女子出嫁用的，欢快的曲调如快活的云雀在空中飞翔。堂弟则以鞭炮在前引路，炸裂的鞭炮似一只只蝴蝶在翩翩起舞。堂弟提着鞭炮走在前面，把我们从晒谷坪径直引向堂屋台阶，再引向我家。小孩们如一群欢快的小鸟，叽叽喳喳、挤挤挨挨地把我和蓝梓拥在中间，涌向我家。

犬吠声、锣鼓声、鞭炮声、欢笑声和硫黄的气息在村庄上弥漫，整个村庄都沉浸在欢乐的海洋。我没有想到，父母竟闹下这么大的阵仗，来迎接蓝梓第一次到来。蓝梓被这样的阵仗吓着了，他私下里扯了扯我衣袖，悄悄地在耳边说：“春媚，这也太隆重了吧！”

尽管我对父母这般夸张做派心存反感，只能安慰蓝梓，轻描淡写地说：“不必放在心上。这是我这里对新上门的准女婿、媳妇的风俗。”

蓝梓不好意思地说：“哦！你们习俗很特别。”

我瞥了蓝梓一眼，说：“隆重代表重视！我们这里的人都重情。”

蓝梓耸了耸肩，憨厚地笑了。

一进家门，蓝梓就取出香烟，不分男女，两支两支地散给众人，我也拿出点心和糖果分发小朋友们。好在昨晚，我长了一个心眼，多买了一些点心糖果，才不至于露窘。

我把蓝梓一一介绍给父母、伯父母、堂叔、伯娘、婶娘和堂哥、堂弟、堂姐、堂妹们。蓝梓向他们问好、鞠躬、再敬烟。大家围着我与蓝梓看热闹，兴高采烈地向我父母道喜。大家张口闭口夸赞蓝梓长得一表人才的，有人拿我开玩笑，问我什么时候结婚，什么时候生娃。现在八字才一撇，亲人们已经想到了更加现实、更远的未来。

我现在心情很复杂，如果我与蓝梓的事，能谐遂，今天这般闹腾，那是锦上添花；如果不谐呢？这样的阵仗，岂不成了笑柄？

我娇羞、幽怨地看了蓝梓一眼，心想：冤家，你是暂时的浓情，还是要与我过长久的生活呢？常言道：男怕入错行，女怕嫁错郎。人生面对着太多的选择，做人真难啦。

我晴朗的心绪飘来一朵乌云。

“痴汉偏骑骏马走，巧妻常伴拙夫眠。”世间的事，不能掌控、事与愿违的事实在太多，理想的云与现实的奔马常常背道而驰。

母亲招呼那些敲锣打鼓、放鞭炮的和近亲的入座，足足坐满了三桌。父亲把蓝梓让到上席，那里坐的都是父辈的男性亲戚，而我这个亲生的女儿，反而放到了次席，与同辈的兄弟姐妹一席。

第一碗菜上来了，我的父亲端着酒碗站起来，说："今天是春媚的男朋友第一次登门，感谢各位弟兄和晚辈们的捧场。春媚和蓝梓的事，我做长辈的不会干预，他们俩人的事由他们自己决定。"

菜上来了，是按照我们当地的宴席标准上的：第一碗是糖醋红烧肉，第二碗是羊肉，第三碗是蘑菇焖鸡，第四碗是蒸鱼，第五碗是炒猪肚，第六碗是酸笋炒大肠，第七碗是酿豆腐，第八碗是红烧甲鱼，第九碗青菜，第十碗是相约。

这一碗相约，很有意思：用猪肝、猪小肠、猪心、猪肺、猪腰切成小块，再用甜酒糟煮烂，煮出来的猪杂甜糯适口。甜甜蜜蜜，有心有肺，有肝有肠，这道菜无论在形式和意象上，透着浓稠、浓艳的浪漫，朴素中透着奢华，更是对生活、对爱的禅悟和享受。它也是对第一道菜糖醋红烧肉的回应，以甜蜜开头，以甜糯结尾。

蓝梓是能喝一点酒的，但架不住劝酒的人太多，先是他敬长辈酒，后来长辈们回敬，又与堂兄弟们喝了个来回，他喝得酩酊了。好在蓝梓的道行高，没有做出失行失言失德失智的行为，让我稍感欣慰又心疼。而伯伯、叔叔、兄弟们都向我称赞蓝梓是一个爽快的人。

我扶着踉踉跄跄的蓝梓去楼上休息，他大口大口地喘着粗气，嚷着要喝水。我端来一大杯凉透的茶水，扶他坐直了，蓝梓咕嘟咕嘟地一口气就喝完了那一大杯水，打着嗐儿。

我下楼拿来一条湿热毛巾，给他擦脸擦手。蓝梓醉眼蒙眬地看着我，握着我的手，歉意地对我说："给你添麻烦了。"

我心疼地说："喝高兴就好，下回别再喝那么多了。"

蓝梓嘻嘻笑着点头，大着舌头说一些醉话，如一个孩子。我匆匆地吻了一下他，就下楼去了。

黄昏时分，蓝梓终于醒了。

整个下午，我与母亲都在包粽子。明天就是端午节，粽子是少不了的。尤其是乡下，不同的时节，不同的传统节日，大家都过得很认真，很有仪式感。千百年传统习俗就在这种认真的仪式中得以保存，让中国的传统文化，没有被王朝的更迭、异族的烽火、天灾人祸所毁灭，也没有被时光的流水所淹没。

电视的普及，在一点点地改变乡亲们的认知。就拿包粽子来说，据电视节目介绍：现在，在标准化的车间里，一只粽子有三十六道工序，每个工作日会生产出上百万的粽子。在我们这个偏僻的小山村里，我与母亲依然按照传统的方法包粽子，两人一下午才包两百多个。可是，我们高兴。早上，母亲把前几天从河边摘来的芦苇叶子用清水煮熟，这样的芦苇叶子更有韧劲。天刚亮，母亲就用大木桶把糯米、花生、红豆、绿豆分别浸泡，把卤好的肉切成细丁。包粽子时，先捋粽叶，再填糯米、花生、肉丁等配料，用手压坚实，封口扎捆，一个棱角分明的三角粽子，就做好了。然后，分成五个一吊，放入一个大锅，注入泡过草木灰的水，煮上两三个小时，香喷喷的碱水粽子就算告成了。

今天，村里家家户户都包粽子，尽管工业化生产的粽子又便宜又方便，但是村里的人说买来的粽子不好，吃了不放心，还是自家包的粽子地道，放心。我想：买的粽子不是好与不好，或放心不放心，而是没有一家人坐在一起，边包粽子边聊天的乐趣，没有亲力亲为的仪式感，吃粽子事小，包粽子事大。

母亲告诉我，今时天气热，用草木灰浸过的水煮出来的粽子耐放，放几天也不会坏。

我当然知道其中的缘故，草木灰水是碱性的，碱可以抑制乳酸菌。我对妈说："妈，草木灰，脏。为什么不去买食用碱呢？"

母亲却不认同："你啊，读书读呆了。我肚里没有你那么多墨水，但我知道，这是祖上几千年传下来的法子。如果脏，老祖宗早就不会用了。草木是自然之精华，火是最干净最圣洁的东西，草木经过火焰的煅烧，哪会脏呢？倒是那些用机器加工出来的碱粉才脏呢。"

我不想与母亲辩论，于是装出服输的样子，看到母亲脸上的快乐，我也快乐了。碱粉脏与不脏，对我们今天煮的粽子不重要，重要的是父母快乐，家庭和谐。我当然知道，草木灰里的成分太复杂，不可控的因素太多。可是，想想，我们日常吃蔬菜瓜果，包括各种主食，无一不是草木之苗或草木之果实，它们的成分与草木灰一样繁杂，也没有说它脏、可怕。

在我意识中，我说草木灰脏，是因为它黑，黑的东西就是脏，白的东西干净，实是以貌取人，很是误人自误的。

我着相了。

现在，我自己都不能自圆其说了，又如何能说服母亲？于是，我哑然失笑。我想起了当年由张君劢和丁文江发起的玄学与科学的世纪之争，结果是公说公有理，婆说理更强，谁也说服不了谁。最后，大家都偃旗息鼓，不了了之。玄学与科学本来就是人为定义的，由人定义的，就有私心、私情。

在复杂纷繁、变动不居的生活面前，几条原则，几条文法就把无限活泼的生活框死，那不是痴人说梦？我们只有把思想的触角伸进生活的海洋中去，我们的思想才不会干涸。

三天后，我与蓝梓离开了我的家乡。父母对蓝梓很满意，我也完成了一项重要的考察使命。有了父母的应允，我可以安安心心大胆地把手交到蓝梓的手中了。

（三十二）沙面

自从蓝梓到我家见过我父母，我与蓝梓的关系就更加亲密了。我自觉深陷情网，无法自拔。平时工作中，上班的路上，晚上躺在床上，我的脑海里满是蓝梓的笑容和言语。下班后，我给他打电话，邀他来我的出租屋一起煮饭、一起漫步、一起看电视。蓝梓总是很爽快地答应，他的出现，给我的出租屋平添几分春天的生气和高山可恃的安全感。

我与蓝梓毕竟没有结婚，还不是夫妻。他与已婚男人必须回家相比，缺少点回家的自觉。

每当蓝梓说晚上不能来我的出租屋，这样的消息总令我沮丧。我像伤寒病患者，浑身提不起劲。不知为哪般，我就是沮丧、就是难过、就是想念他，就想与他厮守，如小妻子眷恋着自己的丈夫一般。我就这样，不可救药地陷入了爱的冷热病，只有他的问候和笑声，才能药到病除。

人类进化了这么长时间，只有感情这玩艺还处在原始的水平。也难怪，爱都是肉体灵泉浇灌出来的花朵，除非它彻底枯萎。

人体是爱的根，也是爱的果。

在平常的时间里，蓝梓还是很纵容我的任性。周末，只要我提出去游玩，蓝梓总是愿意陪着我玩闹。阳光明媚的天气，还是阴雨天气，我总按捺不住想出游的心。即使是阴雨天，找一个无人的所在，与蓝梓坐一个凉亭里听雨也是充满了诗意。美丽的花园、无人的荒郊、鸣啭的小鸟、晴朗的天空和微笑的心灵，爱情让平淡无奇的地方变成风景，风景又丰满了爱情的内涵，增添几分颜色，增加生活的光亮，点燃心底的希望。

是啊！在恋爱的阶段，男女朋友一起出游，也许出于多样的目的，如害怕孤独、虚幻的冲动、假想的快乐、对对方思念，或者出于纯粹游玩，只希望能待在一起。这种出游活动是对未来长期相处的一种预演和摸底，就像幼儿学步、牙牙学语一样，对于爱情的健康成长是有益的，是恋爱过程中的必修课。

广州有许多值得去的地方，白云山、植物园、越秀山、南越王墓、光孝寺、中山纪念堂、莲花山、花城广场、动物园等。只要我们两人有空，少不了流连其间。

蓝梓学土木工程出身，出游时难免会对一些历史街区、典型的建筑、老房子显示出极大的兴趣。我理解，但并不感兴趣，尤其是蓝梓讲述建筑方面的专业术语，诸如雕刻饰纹：门饰、窗饰、木雕、擎檐撑、裙饰木雕、瓦饰、屋脊、柱础、石雕、砖雕等，也许是受的专业教育不同，也许是曲高和寡，晦涩难懂。即使面对实物，他又反复指陈，我也是东风射马耳，懒于识辨、识记。因此，走马观花地看过了许多建筑景观，只留下一些模糊的印象。毕竟我最初学的专业是生物学，对园林绿化尚感兴趣，对建筑就敬而远之。

为了避免尴尬，每当我们出游时，我总恶作剧般地抢先为他介绍公园和街边、路旁、江岸或庭院中的各种植物。对于我们生活中常见的植物，大多数人都叫不出名字，更别说习性和功用了。蓝梓也不例外，他的专业不是生物学、园林学或城市规划，谁会对这些与自己工作、生活没有直接联系的物事感兴趣？与自己无关的事，大家习惯熟视无睹。何况花草树木那么多、那么复杂。像广州最常见的榕树，就分小叶榕、大叶榕、大果榕、台湾高山榕、琴叶榕、金叶榕、垂叶榕、水石榕、对叶榕等十几个品种，特别是高山榕、小叶榕和垂叶榕的长相差不多，不仔细分辨其枝叶，是很难区分的。谁肯花心思、花精力来识记这些与自己看似无关的物事？蓝梓就不同，当我介绍各种植物，他自始至终表现出极大的兴趣，面对植物种类众多、品种丰富，经常出现同物异名或异名同物等现象，蓝梓不并感到意外与繁难，跟着我一起认真辨识、了解、记诵城市常见绿植的科名、特征、花果期，观赏价值和园林用途等。在我看来，这是相当枯燥乏味的过程。然而，他却表现出极大的好奇心、耐心和强烈的学习愿望，并乐此不疲，使我心生感动。

我曾问他："为什么对植物这么感兴趣？"

蓝梓说："城市绿化是人类自己创造出来的第二个自然，是城市居民赖以生存的环境，也是建筑系里某专业的内容。在大学，我学的是土木工程，侧重于建筑技术，对于城市设计、城市规划、园林设计、建筑历史等方面知识了解甚少。现在有你这样一位学生物学出身的美女导师现场指导，使我补上城市园林这一课，是游玩中的意外收获。何况花草树木是那样美、那样香艳，令人赏心悦目。识花如赏美人，识美人如赏花。两不耽误，多么有趣！"说罢得意地笑了。

我狠狠地啐他："讨厌！真是个'楚留香'。"

蓝梓没有说是因为爱我才学，只说出于职业需要。但他的言语中依然透露出对我依恋与欣赏，虽然其中多有调侃、挑逗的言辞，但这种亲昵的言语与行为，是爱另种表达方式。我为此感到高兴。

蓝梓为什么要乐此不疲地跟我学习各种植物，不就是为了与我有更多接触机会吗？男女之间因为相互吸引才走到一起，因为相互了解、相互扶持、相互学习、共同进步，才走得更远、更顺。看来，我太任性了。过去，每当蓝梓介绍他专业知识时，我总是敷衍他。为什么不能像他一样，面对新知识、新的领域，以开放心态去接触、接纳、接受呢？为什么不能像他一样，面对新知识、新的领域，去认真地听、认真地学？没人强迫，能了解多少就了解多少，又妨碍什么呢？说白了就是自己的懒惰与无视。蓝梓的专业与建筑有关，离开他的专业，他未来如何安身立命？如果我们今后要长相守，有共同的话题总比没有共同话题强吧，说不定什么时候还能帮他一把，也未可知。

在以后散步、游览中，每当蓝梓介绍历史街区、各种建筑所承载的建筑学、科学技术、社会学、心理学和生态学方面的知识时，我都耐着性子去听、去看、去辨识、去记忆、去思索。开始的过程是枯燥的，也带有强烈的功利心，但随着我对建筑方面的知识积累增多，我对建筑学的兴趣越来越浓。蓝梓表现更大兴致、更大热情，我们散步的路程越来越远，时间越来越长，周末出去游玩活动频次越来越密，我们感情也在交流中与目俱增。

实际上，人天生的兴趣并不多，更多兴趣是在后天的生活中慢慢养成的。也许是因你喜欢了某个人、某类事、某种活动，于是发展成了兴趣、爱好。

我在建筑方面表现出来的兴趣，就是与蓝梓相处时养成的。起初，我就像进入一个晦暗的宫殿，什么也看不见，随着我对建筑方面知识增多，慢慢适应了宫殿昏暗，宫殿精美陈设、藻饰，慢慢地从浮光中呈现在我的眼前，让我为之惊叹。

每当我站在不同的历史街区，面对高高矮矮、新旧不一、各式各样、不同风格的建筑物面前，各种街区、各种建筑，不再是冰冷、僵硬的一堆砖瓦、钢筋混凝土，而是一个有生命、用石头，按照各种审美情趣和审美标准精心雕刻出来的艺术品，是一首诗，是一本书，也是存在于自然空间中的画。

多了解一门知识，就多了一个观察世界的窗口。从艺术的角度而言，建筑和绘画、书法、雕塑、舞蹈与电影电视一样，都属于视觉艺术。常言道：百闻不如一见。人只能身临其境，通过观赏，才能欣赏历史街区、老房子所承载的历史、地区、民族、人文的气息。

蓝梓循循善诱，在他的引导下，我开始对建筑着迷。走在街上，我不由自主地观察遇到不同建筑，目光变得敏锐，更加挑剔。过去眼中杂乱无章的建筑群，开始变得有序，或依地势，或循河道，因地制宜，各抱形势。在老的历史街区，尽管临近房子的规制或许不同，但由于建筑中具有共同的观念、审美、文化和生活方式相近性，沉积在古老的历史街区的建筑与环境，其风格、程式或式样，基本保持一致，整个街区的天际线是渐变的、柔和，具有融洽的节奏和韵律，让人感到舒适、愉悦。在城市新区，大多数是西洋建筑，虽然每一座大厦都雄伟壮观，但是，整个街区缺乏整体的连续性，天际线被高低起伏给割裂得支离破碎，自然也缺乏和谐与统一。这样的建筑创造出新孤独。

我向蓝梓提出心中的疑问，他赞扬我说："你的鉴赏水平越来越高了。你说得没错，那些新建的城区，并不符合国人的审美习惯。这与西洋建筑本身无关，而是当时的决策者与建设者没有考虑这是在中华大地上建造。我们在利用西洋的建筑技术时，要结合中国人的文化传统，真正做到'中体西用'，这个问题就迎刃而解。中山纪念堂就是典范。按照形制，它属于中国传统的宫廷建筑，是仿中国宋代宫殿，八角攒尖顶下四出抱厦，蓝色琉璃瓦和红色门窗柱子等。却利用了西方的建造技术，采用了西方的钢结构和钢筋混凝土结构技术，与中国传统的木构架建筑完全不同。它的物质形式利用了西洋建筑技术，它形制内在气质是中华民族的风格，完全符合国人传统的审美习惯和审美情绪。可见，法无定法，全在决策者与建设者运用之妙。"

我似乎明白了建筑的某些原则，感叹道："建筑不仅仅是一个技术问题，更是一个文化、心理、艺术的选择问题。真是心生万物，关键是决策者与建设者用心、用情在什么方面。运乎之妙，存乎一心。"

蓝梓肯定我的说法，进一步告诉我："是的。关键不能割断文脉！市政发展，建筑物的新陈代谢是难免的，但是对具有文化价值的历史街区要妥善保护。在拆旧建新，推进城市现代化的过程，过去很长一段时间，国人对城市历史地段认识是不全面、不充分，决策者只是重视、保护那些具体显著的历史地位和重要文物价值的历史建筑，如宫殿、寺庙、有历史意义的会址、历史人物故居等。为了经济利益，对那些产业类和生活类的历史地段缺乏保护意识，许多的工业、仓储、交通运输、传统商业区和具有地方特色的居住区等，在城市改造的狂潮中，造成了大批具有实用价值和历史乃至文物价值的城市历史地段化为瓦砾。实在是太可惜。老建筑是不可复制的，即使按照原来的图式重建，也不是原来的老建筑了。现在我们在城市改造和城市建设已经注意到这个问题，并加以改造，如永庆坊和太古仓就是比较好的例子。另一方面就西方的技术与中国传统相结合的问题，如果新的建筑都能做到中山纪念堂一样，完美地达到中西融合，也未尝不可。可是，在经济利益驱使下，投资者就顾不上这些了。”

我终于明白蓝梓反复强调保护历史街区的重要性。许多人与我过去的认知一样，总以为历史街区是城市中心和历史文物所在街区。现在我才知道自己过去的谬误。所谓历史街区，不仅仅是局限于城市的中心区和历史文物区，还包括城市古老的商业区（如北京路、十三行、南华西街）、工业区（如太古仓）、地方特色的生活区（如永庆坊、小洲村等），这些历史街区都承载一个城市的历史记忆、生活记忆、文化记忆和情感记忆，是一个城市的灵魂。而新的建筑正在割裂中国传统建筑风格式样，这也是蓝梓感叹要保护好历史街区的原因。

古人说：“不谋全局者，不足以谋一域；不谋万世者，不足以谋一时。”蓝梓不过是一个身在广州、普普通通的打工者。然而，他的思想境界和见识远远超过他所处的社会地位，这是他的学养和长期思索的结果 。我为蓝梓深感惋惜。听他说，当初毕业时，本来可以留校，后来因为某些因素，放弃了。如果当初他能留在西安交大教书多好，这样他就能把自己的学术观点传授给他的学生，或许将来有学生能把思想与理论运用到城市建设当中。现在，他只能对我纸上谈兵，空发宏论！我在他的眼中读懂了他的寂寞与无奈，这个怀才不遇的男人的际遇令我心生怜惜。

为了使我能接触更多的街区与建筑，了解更多建筑学知识，进一步强化我认知水平，蓝梓陪着我游览广州及周边地区许多有名的古建筑和无名的村落：如广州的镇海楼、中山纪念堂、陈家祠、六榕寺、光孝寺、余荫山房，以及广州周边地区的梁园、清晖园和可园等；浏览了北京路、新河甫路、沿江路、上下九、太古仓、南华西街、长堤大马路、小洲艺术村和中山岐江公园等许多的历史街区。

面对不同的建筑，蓝梓告诉我：“建筑按照功能分，分为纪念性建筑、宫廷建筑、宗教建筑、民居建筑、商业建筑、工业建筑等。如中山纪念堂、陈家祠属于纪念性建筑，中山纪念堂又属于宫廷建筑，六榕寺、光孝寺和广州圣心大教堂属于宗教建筑，永庆坊、小洲村属于民居建筑，梁园和清晖园既是民居建筑又是园林建筑，北京路步行街商业建筑，太古仓、广钢属于工业建筑。按照建筑采用的技术分中国传统建筑、西洋建筑以及中西合璧的建筑。如梁园和清晖园是中国传统建筑，中山纪念堂是属于中西合璧的建筑，现在兴建的建筑大多是西式建筑。”

站在各种风格的建筑物前，介绍相关建筑知识时，蓝梓总是喜忧参半。喜的是城市建筑日新月异，蓬勃发展；忧的是历史街区的萎缩，传统建筑的减少。这也导致，他特别喜欢给我讲解中国传统建筑的相关知识，仿佛多一个了解中国传统建筑的人，就多一份传承传统的力量，他也尽到一名建筑工作者传播中国传统文化的责任。我理解他，因此，每当他面对传统建筑讲解中国传统建筑文化时，我都凝神谛听，生怕错过一个概念，一个专业术语，有负了他的赤诚。

蓝梓告诉我，中国传统建筑以木石为主，各种建筑由柱、梁、枋、檩等组成，通过榫卯结构把不同的构件联结起成屋、成群。榫卯结构是中国建筑中伟大的发明，斗拱是榫卯结构集中的结晶。斗拱是我国木构架建筑特有的结构构件，主要由水平放置的方形斗、升和矩形的拱以及斜置的昂组成。在结构上挑出以承重，并将屋面的大面积荷载经斗拱传递到柱上。它还有一定的装饰作用，是建筑屋顶和屋身立面上的过渡。斗拱还承载着中国的礼仪，是建筑等级的标志。建筑越高贵，斗拱越复杂、繁华。

蓝梓经常对我说：一方水土养一方人。任何建筑，首先要满足实用功能的需要，中国地域那么大，各地的地理环境，物候条件各有不同，民族那么多，不同民族、不同地区的人们生活习惯迥异。因此，它都要从建筑不同的形制反映出来，借以满足不同地域、不同自然环境、不同民族的民居、生活、心理、文化及情感审美的需要。因此，最终形成了不同风格的民居，如北京的四合院、陕北的窑洞、云贵的木楼干栏、客家的土楼、广东的竹筒屋式房屋群等不同风格样式。但万变不离其宗，即使它们的形制有一些变化，而它们的内核是不变的。除了陕北的窑洞，其他地方的传统的建筑都离不开柱石与榫卯结构，同一个地区的建筑大致相仿，并达到融和的目的，与周围的环境，与周边的建筑相统一。西洋建筑不讲究这些，他们只注重单个建筑。

我不由感叹道："真复杂！"

蓝梓也感叹道："是啊！能不复杂吗？你想想，中国有五千年的历史，五十六个民族，广袤的国土，不同地方不同的风土人情，社会的等级制度，不同个体精神信仰、经济能力，都要在建筑中表现出来。建筑承载的，不仅是他们追求的物质资产，更是人们生活习惯、精神信仰、文化历史以及民族心理和气质的精神资产。"

我赞同道："是啊！就像我家的老房子，尽管它只是普普通通二层的砖瓦房。可是，那也是我父母如燕子衔泥一样为家人搭起了的窝，在这上面书写了他们在人世间的生命的光辉，倾注了他们一生中大部分的心血，他们希望在这里面繁衍子孙、出人头地，生活得安全、温暖。从某种意义而言，房子是家园，也是他们的精神与理想的寄托。"

蓝梓点头称是。

过去，我在游览文化古迹、历史建筑时，很少关注建筑物的装饰及细节。现在，每当我与蓝梓吃完晚饭，手牵手走在北京路、新河甫路、沿江路和长堤大马路，看到那些古老的街道、老房子、老桥，我不由得收敛内心的轻忽，放慢脚步，不仅欣赏这些雄峙上百年古老街区，去感受前人征服自然、治理社会的勃勃雄心；从那些残存、具有中国传统形制的古老房子，慢慢地品味它的秀美；从房子上那些富有寓意、具有装饰性的纹饰、吉祥字、吉祥物和几何图形中，除了惊叹于古人工匠精巧的工艺外，更让我感受到古人对美好生活祝愿和祈盼。从这些回纹、云纹、冰裂纹、方格纹中我理解古人的审美情趣，从工字、井字、寿字、万字、亚字、十字花和各种花结、盘结、梅花、海棠、如意、卧蚕、方胜、圆镜、步步锦、灯笼锦、八角景、六角景、龟背锦的背后，我读懂了中国古老传统文化的博大。从直棂、菱形、套方、一码三箭等几何图形，使我读懂了人与宇宙之间的空间关系。

现在，我在蓝梓引领下，已经初步掌握了解解开建筑语言的密钥，欣喜地与这些融岁月河山和人性情感于一炉的古建筑的进行无声的交流，是一件多么幸运，而又快乐的事。无论是壮丽的纪念性建筑，还是普通民用、商用、工业用的建筑，它们身上都承载着时间的、历史的、文化的、民族的感情！它们用自己的独特语言，在诉说发生在它们身上的故事，以及曾经目睹身边发生故事。

蓝梓每次经过这些老街区，都感叹道："城市如人一样是有记忆的，城市的记忆就在这些古老的街道的老房子、老字号、老桥……给人们提供生活、历史文化的记忆。拆除，正用人为的因素，在消除城市的历史记忆，在割断一座城市的文化传统的血脉。建筑被称为石头写的诗，是文化的一个载体。将来有一天，这些承载着城市历史文化的物质载体和场所将难觅其踪影，城市失去了应有的历史记忆。现在多看看，每一座老房子都体现了一种法则，一种审美、一种生活情趣。"

然而，蓝梓沮丧地说："现在城市正在迅速地扩张，呈爆炸式的发展，力图摆脱原来城市结构和文脉的束缚，建筑成了一种创造孤独的形象的游戏。人在创造的同时，也在毁灭，过去的街道在消失，庙宇在毁灭，草地被侵占，森林被砍伐，人们只在追求更多更大的经济效益，而没有惜物之心。现在的建筑不再寻求彼此之间的联系。这种现象使建筑与街道原本良好的尺度关系丧失和崩溃，城市结构趋向巨型化，城市的生活品质下降，其核心在于城市空间的非人性化。我现在能看到的老街、老房子，又能保存多久？还是一个未知数。"

听到这些，我的心脏在收缩，全身战栗！这是新与旧、生与死、存在与消亡对撞，我仿佛看到天鹅之死哪震撼灵魂的力量！

九月中旬的周末下午，我与蓝梓怀着复杂的心情游览沙面。

沙面位于珠江岔口白鹅潭畔，据记载：它是一个人工开凿而成的小岛。当初它只珠江边上、白鹅潭畔的一个小沙洲，与沙基相连。第一次鸦片战争结束之后，清政府战败，被迫与英、法等列强签订了不平等的《南京条约》1842 年。根据条约，强迫清政府开放广州、福州、厦门、宁波、上海等五处为通商口岸，允许英法等国在通商口岸建立领事馆。英、法侵略者以"恢复商馆洋行"为借口，按一亩地一千五百钱的所谓租界费，强迫两广总督租借沙面。侵略者挖了一道河涌把沙面和沙基分开，雇工修护河堤，填土筑基，形成沙面岛。

现在的沙面很安静，游人不多，那些欧陆风情的建筑，按照东西走向，分成两列一字排列，中间是一个硕大的花园，四周是一条环岛路。南北方向的三条横街，把建筑和花园分成几大块，花园、街旁与环岛路旁，种植着许多樟树和榕树。这些樟树和榕树，姿容苍老，显然是久历岁月与风霜。

我与蓝梓手牵着手，走中间花园里，不断观赏街边不同风格的西洋建筑。认真阅读每一栋建筑的铭牌，了解每一栋建筑今生来世。尽管这些建筑的建筑风格大同小异，但是，蓝梓还是敏感地从不同建筑物的规模、外装饰，判断当时当事国家的气象和性格的不同。蓝梓对我说："春媚，我有一个感觉，也不知对不对。从不同国家领事馆的建筑风格式样，大致可以判断不同国家当时的国家气象。"

我扭头望着蓝梓，好奇地说："噢！你说来听听。"

蓝梓说："你看啊！如今沙面大街四十六号，是过去英国人领事馆的原址。这栋楼，不仅规模最大，且平面对称。大石材砌筑底层，墙面采用立面是西式建筑灰色仿石大分格勾缝的形式。柱子则采用普通的四方柱，整个建筑是灰色的调子，给人一种平稳、规矩、保守内敛的印象。如今沙面南街二十号，是法国人领事馆原址。整个建筑成长方形，上下两层建筑，屋顶呈四棱锥形，边缘位置竖立起了高高的壁炉烟囱。而柱廊采用简洁罗马立柱，形成宽阔的外廊。整个建筑是淡黄色的调子，给人一种热烈、浪漫的印象。如今沙面大街五十六号，是美国领事馆旧址。整个建筑就像一个积木盒子，整个建筑外墙都是大块面，方方正正，缺少变化，显得简单、呆板。但是，给人一种沉稳、威猛、向四周辐射的力量感。"

我认真倾听蓝梓对沙面不同建筑阅读与理解，觉得有些道理，说道："在这个万国争雄的地方，尽管这些建设都是西洋建筑元素为主。但是，他们的设计者和出资者会不自觉地把本国的文化特质包裹在里边。这些是他们全盛时代的佳作，他们国运也就所有人类社会的历史客观规律一样，盛极必衰。"

蓝梓深以为然。

我们穿过中心的花园，来到江边。尽管已是初秋天气，又临近傍晚，但空气依然炎热，但我心更热，一时难以平静。我们趴在护岸的大理石护栏上，望着滔滔的江水向东奔流，西边红霞倒映在江水，把江面染成一片绯红。江面上非常繁忙，上下来往的船只引擎发出沉重的轰鸣声，把一江水犁碎，江上波光粼粼，奔突的浪头如潮水一般涌向江岸，拍打外滩石砌的堤岸，浪花扑面，晶莹的水珠溅落在人的脸上和裸露的胳膊上，一股清凉的滋味如电流一样传遍全身。那汹涌的浪头灌入堤岸的石罅里，发出咕咕汩汩的有节律的幽暗的洞穴中有千百个精灵在弹琴。偶尔，船上传来一声高亢的汽笛声，打破江岸的宁静，整个江面上的空气也为之颤抖。

我回望身后，那些欧式建筑掩映在绿树中，显得格外的静穆。我仿佛透过历史陈迹的窗口，向过去张望，希望透过厚重的历史，去观察历史真实。显然，这样的历史追忆是令人痛苦的，它就像巨大的笨钟那运转中铜制的齿轮，齿合时发出刺耳的轧轧声，既沉重，又清晰，在我的神经元上辗过，压得我喘不过气来。

我望着一江秋水，浩浩荡荡地向南海奔流，这一川江水，它前面是什么？是险滩？是暗礁？足下江水无法回答；就像我未来的生活，我无法预测，也无法回答，只能抱着“万里清江万里天”的从容，坦然未来的一切。清江阔天是路径，险滩急流也是路径！

一切只能留给时间去回答。

（三十三）裂纹

女人是男人的海。

你的水越深，男人优游的空间就越大，他成鱼化龙的可能性就越大。如果，男人生存在狭窄空间，他只能长成小鱼，更别说化龙了（锦鲤也有类似的习性）。只要他们稍稍长大一些，他们就会在你的浅浅水湾里，拨弄一些浪花来，让日子不得安生，或者干脆跳到另一番江河湖海，让自己有更大的成长的机会。

一个有志气的男人，是不愿意过庸常的日子的。有时，他会以一种自虐的方式对待自己，看待自己的事业和生活，力求做到与普通人不一样。这，或许会让他吃尽苦头，尝尽孤独。但，会令他变得伟大，走向辉煌。

“常在眼前君莫厌，化为龙去见应难。”十步之内，必有芳草。我们做女人的，千万别自以为是，在有志气、未成功的男人面前，千万别自我膨胀。如何处理与有志气的男人、特别是面对他的人生低谷时的态度，决定你与他未来爱情婚姻的走向。女人啊，你是颐指气使，还是做他的那一片温柔之海呢？你是甩手而去，还是与他风雨同舟？你是做他残忍的债主，还是为他提供源源不断的精神食粮？你是与他同床异梦，还是与他拥有同一个梦想？这是你个人的选择。前者，对一个有志气的男人而言，就是一记鞭影，也是一种耻辱。而后者，正是他希望拥有而你也能做到的希望之海，在这样的大海面前，他会与你潮起潮落，共同迎接“潮平两岸阔，风正一帆悬”的人生。

女人可以成为男人的江河湖海，也可以成为男人的急流险滩。水深、水浅、水缓、水急，全在女人一念之间。你是让你的男人生活在江河湖海之中，让他自由自在地长大？还是在急流险滩中，让他不得安生呢？前者是一个幸福的男人，而后者是一个不幸的男人。每一个成功的男人背后，都站着一个宽厚如海的女人；每一个失败的男人背后，同样站着一个急流险滩一般的女人。

爱情的瓷瓶，经不起鞭挞。轻轻地触碰，就会产生裂纹。想要缝补，只是妄想。瓶一旦有了裂纹，终有一天爱的营养液也会流尽，再也盛养不了爱的花朵。说不定哪一天，瓶，稀里哗啦地裂成一地。整完，变成恨的锐利的瓷片。

女人们啊，如果你爱你的男人，就用你全部的智慧、热情、温柔、无私地去爱他、呵护他、成就他，而不是用精明的计算、势利的冷热、虚伪的文饰、肉体的掩露去挑逗他，你以为这样，就能让男人向你俯首称臣，就会忠诚于你？男人不是狗，给一块带肉的骨头就能让它俯首帖耳？

是啊！爱情是有思想的，它会创造一个世界，一个由心胸自由丈量裁定的世界：你的心胸有多宽广，这个世界就多么辽阔；你的心胸有五彩，这个世界就七彩照耀；你的心胸有善根，这个世界就福泽绵长。

我多想成为蓝梓的海啊！想他可以在我温厚的大海里优游，全心地放松，治疗在坚硬的世界磕碰产生的内伤、外伤，洗尽身上的血污与汗渍，荡涤心灵上的灰尘，接纳生活中酸涩眼泪。我的大海啊，不仅可以承载他沉重的生命之舟，还可以孕育新的生命。

我不是独身主义者，我相信爱情，相信婚姻。人来到这个世界，就是为了寻找伴侣，寻找爱。那些享受独身的女人，不愿意为家庭牺牲自己，不想被婚姻束缚失去自由和社会竞争力的女人，我也不会去攻击和嘲讽她。因为，人人都有选择生活方式的权利，生活没有一成不变的模式。但，人一旦走进婚姻的模式，责任所在，应尽力践行自己的道义，必须放弃绝对、完整的自由。申挟带义，婚姻成了两人的约定，变成人生的摇篮、圣地、殿堂和坟墓。

我感觉，我与蓝梓的感情日趋稳固。白天，我和蓝梓各自上班，晚上，他常来我的出租屋陪伴我。我深刻地体会到岁月静好的形式与内容。相处久了，我的身体和思想都在时刻发现与蓝梓的身体和思想某些一致性和互补性。

我有时害怕失去自我与本色，欢欣地发现我们的同一与融合，蓝梓就像磁铁般吸引着我。如果能在两人之间，形成更多的同一，不是更加强大的力量吗？关键是同一。那能不能同一呢？因为过去的生活、经历和教养不同，世界上没有两个思维方式、生活方式、行为方式完全相同的人，更何况还有性别之差。

人，不可能长期独处一隅，总是要想法融入社会，哪怕前途迷茫抑或诡谲，总不能因噎废食。

在原始的欲望之下，有多少男女如雌雄动物一样走到了一起。如雄狮对母狮霸道的占有；雌性天堂鸟迷惑于雄性天堂鸟的美男计；雌性蝎蛉用身体交换从雄性蝎蛉获得猎物；雄性虎皮鹦鹉依靠“歌声”赢得雌性的交配；雄性的松鸡依靠与生俱来的舞蹈天赋来获得雌鸟的芳心；只有雄性的螳螂最为凄惨，它为了求偶献出了生命。雌雄动物走到一起，或屈服于习惯，或屈服于生计，或屈服于诱惑，或屈服于蛮霸的力量，它们聚合，总有某种隐秘的力量，把雌雄推搡到一起。人类，一半是人，一半是兽，必定有某种神秘的力量吸引着对方，才走到一起。最原始的欲望，时不时遮盖了理性的光芒。

人类男女的结合，谁能否认不是为了追求自身的快乐或某种功利？使命感和道义只是自身快乐和功利下附加的超值产品。他们如野地里交配的牛羊，通过交媾来传递生命的密码，产生新的生命。新生命的产生，不一定就是爱的结晶，它只是两性结合的产物。即使是最暴力的、最不道德的强暴，也可能产生新的生命。自然的法则淹没了社会的法则，更何况男女的肉体和思想都那么诱人，正散发着天香和光辉。

现在，我对蓝梓产生一种莫名的依赖，不仅是思想上的，还有生活上和肉体上的依赖，这让我感到害怕。因为，没有法律上的认可，就得不到社会上的认可，即使极力去掩盖，也无法告慰心灵不安。有时，蓝梓问我："你在想什么？"我总是掩饰地说："不想什么！""你为什么叹息？""叹息就叹息呗！""叹息意味着不甘？""不甘又能怎样？"是啊，不甘又能怎样呢？按照马克思唯物主义的观点：人的本质是其社会关系的总和。

我还没有见过蓝梓的父母和亲戚。听蓝梓讲过：他的父母在湖南一个四线城市，父亲蓝云在一家冶金厂做工程师，还在职；母亲郎洁在一所小学教书，已退休。目前，生活在家乡的只有蓝梓父母。

丑媳妇总得见公婆面。我几次暗示蓝梓，现在是否可以见见他的父母？我知道，得不到他父母认可的爱情，就是横刀夺爱，这样的爱情多少有点自私和不谐。我虽然渴望拥有完美的爱情，从法律层面——恋爱、结婚、组成家庭——是两个男女的事情，但从家庭和社会伦理层面，却是两个家庭的事情。

社会伦理和风习对人们日常生活的影响，比法律更具有"法律"的效力。你不曾听过"众口铄金，积毁销骨"？你不曾听过"三人成虎"？流言蜚语，可以把人逼疯，也可以使人的清誉毁于一旦。我从来不认为自己是一个强者，除非蓝梓能给我强力的支持，有他浓烈的爱情滋养，我的骨头也会变成钢铁，心也会变成磐石。否则，我只能选择逃避。

国庆节前夕，蓝梓欢天喜地跑来告诉我："春媚，我父母希望见见你。"

"真的吗？"我几乎不相信自己的耳朵。

"我为什么要骗你？"蓝梓认真地说。

这是我盼望已久的结果。可是，当这一刻真的降临时，我却心生怯意。"近乡情更怯，不敢问来人。"此时，我的心境相当的快乐、激动、不安和畏怯，人就是这样矛盾。时至今日，我却害怕去见他的父母。我担心，他父母看不上我。因为，我是一个相貌丑陋的人。

我跟蓝梓商量："要么，春节才去你家，好吗？"

蓝梓说："我父母早就想见你了。"

我说："我害怕。"

蓝梓笑问："你害怕什么？"

我低下头说："我害怕自己长得太丑。你父母看不上我。那样的话，见，不如不见。我宁愿把这个美梦做长一点，也好。"

蓝梓抬起我的下巴，用深情目光看着我，说："你要相信我，是我爱你。他们可以有意见，但只能保留。"

我幽幽地说："天塌下来，我也能顶得住。关键是你……"

蓝梓用力捏着我的下巴说:"看着我,你竟敢不相信我。看我怎么惩罚你。"

蓝梓把他的嘴唇盖在我的嘴唇上，用力吮吸，仿佛要把我的魂魄都吸入他的身体里。我被他牵引着，神思恍惚，感觉自己的身子越来越轻，如一片云，飞翔在高高的天上，大地变成了蓝色的海，星星在身边旋转，如凡·高的星空……

去蓝梓家，我自然得认真准备。我特意跑到北京路的大商场挑选了几身衣裳。听蓝梓讲，湖南十月的天气，已经凉爽，早晚都要穿夹克衫。于是，我买了一身轻盈的卡其色的西装和一件酒红色的衬衫；又买了一身蛋青色风衣，一条蛋青色阔腿裤和一件米黄色的衬衫与之相配；我还买一件淡绿色毛线衫，和一条淡蓝色牛仔裤。毕竟此行是一次喜庆之旅，我又买了一身杏红色的悠闲西装，橄榄绿的衬衫。同时买了一条绿色、一条浅蓝色碎花轻薄、柔顺的真丝围巾，一双黑色的方口皮鞋和一双豆青色的皮鞋。我从来没有像这天这样不计成本地为自己添置衣饰。这些衣饰，花了我一万多块。但是，为了给未来的婆婆留下美好的第一印象，我不计血本。

同时，我未忘记给蓝梓的母亲——未来的婆婆——买一套衣服。听蓝梓说，他的母亲已经五十八岁，退休前，是教师。我想，她毕竟年龄大了，应该"扛不住"岁月的摧残，身体走样、变形，也在情理之中。我征求了蓝梓和售货员的意见，给他母亲买了一件白色立领西装外套，搭配墨绿色阔腿裤，主要突出知识女性的干练和成熟女性的韵味。给蓝梓父亲买东西就简易得多了，两条软中华和两瓶酒。有了这些礼物和装备，我心里增添了几分信心。

节假日，外出，到处是人。尽管是国庆节，但是，在高铁站里，我找到了春运的感觉。处处是人山人海，人头攒动；个个是大包小包，摩肩接踵。

我用抱怨来掩饰我内心的激动与不安：“怎么这么多人？”

“人能不多吗？对于放假，人们只有两种想法：出去、不出去。再分成飞机、火车、汽车、轮船四种出行方式，即使有五亿人外出，来回至少有二点五亿人通过火车在旅途上奔驰。”

我与蓝梓分别拉着一个拉杆箱，跌跌撞撞挤过安检，进了候车室，才稍稍心定。高铁如期而发。因为人在旅途，我穿上了淡绿色毛线衫、淡蓝色牛仔裤和豆青色的皮鞋，系一条绿色碎花围巾。

我问：“这衣服合适吗？”

蓝梓盛赞：“好看啊！颜色明快、时尚、精致，尽显绿风的田园风息，又不失知识女性的雅典。”

蓝梓的盛赞，我心生小小的得意。我与蓝梓在絮絮不停地谈论着沿途的风光。这条路，蓝梓已经走了好多年了，因此，一路风物尽在他的心底。

蓝梓不断地给我讲述沿途的风景，介绍列车的相关知识。说到车次号，蓝梓告诉我：根据铁路编组规定，进京方向或是从支线到干线被称为上行，反之离京方向或是从干线到支线被称为下行。上行的列车车次为偶数（双数），下行的列车车次为奇数（单数）；如果车票上写着 3 车厢，而显示牌标示蓝色或黄色，则乘车时，要找到蓝色或黄色标识的 3 车厢，才能精确锁定自己的 3 号车厢的上车位置等。我享受他分享的经历和经验，他享受着我的鼓励和信任。

我问：“你现在是不是很激动，很急切？”

蓝梓眼里充满笑意：“怎会呢？你在身边，我觉得世界是平稳的、悠闲的，哪里都一样。”

我们俩相视而笑。

高铁，把人的距离拉近了。两个小时，我们就到达了蓝梓出生的城市。我们打了一辆出租车，半个小时就到了蓝梓的家。

蓝梓的家在一个生态家园里。听蓝梓说，他们小区的绿化，在整个城区是首屈一指的。自进入小区，我就开始认真观赏小区里的园林建设：小区的正门，是由若干个水池组成的叠泉瀑布群景观，喷泉设在最顶一个水池。喷泉喷出来的水，在不同水池叠次流下，就形成了瀑布群，最靠近门口的水池成扇形，里边有一组“阿佛洛狄忒的诞生”汉白玉石雕，还有几只白天鹅围绕在“阿佛洛狄忒”周围，嘴里正喷出清澈的水柱，潺潺如歌。

水池两边是一排罗马式石柱列队而上，巨大的白色花坛穿插在其中。花坛里种着硫黄菊、波斯菊、大丽菊等时令花卉。石椅石凳面水而设，水池边种植着棕榈、银海椰、木芙蓉，再外面种植着樟树、荷花玉兰、桂花、女贞子树，形成一个错落有致、层次分明的景观带。

小区内道路边，以冬青为篱，路边栽种着樟树、荷花玉兰、桂花、女贞子树、杨梅、奈李、法国梧桐等大型乔木。楼房都是南北朝向，南北对峙，楼与楼之间间距很宽，中间都留有景观区，显然是认真设计过的，景观区有亭、有池、有假山流水，闲地有草，水边有花，石边有迎春、紫薇、蔷薇、南天竹、罗汉竹等，墙边有凤尾竹、紫薇、芭蕉等。这个小区的绿化和园林建设真是不错，这样的园林绿化设计，开发商是用了心、下了本钱的。

我不由自主地对蓝梓说：“你们家的小区真漂亮。”

蓝梓得意地说：“你也不看看我是学什么专业出身的。”

“看你得瑟！”

蓝梓哈哈大笑。

在蓝梓大笑中，我想起了中国过去流传甚广的传说：“私订终身后花园，落难公子中状元。”人们之所以产生这样想法，多来自文学作品，而探花到京城大户人家采花的风习也让人浮想翩翩。不过事实上并非如此，“三十老明经，五十少进士”，多少的书生皓首穷经一辈子，才考上进士，大户人家的小姐谁肯跟一个鬓发花白的老头喜结连理？

至于大户人家的小姐在花园里私订终生，想是有的。过去的房子大部分都是私人营建，大户人家，除了建住宅，还盖起了休闲用的后花园。即使大户人家的女儿大门不出、二门不迈也能感受春的气息。春心如春天的脚步，不会被高山大海阻隔，时令一到，春情如期而至。即使是“蹴罢秋千，却把青梅嗅”或“殷勤谢红叶，好去到人间”。后花园的幽静，更容易让人产生春思，点燃爱情的烈火。一年，总有几天可以放浪的日子，年轻的男女因机缘巧合，因蹴罢秋千去了人间，踏春斗草掇花误打了他人，三月三日邂逅水边的丽人，寻春偶遇了人面桃花，青年男女幸而相识，千金小姐相约幽会于花园里，也是有的。至于，寻常人家的未婚男女，或在水一方，或作汉有游女之叹，或“言采其蕨，不见君子”，他们在劳动中恋爱，只要看对了眼，托一个媒人，送上三色彩礼和生辰八字，就可以漫山遍野地浪，倒也快活。无论是大户人家的女儿在后花园里幽会，还是普通人家的女儿在野地浪，按照现代的恋爱婚姻观，都属于自由恋爱，当大力提倡。但是旧时不行，男女嫁娶，定要明媒正娶，没有媒人作伐，就是私通。特别是大户人家的女儿，在后花园幽会，是明令禁止的。这种做法，古人誉为“礼出大家”。

普通人家的女儿就没有那么多讲究，春情萌动，未婚的男女如春天里的百灵鸟，在山坡、在田野、在水边、在黄昏、在明月夜、在篝火旁、在凤凰竹下，喊起了山歌。喊得群山为之震动，喊得了松涛阵阵为之助威，喊得河水为之涨红了脸，喊得尘封已久的心为之颤动，不免偷偷摸摸，偷食红唇胭脂，绝不会惹“林妹妹”恼。但，最后，女儿家是千叮咛、万嘱托，想要长久，请尽快遣个媒婆来。否则，长期保持暧昧，也是一件有伤风败俗的淫佚行为。

旧时，明媒正娶，也有它的弊端，就是相亲的男女不能直接见面。即使是有了婚约的人，也只能从家人口中了解自己的另一半。听家里的老辈讲：我家附近的一个村庄，有两兄弟，哥哥驼背，弟弟倒是一表人才。哥哥谈对象，弟弟替哥哥去相亲。女方不辨所以，只听媒婆说，为他家的老大相亲，误把弟弟当哥哥。女子怀着美好的憧憬进了洞房，结果进来一个驼背男人，把女人吓的，以为进了强盗，寻死觅活。女方的家人不干了，要把女子抬回去，男方怎肯？说：嫁进我家门，就是我家人，外戚不干涉内事。媒人也一口咬定，说好的是给哥哥相的亲，你们到周边去打听打听，驼背男是他家的老大，还是老小？人不能言而无信。女方父母自己弄出了乌龙，责任只能女方扛着。结果，男方多出了些钱财，女方屈从了。最后，女子的母亲亲自出来劝慰女儿，你要嫁的人就是他家老大——驼背男。

现在的男女，相会可以在大马路上，讲究点的去了公园里。压马路，晒月光，车上、路旁、大庭广众之下，都可以抱、啃、咬，少了古人那般束缚，多了些自由之身。除了男女之间自己寻死觅活外，旁人侧目也无所谓。在这样的氛围下，男女都放开了胆子，大胆释放自己的爱。

过去，相爱与相思是孪生姐妹。没过门、没圆房，即使是两家人近在咫尺，也不能见面。有文化的就有了“鱼传尺素”“鸿雁传书”的相思，剖鱼猎雁时，都得分出一份神，看鱼腹是否有素，雁足上是否有书。更奇的是那个书生柳毅，因为替龙女传书，把一个二婚的有家庭背景的龙女娶进了家门，让后世普通的男人至今还流着口水，艳羡不已。安徒生则残忍些，美人鱼要攀附王子。结果，物以类聚，人以群分，这样的爱情自然无果，只能变成美丽的泡沫，吹吹。所以，还是中国人神通广大些，心地善良些，让有情人终成了眷属。

不知谁说的：距离产生美。这纯粹是一种吃不着葡萄说葡萄酸的心理。社会揶揄：“距离产生美，久了就出轨”“距离产生美，看看陈世美”。中国人太有才了，对距离产生的危机深有体会，一针见血指出危机的关键。距离就是离别，离别是一种永远无法弥补的缺陷。如果，你硬要把离别当作思念的开始，把距离当作一种美，只能说，思念，也是一种痛苦残缺；距离，更是一种沉重遗憾。别自欺欺人了。人，只有手挽着手，心才会踏实；身体挨着身体，彼此才感到温暖。

我与蓝梓，能否成为美眷，中间还隔着一个阿母呢。如果阿母嫌弃我从小无教训，妾身不堪驱使，即使她不休我遣我，我也无颜面停留啊！

我终于进了蓝梓家的门。没有鞭炮，没有十番锣鼓，我以为，这是城里的规矩，比不得我们乡下。城里人，就怕邻里相互干扰。何况有规定：年节时也不能燃放爆竹。

我一进门，蓝梓母亲就握着我的手，又是看，又是拍，口称欢迎，我能感觉到蓝梓母亲的格外亲热。同时，蓝梓母亲的眼睛如一把钩子似的，在我的脸上东瞧瞧，西望望，把我的魂儿也钩去了一半。我不敢与她对视，只能低下头，低眉顺目，软声叫了一声“阿姨”“阿叔”。

昏头昏脑，他母亲把我牵进了她的家门。茶几上，摆着时令水果（橘、枣、杏、梨、西梅等）和一些饮料。

蓝梓母亲问我多大，几月几日生日，家里有几口人，接着就问我工作单位和工作情况。我一一如实回答。这时，我才认真打量蓝梓母亲。她有一张心形脸，因年龄大的缘故，眼角有了皱纹，眼眶下有了眼袋。她个子不高，体格健壮，精力充沛，谈锋很健，一看就是个精明能干的人。

蓝梓的父亲瘦高个，脸色白净，嘴唇上有稀疏的胡髭，说话声音很轻细，一看就是一个守本分的人。他父亲的年龄比他母亲还要小一岁，现在还在上班，家里一应大小事，都是蓝梓母亲说了算。

中午，蓝梓的父母请我去外面的饭店吃饭。听蓝梓说，这家酒家是当地有名的酒家。蓝梓母亲劝我多吃，可是菜太辣了，我不停喝水，嘴唇还是如火烧一般，把我抬上了云霄。因此，中餐的具体菜式、几个菜都不记得了，只有辣，记忆犹新。

当天下午，我将买来的礼品分发给蓝梓的父母。我对蓝梓母亲说："伯母，这是我给您买的一点小礼品，不成敬意，请您笑纳。"

蓝梓母亲双手接过礼品盒，看到礼品盒的商标，知道是某奢侈品牌，于是瞪大眼睛欣喜地看着我，说："孩子，你来玩，还要买这么贵重的礼品，你太有心。"

我说："第一次见面，是应该的。"

蓝梓在旁边帮腔："妈，这可是春媚特意到大商场给您买的衣服，这是国际知名品牌。"

蓝梓母亲笑逐颜开，满心欢喜地看着我说 ："阿姨都多大的年纪，哪还用得着这么时尚的服饰？你来玩就来玩，何必破费？春媚，下回不可这样。"

我乖巧地说："好的。这个品牌的服装高雅、简洁，很符合阿姨气质和风度。"

蓝梓母亲掩嘴咯咯大笑："都是老太婆了，还有什么风度？"

蓝梓怂恿蓝梓母亲打开试试。她看着我说："这样不太好吧。"

我说："阿姨，蓝梓说得对，如果不合适，一个月内还可以去换。"

于是，我帮助蓝梓母亲打开礼品盒，她双手拿起衣服，高高地举起，又在身上比试了一下，然后，放在自己的腿上摸了摸面料，又翻衣服的里衬，看针线的工艺等。嘴里不停地夸我会办事，有眼光，说她对衣服款式、面料、颜色、做工和搭配都满意。还说：大品牌就是大品牌。

晚饭，是在蓝梓家吃的。蓝梓母亲下厨，我在旁边帮忙。有扣肉、甲鱼、鸡、牛蹄、红烧鱼和茄子、三鲜汤，很丰盛。我最喜欢的菜，是这里的三鲜汤：有鱼丸、蛋片、瘦肉、木耳、蘑菇、香葱。这里的鱼丸与别处不同，形状如同饺子，两头尖、中间粗。听蓝梓母亲介绍，鱼丸是用草鱼、肥猪肉、生粉、蛋清等原料做成鱼胶，用刀在手上刮成饺子形，蒸熟后，就成了半成品，可以用来做汤、可以烩、可熘、可氽、可以烧。据说：湘军水师主帅、情种彭玉麟将军，就喜欢这种鱼丸。他创造的湖南名菜“玉麟香腰”，就离不开鱼丸。

蓝梓的家面积较大，一百六十多平方米，四室二厅。我单独占有一间房，蓝梓的卧室在我的隔壁。

第二天上午，蓝梓家来了一位客人。据蓝梓母亲说，是蓝梓的表舅。我看他的表舅，高额头，鹰眼睛，狮子鼻，厚嘴唇，且嘴唇特别的猩红（如吸了血没有擦干净嘴巴的吸血鬼），一脸花白的络腮胡须，花白的长头发在脑后扎一个马尾巴，穿一身中式的对襟衫，一看就是走江湖的人。我看着他，他也笑吟吟地打量我，一副人畜无害的样子。吃完饭，我帮助蓝梓母亲收拾碗筷。

他的表舅吃过中饭就告辞了，就像夏天的一片云，匆匆地来，又匆匆地飘去。我没有在意，心里却落下了巴掌大的阴影。

第三天上午，我的下腹不舒服，凭以往的经验判断，我的月经快来了。兴许是水土不服，兴许是太过紧张，我的经期竟提前了好几天，而我一点准备也没有。遇到这种事，真让人尴尬。中午，我休息一会儿，如厕时，手纸上出现了红色。我必须去附近的商店买卫生巾，否则洋相就大了。

我把蓝梓叫到卧室，向他打听附近商店。蓝梓说小区旁边就有一家超市。我把经期提前来临、没准备卫生巾的事悄悄地告诉他，并表示现在就需采购。蓝梓坚持要陪我去买，我不肯。我说：这么近，又是女人私密的事，让一个男生陪着，不好。我坚持独自下楼去采购，蓝梓没再坚持，把小区的门禁卡和他家的钥匙给了我。

我穿好衣服，出门时，蓝梓母亲看见我，问我去哪里，我称下楼买点个人用品，蓝梓示意母亲不要多问。

蓝梓送我到电梯口，看我上了电梯才转身。

这里的住房，都是大户型，容积率不高，一梯两户。楼道很少人，很安静。

我买了卫生巾回来时，进入客厅，四周静悄悄的，都关门闭户的。这时，我听到蓝梓和他的母亲在蓝梓的房间谈话，我一时好奇心起，贴近门口，听他们母子私下在说些什么。这样做虽然不道德，但是，对于一个宽宏大度的家长，我这不过是小儿女的小把戏，大度的大人是可以原谅的。

“儿子，我看春媚这丫头什么都好，有学问、懂礼貌、不娇气。可惜就是相貌差了点，这也不是最重要的。我昨天，请人来给她相面，算了八字。人家说，她的命格不好，与你相冲。你必须考虑考虑。”

蓝梓的声音：“妈，考虑什么啊？谁说春媚命不好？你别信那神棍的鬼话！”

“冯师公相面测字都很准，周围的人都把他称为上仙。常言道：冬瓜长毛种不好，春媚长得也太一般，她配不上你。将来，你要生一个‘大冬瓜’，嫁不出去，岂不是害了你？”

“妈，什么乱七八糟的东西，我想不明白，你为什么这么排斥春媚。我看春媚的相貌也不差啊！”

“你是情人眼里出西施，是被爱情蒙瞎了眼。她还不差？大脸盘，薄嘴唇，高颧骨，小耳朵，鼻子和手掌也没肉，听冯师公说，这样的面相，一看就是一副苦命相，还克夫。”

“妈，你别听别人瞎说。他如果懂得算命，他自己也不会那样穷酸了。再说，我曾经发过春媚的照片给你，让你把关，当时，你也没有提出什么异议来。现在，当我们情根深种，对她的感情欲罢不能时，你却钻进了牛角尖，用迷信来糊弄我。这不仅伤害我，也伤害春媚。你这样做，对我、对春媚都不公平。再说，她有好的职业，有健康的身体，她怎么会受苦呢？你说的那些，不过是老生常谈的东西，纯粹是无稽之谈。”

“迷信？老生常谈的东西，往往大家不加注意，结果酿成大祸。故说唯识，不言唯境。天意幽渺，它如秋天的风，不经意就会吹落树上绿叶，轻易就剥离树木的繁华。到那时，你想让树叶返回树枝，岂不为时已晚？”

“妈，每当春媚来到我的身边，我感到春降大地，是她让我的全身充满力量，让我的精神快活。毫不夸张地说，自从有了她，我感觉自己的一只脚，已经踏入了幸福的天堂。而你现在却当头向我们泼冷水。你叫我今后如何面对春媚？”

“什么话？真不成器。孩子啊，你初涉爱河，才尝到爱情的美酒，自然被它的甜美和芳香所打动。你有什么经历？你有多少见识？你不过为识所迷，而不记其余。婚姻生活平淡如水，当你热情的火焰压不住平淡无奇的生活时，爱情泛起的那点美好的幻相，就会变回原型。各种戾气如同森林里的瘴气，会把你毒害。你是妈妈唯一的儿子，你感觉到百分之九十九的幸福，在母亲的眼中，都不是最圆满的。妈妈要为你今后的幸福把关、把脉，容不得半点差池。”

“妈，是我过日子，还是你们过日子？”

“不错，是你过日子。你却是父母的命根子，你过得不好，做父母的，还能安乐？你真是一个小傻瓜。魏文侯有一段名言，说得很为精辟。他说：‘家贫则思良妻，国乱则思良相。上承宗庙，下启子孙，如之何可以苟，如之何其可不慎重以求之也！’”

“慎重！慎重！你的儿子是什么条件，你不清楚？你这样高的要求，让我寸步难行。这么多年，连一个鬼影子也瞧上你的儿子。好不容易遇上春媚，你又嫌这嫌那，你想让你的儿子打一辈子光棍吗？你当人家嫁不出去吗？非你儿子不嫁。真是好笑。”

“没出息！她嫁不嫁人我管不着。你什么条件，难道你条件差吗？你名牌大学毕业，有广州市户口，还有不错的收入。我和你爸爸，都有工资或退休金，不会给你增加一丝负担。这样的条件还差吗？你的堂姐、堂妹，个个如花似玉，难道要我们家，嫁出去的是菩萨，娶进来的是阎王，这让我怎么对得起你们的列祖列宗？”

“在广州，我就是一个没房没车没有稳定工作、普通的打工仔，能得到春媚这样重情不重物质的女孩垂青，不知是我们家几世修来的福，才让你儿子遇到这样一个好人。”

“便宜没好货！我们难道只图眼前的蝇头小利，就不顾家族将来百年的基业？愚蠢。”

“妈，你不能这样污辱春媚的人格。”

“哟，现在有了女朋友就忘了娘。是你女朋友的口水甜，还是你母亲乳汁苦？”

“你……”

“你什么你？谁要怀疑一个母亲爱子心切的话，是要遭天打雷劈的。作为一个母亲，她不仅要担心儿子的今天，还要思虑他的明天。母亲一生，哪个母亲不为自己的孩子操碎了心？”

“唉！”我听到蓝梓一声长叹。

蓝梓没有说服母亲，反而让分歧加深。从蓝梓母亲的言语中，我听出蓝梓母亲的意思，就是要坚决地拆散我们。

房间一时没了声气，我可以想象，此时此刻，蓝梓沮丧的形貌。尽管蓝梓母子谈话的声音很小，但落入我的耳中，却不啻是一声焦雷。这是多么恶毒的陷害，那些所谓相学命理之说，纯粹是捕风捉影、居心叵测的阴谋家的歪理邪说。可是，正是这样的歪理邪说，只要肯信，就具有蛊惑人心的力量。人们平时也许能理性分析问题，但，只要涉及自己的核心利益，人们就宁愿信其有，不愿信其无。谁敢把自己一生的幸福赌向未知的命运？有了道士们言之凿凿的指证，在人们的心中，这样的论断就成了真理、成了预言、成了附在自己身上揭不掉的标签。谁还辨别这些荒唐之言是真是假，是非曲直？这样无稽之谈，在他母亲心中，已经落地生根，成了我身上洗刷不掉的原罪。蓝梓母亲在我背后捕风之诬——这样的诬讦——会像一只幽灵一样在我们生命的天空上盘旋——它会变成高山大海——阻碍我与蓝梓交往。即使，蓝梓有勇气如爬楼梯一样翻越高山，让我们相聚。但得不到父母祝福的爱情，一定不会完美；得不到父母祝福的婚姻，一定不会幸福。善良乖巧、知书达礼与危及蓝梓将来运程的预设相比，我所有的优点都不值一提。在蓝梓母亲的眼中，我就是一个害人不浅的不祥之物。

疯狂式的武断、荒谬的臆想，虚无缥缈的诬妄，反而更增加了迷惑的力量。

他们的谈话如同千万把利剑直刺我的心窝，我没有想到，我是那样地爱她的儿子，掏心掏肺地对她儿子好，在她的眼中，不过是浮云游丝，轻轻一挥就消于无形。而言之凿凿的预言，虚无缥缈的命相之说，把我编定成了母夜叉或索命的无常。我成了遗祸人间，削弱她儿子运程的罪魁祸首！

显然，我与蓝梓的爱情，出现了赤道气旋，假以时日，就会成为无坚不摧的热带风暴。我心中惊恐不安，他母亲与别人合谋，无情地棒打鸳鸯的言辞，实在伤透了我的心，令我又羞又气，无地自容。我的人格、我的人性、我的品格、我的为人，都受到质疑、否定，这样的侮辱是可忍孰不可忍！我心中有一种说不出的愤懑和委曲，我的眼泪不争气地从眼眶里溢出来。

这时，我听见房间里脚步声，向门口飘来。显然，他们母子俩有人要走出房间了。多年的教养告诉我，偷听别人的谈话是不礼貌的行为。尽管现在我一肚子怒火和委曲，但，又不得不强压下去。我用手擦干眼泪，快速地闪入旁边——我的临时卧房。

我听见蓝梓穿过客厅，走出门外。不一会儿，我听到蓝梓又回来，蓝梓焦急地问："春媚还没有回来？"

我听到蓝梓母亲说："这么大个人，还找不到家门？"

蓝梓气冲冲地说："她初来乍到，人生地不熟。迷路也是很正常的。"

蓝梓母亲说："既然你不放心，你去找她呗。"

我听得出来，蓝梓焦急实发自内心，我不忍心他为我焦虑。于是，我调整情绪，强装笑颜，走出房间，说："阿姨，蓝梓，我刚回来。因急于办事，没有留意其他了。"

蓝梓和他的母亲似乎有点尴尬，她母亲转身离开，蓝梓快步走过来，拉着我的手说："你累的话，就去躺着。"因为，蓝梓知道，我每次来例假时，身子都特别乏。

我巴不得这样。于是，我转身又回到房间，蓝梓跟了进来。我不想蓝梓夹在中间为难，对他下逐客令，说："蓝梓，我真的很累，想独自休息一会儿。你出去好吗？出去的时候，请你带上门。"

蓝梓看着我躺到床上，过来给我盖上被子，还想亲我的脸。我抬起手臂，挡住了他。多没有意趣的事，刚才，他们母子的对话，还言犹在耳。

蓝梓母亲的话，显然在蓝梓心中起了作用。生死事大，一旦牵连生死，人就变得畏缩不前。要是平时，蓝梓总是死乞白赖地纠缠不清，直到满足为止。这次，随着我的拒止，他没有表现出往常的执着。也许，他母亲对他说的话，他还没有消化，或正在悄悄地发生着复杂的化学反应，他还没有从迷茫中走出来。蓝梓也是一个不会作假的人，心中有事，全部写在脸上。看着蓝梓郁郁寡欢而去，我心中乌云密布，我多想痛痛快快地哭一场。

我侧身向墙，闭上双眼，听到蓝梓悄然退出了房间，我仿佛听到爱情悄然离去的声音。在我最需要保护、安慰的时候，蓝梓离开了。谁能为我支起一个屏障，让我免受外界的伤害，给我带来安全感？蓝梓走了，我的防护林消失了，任凭狂风卷着黄沙，把爱情的花蕾吹落、掩埋。我要不要拯救我们爱情的幼苗？一个听风就是雨，没主见，容易变心的男人，值不值得我珍惜和挽留呢？我一时拿不定主意。

我只感到一股冷飕飕的寒气包围了我，我的身子缩成一团，希望这样能够抵御阵阵袭来的寒气，我听到心冰裂的声音，一股撕心裂肺的痛钻进我的骨髓，令我全身战栗。一股悲凉的情绪泛上心头，一行酸楚的泪挂在我的眼帘。

可是，这是什么地方？这是蓝梓的家。原以为这里可能也是我遮风挡雨的安身立命之所，现在看来，我想法太天真了，太单纯了。这里连我挥洒泪水的地方都没有，我只能无语凝噎。

双倍的伤心、疼痛、战栗、孤独与绝望，不请自来。

就是因为我丑，于是，我的命运和感情也被穿上丑陋的衣裳。我现在如一只乌鸦，只因一身黑衣和难听的歌喉，就成了人见人憎的灾星祸苗？不仅给自己招灾引祸，还连带我身边的人？还有鸱鸮，只因鸱鸮双眼开合不一，人们诬其为不祥之物，远之弃之。

迷信一旦产生，它就会像蒲草一样漫山遍野地疯长，没有一颗坚强的心、一双智慧的眼，要刈除它的影响，几乎是妄想。

厌弃意味着毁灭的开始。当他觉得厌倦的时候，意味着他已经不再如原来一样爱你了。

命理之说，是多么荒唐的事。迷信，如平静沼泽，不露声色，就把死亡衔在口中。热情、美好、爱情等一切美好之物，也难抵御一个静默、贪婪、狡猾的狩猎者精心构建的陷阱。在迷信的蛊惑之下，爱情、良心、真诚等人间美好的品德，都变得如乞丐一样一文不值。有多少佳偶被它拆散，多少家庭幸福的生活因此蒙受阴影，让多少清白之人蒙受无妄之灾，让多少无知的人陷入迷茫不能自拔，让多少性格懦弱的人进退两难。

“柏人”，“柏人者，迫于人也！”多么牵强的说法。无怪乎李白在《枯鱼过河泣》大呼：“万乘慎出入，柏人以为识。” 你千万不要轻视迷信的力量，它如产生在赤道上的一个小小热带气旋，最终，可能成为毁岸决堤的超级台风。

说白了，迷信，就是一种“心理暴力”，通过虚有恐怖之臆想，让人顺从、承受、幸存、屈服，让人不知不觉中接受约束、改造，做一个听命运安排的乖宝宝。

我要不要向不可知的运命低头？人总有七难八苦，人的一生，从来没有顺风顺水的。如果蓝梓与我在一起，出现人生不顺，或他命衰逢害，他和他的母亲，会不会把所有罪责推到我的身上？那样，即使我一辈子付出赤诚与真爱，也未必能消除他母亲心中的魔障和他心中的阴影。

我成了蓝梓母亲眼中的不祥之人，我被他们的语言所控制，我感觉河水在倒流，空气在凝固，春冬在倒置，太阳在夜间升起，我情不自禁地陷入颠倒黑白与无穷的内疚之中。这是一种多么可怕的情景，我成了他们迷信的受众、散播者、消费者、受害者。

迷信，是一种有预谋的“谋杀”。只是，蓝梓母亲、所谓的表舅，是主使者、迷信制造者，他们是主犯；所有的当事人，我与蓝梓，是从犯。大家都参与了这起“谋杀”。我“谋杀”了我自己的爱情，是爱情谋杀了爱情。多么可笑！多么可悲！

想想，我都不寒而栗。我诅咒迷信和散布迷信的人。

我必须尽快离开这里，否则，触景生情，深深的罪责感和羞辱感会撕碎我的心，让我的心灵不得安宁。我自己就会被自己的痛苦逼向悬崖。

谁能解除我的痛苦啊！我的亲人。可是，他们的愤慨，只会让痛苦与仇恨的根苗疯一样成长。我想找一个没有熟人的地方，大放悲声，痛快地大哭一场，只怕苦涩的眼泪流进了泥土，会窒息播下的种子。人们说友谊可以解除痛苦，我向谁倾诉我的痛苦？看来只有寻找我的好友芄兰，只有她才能理解我，分担我的痛苦。

吃晚饭时，蓝梓来叫我。我头昏脑涨，只觉得太阳穴有点痛，上眼皮发沉，眼睛发涩。我爬起来，整理了一下衣裳，又无精打采地坐在梳妆台把自己的头发梳理整齐，浑身无力地跟在蓝梓的身后，去客厅吃饭。

餐桌上，蓝梓的父母依然热情，他母亲笑吟吟地给我搛菜，不断地劝我，说："春媚，你难得来这里一次。多玩几天，吃菜。"如果，下午我没有听到他们母子的谈话，光凭现时蓝梓母亲的种种表现，我会感觉她是一个多么和气、多么友善、多么关心体贴晚辈的人。可是，我已经知悉了她的阴谋，现在，她所有热情的表演，在我看来，都是别有用心，包藏祸心。她周密深沉的城府和若无其事的镇定功夫，想想都害怕。我在她堆满笑容的脸上读出了多少的虚伪和圆滑，这样一个八面玲珑的女人，城府深如海，我不是她的对手。她如同一只笑面虎，吃人的时候也会面带微笑，而鲜红的血正从她的嘴角流下，染红了她的双唇。

我的胃一阵阵抽搐，我难受到作呕。如果不是我强力压制，当场就会吐出来。

我想，我这时的脸色一定难看。

蓝梓母亲虚情假意地问道："春媚，你的脸色怎么这样的苍白？哪里不舒服？"

"阿姨，可能是水土不服，也可能和生理期有关系。"我趁机提出说："国庆还有几天假，我有一个要好的姐妹在南宁，她想我去她那里走走。我答应她了，两广的饮食习惯差不多。"

蓝梓母亲说："春媚，你去南宁？还不如在这里多玩几天。过几天，就慢慢适应了。你与蓝梓再一起回广州，不好吗？”

我说：“不了，阿姨，我一年的假期也不多，机会难得，到别处走走，也好。如果您不放心，就让蓝梓陪我一起去。”

蓝梓母亲说：“这得由蓝梓自己决定。”

我说着，拿眼睛看着蓝梓。

蓝梓看了她母亲一眼，他母亲用眼睛狠狠地瞪了他一眼。蓝梓嗫嗫道：“春媚，别去南宁好吗？再等一两天，我们一起回广州好吗？”

蓝梓与他母亲一个腔调，她的母亲赢了。这坚定了我去南宁的决心。

会芄兰，是我临时决定离开蓝梓家很勉强的借口。现在，也顾不了这么多了。

下午，我已经想清楚了：强扭的瓜不甜。如果，我提出去南宁，蓝梓有两种选择：如果蓝梓对我感情牢不可破，他就不会听他母亲的话，他要么会强留我下来，要么会陪我去南宁。如果，他受他母亲的影响，或者惧怕他的母亲，他既不会强留我，也不会陪同去南宁。显然，蓝梓选择了第二种。

我算是看清了眼前的这个男人，这个男人没有主见，没有担当，这样的男人如何靠得住？好多人只有放在事情中去考验，才能检验他的真性情。过去，我总认为我与蓝梓是同病相怜，志趣相投，心心相印。哪怕前路是刀山，是火海，是洪水，是猛兽，只要他愿意牵手同行，我也会鼓起勇气，面不改色，是火坑，我也有勇气跳下去。现在，我总算看清蓝梓的本性，是我自作多情，蓝梓的表现让我充满了绝望。过去，我已经历许多不幸，难道我还要把自己未来的命运，交到一个连自己命运都掌控不了的懦夫手中，给自己未来带来更多的不幸或不确定？

我想起了陈古渔《路上》诗句：

“年来一事真堪笑，只见来船是顺风”。

现在，我不是面对同样尴尬的处境吗？原来觉得前一段时间一切都顺风顺水，可是看见对面的船风顺帆快，才觉得自己是逆风而行，阻力重重，这才发觉自己过去的感觉多么荒谬可笑。

我心疼得要命。我自嘲地说道：“蓝梓，你放心，我这样一个丑女，走到哪里都是安全的。你好不容易回来一次，就好好地陪陪你父母吧！”

吃完饭，就回到了房间。我不愿意与他们再多待一天。我的性格和理智告诉我，别装了，既然人家诚心要拆散刚刚结合的两颗心，我为什么要像一只被踩中的虫子一样作无用的挣扎。拿去吧，你的宝贝儿子是你的。而我，也是别人的宝贝女儿。我原想把这里当作自己的家，现在，这里却成了冰冷的监狱。多待一天，我都会窒息，我要尽快收拾好我的行囊，逃离这个让我伤心、受耻的地方。如一片云，飘然而去。

我在收拾行李时，蓝梓给我订了一张去南宁的动车票。我本想把钱给他，但，那样做太明显了。摊牌，现在还为时尚早。于是，我打消这个念头，客客气气地说了一句客套话：“谢谢你！”

蓝梓坐在房间的椅子上，问：“春媚，你好些了吗？不去南宁好吗？”

我声气渐高地说道：“好一些。但，浑身还是没力气。不去南宁，留在这里，却水土不服。你有什么办法，你能改变此地的风习或风水吗？”

蓝梓说：“春媚，都怪我，照顾不周。”

我不想与蓝梓说太多废话，怕自己不争气，会忍不住掉眼泪。于是，我苦笑了一下，摇了摇头，说：“不，是我的身体不争气。我想早点休息。如果，我有什么需要，再叫你好吗？”

蓝梓站起身来，用力拥抱了我一下，我把头埋在他的肩膀上，不想让他看见我的脸色。我闻到他身上熟悉的味道，我的心阵阵痉挛。我是一个福薄的人，也是一个别人眼中不祥的人，我不能助力他的未来，也不想拖累人家。为了自己，我还没有下贱到向人乞求垂怜的地步。

我深知：平时，在普通人眼中的优点，一旦与他们的利害相冲突，人们就会用放大镜来审视一切。他们几乎可以把人们通常定义的优点，毫无例外地变为缺点，如温和变成麻木、勇敢变成鲁莽、节制变成冷漠、慷慨变成挥霍、诚实变成自夸、机智变成狡猾等，作为攻击你的武器。显然，我成不了别人心目中好看、好玩、好用、好命、好运的“五好女人”。

我想起社会上对相貌平平、适合过日子的女性恶俗的称呼——“三心牌老婆”——出门省心、在家放心、看上去堵心。先天不足，我既然成不了别人的生活伴侣，更别奢望成为别人的灵魂伴侣。

我认命了。

是啊！在蓝梓母亲的眼中，我如果与蓝梓结合，就会给她的儿子带来不幸。娶一个像我一样不祥的女人，蓝梓的一生都会走向颓废、走向毁灭。天大的冤枉，地大的罪状！我必须疏远她的儿子，不是为了自己，而是让自己心安。

那一夜，我失眠了。黑暗中，我的思想更加活跃，我双眼空洞，凄凉的灵魂在冰冷的星空下驰翔。与蓝梓过往的一切如电影一样，在我脑海里回放。他曾经给我快乐、陶醉、幸福、向往和力量，现在这一切却变成痛苦的渊源。我想要摆脱过去的回忆。可是，记忆如同夜幕上的一颗星，反而变得更大、更亮。离开我吧，或者隐匿起来，不要再这样张狂地折磨我。可是，这注定是徒劳，我听到锤子敲击凿子的声音，它要在我的心坎上凿下“蓝梓”字样的标识。

第二天一早，我在蓝梓家吃完早餐，准备独自去高铁站。蓝梓坚持要送我去高铁站，我没有拒绝。在的士上，蓝梓始终握着我的手，但彼此身子僵直，仿佛中间隔着一堵无形的“墙”。过去无话不谈的一对热恋的恋人，就像一对生疏的陌生人。此刻，我与蓝梓相对无言，彼此都害怕窥探对方心中的秘密，相互提防着。往昔，这样的时候，蓝梓总是揽过我的腰肢，让我靠在他温暖的肩膀上。今天，我如此疲惫，我真想在那个熟悉的肩膀上靠一靠。可是，我的骄矜告诉我，不可。我想起，我们来湖南时，一路上的欢笑，天南地北地笑谈，倾诉衷肠的耳语，引得旁人的羡慕和侧目。四天不到的时间，我们成了各怀心事的怨偶，人可真是善变的动物。我与蓝梓如同两只闷葫芦，呆呆地并排而坐。我心中涌起阵阵酸楚与难受，柏油马路如黑色的流水向我奔来，把我吞没。

到达高铁站，蓝梓帮我拉着行李箱，来到安检前，蓝梓一把搂过我，强烈地吻我，仿佛要把路上的沉闷化作眼下的激情之吻。我闭上眼睛，被动地接受。当我们嘴唇碰到一起的那一刻，我感觉嘴唇间的冰冷、干燥和苦涩。我一时半会儿也没有感受到往昔接吻时那种甜蜜的油膏芬芳的气味，热血上头的晕眩感，和他用手臂抚摸我腰背的快慰感。那时我们的接吻，如同饥渴的人，面对美食与佳酿，显露饕餮一样贪婪。我曾经在蓝梓的唇齿之间，一度找到了人间的天堂，而现在，却找到了废墟一样的寒冷、枯残，如两片干透的黄叶。

现在，我们名义上还是一对恋人，虽然彼此心中生了间隙，但趁还没有心生嫌弃之前，以及依然依恋过去那一丝丝温暖的感觉，希望用昔日形式上的问候和习惯的拥抱，作离别前的一次短暂的停留，停留在过去记忆的黄叶上。秋风已经收割了生命的绿色，只剩下枯黄的叶子，还在铁棍似的枝头上哭泣。太阳冰冷！

与蓝梓作别，我登上了去南宁的列车。阻隔于那座空洞似的出发大厅，我看不到蓝梓离别时的形色。只听得他一声叹息，如碧空传来一声雁鸣，留下一个难解的字。

高速列车风驰电掣离开车站，是蓝梓送我离别的那个站。高速列车的子弹头撕裂空气，如同静夜里撕裂一张粗糙的牛皮纸一样，刺耳。我的心似乎还留在车站，肉体被高速列车扯走了，我的灵魂在踉踉跄跄吃力地追赶，没有灵魂的肉体，苍白如一块破旧的布，在风中飘舞。

我的悲伤如火山口的浮石，失去了依附的力量。此刻，都从海底升起，漂浮在海面上，相互摩擦、碰撞，蔚为奇观。我在残忍地欣赏自己的痛苦。我想起四天前来湖南时，有蓝梓的陪伴，有他的关怀和细心的照料，让我像一个身无牵挂的少女，追求纯粹的浪漫与快乐。而现在，我一人坐在车上，如同一只孤魂野鬼在游荡。车轮有节律的声音挤进我的耳郭，车轮与铁轨形成铁钢般的秩序、节奏，也扭转不了我心中混乱和虚无。

每天都有美好的事物在开始，也有美好的事物在结束。

"我本将心向明月，奈何明月照沟渠。"我渴望爱情，也许我的一生都在寻找爱情，但我决不跪倒哀求或屈从别人意志，求得赏赐，那样的感情或恩惠对我就是一种侮辱。我不需要，绝不需要。

这次湖南之行，真是颠覆我的三观。在蓝梓母亲热情好客的外表下，竟隐藏着这样深沉的阴谋和欺骗，我受不了这样的屈辱，蓝梓母亲口中所说的表舅是假的，她对我的热情也是假的，蓝梓呢？我不敢往下想。

别人恋爱，畅饮着爱情的甜美，耳边飞翔着家人的祝福。可是，我就像孤注一掷的赌徒，将自己最珍贵的感情倾注在蓝梓身上，结果得到的却是他母亲的质疑、否定和无耻的诽谤，她残忍地举起了手中的剪刀，无情地剪断我与蓝梓结成的同心结。

真是：当用人参，反得萝菔根；当得麦门冬，反得蒸穬麦。真是正十八反，多么可笑。

好多的话，是不能对家人讲的，哪怕是呕坏自己的肚肠，也只能烂在自己的肚里。但，面对好朋友，我却有了倾诉的欲望。我不能再背负这样沉重的石头生活，我要把自己的苦水倒出来一部分。否则，我的生命就会被感情苦水淹没、吞食。

芃兰是我难得的知己，蒙她的垂青，我可以袒露自己的心迹。如在洪水成灾时，可以在这里找到一个分洪的缺口。我终于知道为什么一见到芃兰就情不自禁地哭泣了，是哭迷信的恐怖、哭人们的无知、哭社会的恶习、哭人心的难测、哭自己的委屈、哭爱情的将亡、哭生活的艰辛、哭青春的易逝。五年前，芃兰辞职离开深圳的那一天晚上，我们也是这样相拥而哭，那时：哭社会的不公、哭前途的渺茫、哭人的狼性、哭自己的卑微、哭女人的艰难。

想当初，我们两人在同一个单位辛苦工作，努力维持苍白的生活。和那些年轻小白领一样，在许多人羡慕的目光里，踩着高跟鞋出入写字楼，而内心却在发虚。因为，除了工作，我们一无所有。

实际上，那些年，是我们俩人生孤寒艰涩的阶段。

年轻姑娘在异乡独自谋生、攒钱，小心翼翼躲避那些试图用金钱买她们青春的人，万千艰难尝遍。

我们在迷茫无望里张望着未来，望向远处高楼里的万家灯火，忧心着何时才能找到扎根地，拥有一盏属于自己的灯光。

远处灯光明明灭灭，像不可测的命运和机缘。

我们大笑。

笑着笑着，竟有泪滑下来。

我们知道，女人的青春都有过那般凄冷仓皇的时刻，风烟大漠，孤独霜雪。只有熬过恐惧，穿越孤独，才能去写一部自己的笑忘书。

可是，岁月对女人又如此残酷，女孩的青春如花瓣上的露水，经不起阳光和风波。

岁月不是杀猪刀，岁月是把雕刻刀。

它一刀一刀把我们雕刻成现在的模样。

我们总是加班之后，在夜风里走路回家。无数次质疑自己，这种辛苦到底有没有意义？如果不选这条路，是不是早已过上安逸舒适更无忧无惧的生活？甚至想，可不可以放弃这几年的动荡青春，一步到位，直接跨过这段青黄不接、挣扎迷茫的岁月，走进携夫将雏的婚姻里去，迈进稳妥平顺的中年里去。

芄兰原是可以的。但是，她却选择自食其力：“我用别人施舍的东西来装点自己的门面，光彩吗？用乞讨来的东西宴请朋友，我有那么卑贱吗？”

芄兰为了自己的骨气和心灵的高贵，付出了高昂的代价。但是，这样的付出，却能得到永生的安宁和骄傲。

青春无价，在于年轻时，敢去爱，去做，去错，去尝试，去承担，去告别。

松下幸之助说：努力到无能为力。

直到有一天，我们终于活成了自己想要的样子。在明媚的阳光下，在浩瀚的星空底，当我们再回头，会多么庆幸那一刻的自己，赤贫如洗一无所有。

即使狼狈、即使心酸，也不言乏力不说放弃，咬碎多少牙关，流过多少泪多少汗，我们才活成了自己最想要的样子，才没去辜负当初那个茫然无措且焦虑惊慌的倔强姑娘，那个自卑入骨仍砥砺前行的清瘦少年。

我们曾吃过的亏，受过的苦，挨过的煎熬，咽下的酸楚，都在铺就一条路。

“天意怜幽草，人间重晚晴。”能蔡泽年寿，也足矣。

我好羡慕芄兰，她那么美丽、聪慧。难道老天创造芄兰时花了十二分的精力，而创就我时，却出现精力不济？用粗糙的心思，才把我打造成一个粗糙的女人？我也有思想，会哭会笑，会爱会恨，心思细腻周详，我也是你创造的子民，怎么就成了别人眼中一块多余的肉？这绝不是老天的旨意，在老天的眼中，众生一律平等，都是老天身上的肉。只是，人类自己把自己同伴分成了三六九等，而且，标准几千年都没有变，就存在于人的本性中顽固倾向——迷信。

我们一路走来，多么艰难。我上学的时候，考大学难；大学毕业后，找工作难；到了谈婚论嫁时，找朋友难；找到了朋友，立业难、成家难……

我们惶恐不安地生活在这个世界，无论哪里有风吹草动，最先受到冲击的都是我们这一群普通人。为什么？为什么这个世界要让所有的普通人过得这样艰难又屈辱？

（三十四）选　择

远方有风景，他乡类故乡。本来这次回他家，我们还有一些其他安排，如去衡山、四明山等家乡附近的风景名胜走走，走进清幽的乡间，荒僻的山野，满足我对乡土气息的思念和对远方的好奇。可是，现在我头也不回地离去，当初俩人的筹划就成了泡影。蓝梓想：春媚此别，那副云水悠悠不回头，苦海愁淹留的样子，看了让自己心里难受。即使在火车站拥别，她也是一副冷若冰霜、木然应付的情形，再也没有往日的激情和温暖。蓝梓感觉如同吻着一具没有生机的僵尸，春媚的表现和状态让蓝梓伤心、痛苦！

我进了候车室，蓝梓透过玻璃追索我纤细孤独的背影，我的背影如巨木枯寂，飘荡在候车大厅里，让蓝梓感到难受。但是，即使这种情形也没有存留多久，我很快被大厅来往的人流冲淡、稀释，消失在视野中。在看不见春媚的那一刹那，蓝梓魂魄就像被一双有力的大手从自己身体里抽走似的，他的心突然变成空荡荡。这一刻，在朦胧模糊的孤独中，蓝梓的眼中闪烁着白惨惨的亮光，一颗亮晶晶的泪水挂在他的眼窝里。

春媚你不离开我多好，就像那小鹿留在草地上。可是，春媚离开了，她走的时候，恰好一只孤雁飞过天空，它发出嘶哑、凄怆的鸣声，消失在云层里，仿佛是受苦的灵魂在呼叫，在诀别。云天漠漠，哪里是归程，哪里有伴侣，即使自己疲倦，也只能竭力奋飞。

春媚走了，搅乱了蓝梓的心灵。春媚冷冰冰地走了，蓝梓害怕了，害怕这一别之后，就成了爱的永诀。经过几个月的接触，蓝梓深知春媚为人，外柔内刚，一旦她做出了决定，那是九头牛都拉不回的。一个有主见的人做出来的事一定是经历深思熟虑。从昨天晚上和今天早上，蓝梓想从春媚口中探个准讯，春媚却守口如瓶，春媚的心事成了一个无法窥视难解之谜。

当一个人无法预测未来的走向，人们就会本能地产生焦虑。

现在，蓝梓有些后悔了，可是后悔又有什么用，即使春媚没有登上列车，俩人也隔着宽阔的出发大厅，被无数的工作人员把守无数重门，真是咫尺天涯。

蓝梓在车站外徘徊，心中不断地拷问自己：为什么要让春媚离开自己呢？为什么不把她留下？为什么不能爱她？为什么不敢同看不见的命运作一次顽强的斗争？这都什么年代了，我为什么还不能自由恋爱？都是母亲干出来的好事！最痛的刀永远是最亲近的人捅的。

蓝梓觉得自己焦头烂额，他用力拍打自己的脑袋，艰难地吞咽了一口口水，自言自语道："不，不全是母亲的错！我也充当了最冷漠、最残酷的帮凶。"春媚曾对我说："只要我顶得住，天塌下来，她也不怕。"可是，我如今却像懦夫一样，听任母亲把春媚排挤，自己虚头巴脑的挽留，更促使她跌进绝望的深渊。自己眼睁睁地看着她陷入深渊，却不敢上前伸手拉她一把，这无疑是自己亲手向春媚递出一把利剑，把她推向了深渊，挥剑斩杀了两人的爱情。

蓝梓心中有一个声音在狂呼："回来吧！我的春媚，我的爱情。"

蓝梓猛揪住自己的头发，疼痛让他心中好受些，也让他清醒些："令春媚产生如此大的变化，一定是春媚听到了自己与母亲的谈话。一定是！一定是！"

蓝梓突然神经质地诘问："春媚怎么可以偷听我们的谈话呢？她怎么能

这样做呢？怎么能这样做呢？”

蓝梓懊恼道：“这不是笑话吗？‘只准州官放火，不准百姓点灯’，只准自己肆无忌惮地攻讦她，还不准别人听见？什么逻辑？春媚是个善良、老实、温和的人，但不是一个任何人都可以践踏的愚人。她耳聪目明，敏锐地捕捉些悄声细语，不是很正常吗？她既然听到我们的谈论，怎么能表现无动于衷呢？不争不吵，春媚善意地提出离开，这是她的教养、善良和宽宥。可是，我作为她的男友，在她最难堪的时候，给了她什么支持、安慰和温暖？我想着的只是母亲的权威，自己的自在，利用的却是她的善良和忍让。”

蓝梓呢喃地自语道：“现在这样的结果都是自己和母亲一手促成的，不能怪春媚！自己可以欺人，但不可以欺心。当母亲用毋庸置疑的口气命令自己必须放弃春媚时，自己出于男人的尊严，出言顶撞了。可是，在母亲的长期积威和强势之下，自己的辩护与抗争显得是那样苍白无力，自己的心中甚至有一个阴冷的声音在提醒自己：可以委屈自己、委屈春媚，绝不能委曲母亲！因为，在这家，母亲的权威是绝对，是多年形成的习惯。当春媚提出了离开，自己心里甚至隐隐有种如释重负感！我多么懦弱，多么可耻！”

蓝梓不由得回忆与母亲争执时的情形，当时，母亲质问自己：“你看上了她哪一点？要模样没有模样，要钱没有钱，要地位没有地位，要她何用？”

自己拿春媚有工作、有单位、有良心来反击。母亲立即反唇相讥：“她没有工作？你养她？你有这种能力吗？她有良心，就不应该拖累别人。”

母亲的讽刺直接击中蓝梓心灵上最脆弱处。一个连自己母亲都瞧不上的男人，还指望别的女人瞧上？蓝梓既伤心，又愤怒，却毫无办法，只能用冰冷的声音咕哝着：“我讨米养她，你满意了？”

母亲不依不饶地讥讽：“多有情有义啊！你去啊。就当我没有生你这个儿子。”显然，母亲不仅贬损他，还铁了心要拆散他与春媚。

面对强势且控制欲极强的母亲，自己有什么办法？自己能离开这个家吗？直到现在，自己心里还一直在祈祷：千万别让春媚知道这事，免得她与母亲引起冲突，自己夹在中间难做人。当春媚选择退避，自己对春媚的态度是若即若离，所有的压力都压在春媚的肩上！

现在，蓝梓痛恨自己，痛恨自己的懦弱！可是，后悔、痛恨能改变现状吗？能改变母亲的主意？以蓝梓对母亲的了解，自己无法动摇母亲观念和决定。

蓝梓的思绪一下拉到若干年前。当初，蓝梓大学毕业，本来可以留在西安交大任教。蓝梓打电话回家，征求母亲意见："妈！学校现在征求我的意见，希望我留校。"

母亲说："把握有多大？"

"今年，我系留校的名额只有两个，四个同学竞争。系主任倾向于我和当地的一名学生。"

母亲继续问："儿子，你是如何想的呢？"

蓝梓道："我希望留校。"

"留校有什么好处？"

"我觉得自己适合做老师，这样我可以一边工作，一边继续深造。"

"你在大学里教书，做了教授又怎样呢？大学老师名义上好听，却没有什么实惠，很鸡肋。何况西安属于西部地区，人的思想保守，你待在那里，既得不到实惠，又看不到前途，有什么意思？能不能去北上广深？"

"有难度。我们这个专业是上海同济大学最好，其次是清华、南开，再次是武大、湖大。清华、南开毕业生去北京的多，同济的留在上海的较多，武大、湖大的去深圳、广州的较多。西安交大毕业生在这些地方竞争力都不如前面的学校。"

"那就回来吧！以你学校的名气，留长沙应该不成问题。我就你一个儿子，留在长沙，离家近，也有个照应。"

母亲说了一大堆理由，大意是：去不了北上广深，就回长沙。蓝梓拗不过母亲，答应了。因此，当学校第二次征求蓝梓毕业意向时，蓝梓态度模糊。结果，系里把留校的机会留给了西安当地同学和另一个湖北天门的同学，蓝梓则被分配到长沙路桥公司。

蓝梓分配到长沙路桥公司，公司安排他到设计所工作，这本来是一个比较理想的结局。可是，蓝梓虽然是985院校毕业，却毫无实践经验。土木工程是一门实践性很高的专业，没有实际经验，如何设计？按照单位的规划，入职的前两年，蓝梓须下工地学习实操，然后正式回设计所工作。因此，蓝梓分配到公司不久，就随工程队下工地，有时一去就是好几个月甚至大半年。这种近乎流浪生活的艰苦和日晒雨淋的工作环境，把一个细皮嫩肉的青年，硬是磨成了一个皮肤黑黝黝的粗粝大汉，收入并不比大学老师高出多少。公司这样的操作是母亲没有想到的，按照原来的思路，蓝梓名校毕业，应当坐在宽阔明亮的办公室里，从事干净、轻松、让人尊重的设计工作，夏天有冷气，冬天有暖气，这才不枉儿子名校毕业的身份。可是，公司为蓝梓长远的发展，让蓝梓下了工地，不是一天两天，而是两年三年。两三年后是什么样的境况，真难说。残酷的现实把母亲的梦想击得粉碎，母亲当初有多执着，现在就有多后悔。母亲后悔自己当初的执着与霸道，给儿子带来了深远的影响。

或许是有愧于儿子，蓝梓毕业后第二年，提出辞职下海跟随他的师兄去广州时，郎洁虽然依然反对，但有了前车之鉴，就没有之前那次那么强烈。最终，母亲还是答应了。

蓝梓初到广州那两年，收入真不错，是长沙工作时的四五倍。母亲悬着的心终于放下了。可是，几年过去，蓝梓的收入虽然有所增长，但幅度不大。倒是与蓝梓一起入职、毕业院校还没有蓝梓好，依然坚持在原公司的昔日同事，绝大部分人员技术职务都晋升了，有的还做了单位的中层领导。他们地位提升了，收入也随着职务晋升而提升。虽然，昔日的同事收入还是比蓝梓少，但长沙房价、消费水平都低于广州。他们绝大部分人都买房，个个都抱得美人归，成了家。算是有身、有业、有家，昔日起点不如蓝梓的同事，现在长沙过得有滋有味。反观蓝梓，在广州没有房，没有稳定的工作，已经沦落成为名副其实的打工仔。没钱、没房、没地位，因此，蓝梓熬到现在，也没碰上一个命中注定、慧眼识珠的女人，三十好几了还是一人吃饱了全家不饿的状态。真是走错一步棋，满盘皆输。

至此，母亲对自己同意儿子离开长沙的决定，肠子都悔青了。她暗中发誓：这个家什么时候还得自己来拿主意，把方向，才能让它走得更顺利，走得更远。蓝梓的工作、婚事不顺，母亲动员他回到家乡报考公务员。蓝梓以“好马不吃回头草”为由，拒绝了。母亲为此愁白了头，怨天尤人也是有的。近来，蓝梓每次回家，母亲都少不了要说“不听老人言，吃亏在眼前”的话，以此来抒发自己对他下海行为和不愿回来考公的不满。现在又摊上一个命中相克的女友，这可难坏了她。

前段时间，蓝梓说带女朋友回家，母亲心里确实高兴了一阵子。可是，当她看到春媚第一眼时，令她大失所望，心生不喜，她看不上春媚的那副尊荣，只是想着儿子年龄大了，一时半会儿也找不到合适的对象，才勉强接受她。春媚进门时，她拿着春媚的手又是握、又是拍，貌似亲热，实际上想看看春媚的手相。春媚的手相是否柔软，是否有肉。老人讲：女性的手柔软，则性情温和，是有福之人；女性的手多肉，则聚财。她拉着春媚的手，感觉春媚的手掌薄，手没肉，握在手里太骨感了，硬邦邦的，春媚的手相让她的失望情绪又增添了几分。

前日，她暗中请来相面的冯道士，给春媚看面相，还暗地里为蓝梓和春媚的姻缘算了一卦，无论是相面，还是卜卦，结果都不理想。冯道士私下告诉她，春媚的面相太苦，嘴唇薄，耳郭小，颧骨突出，泪骨深陷，一副没福克夫的命相。人生情缘，各有分定。蓝梓属猴，春媚属虎，两人的生肖也相冲突，对蓝梓不利，两人生辰不偶。听了冯道士的话，她心中仿佛有百对老鼠的爪子在挠心，满满的失望和焦虑。然而，这关系到蓝梓生死存亡的大事，她是铁定了脚跟，也要扭转局势。因此，她下定决心：要不择手段，坚决不能让春媚与蓝梓走到一起。

可是，母亲从来没有想想，如果当初她同意蓝梓留在西安交大，他现在至少是个副教授了。蓝梓在社会上有地位，有名望，不至于老婆都找不到吧。

看蓝梓与春媚相处的种种表现，他们之间一定产生了感情，毕竟他们两人相处大半年了，经常在一起，即使是块石头，也被焐热了。何况两个大龄青年相遇，那还不是干柴遇到烈火，保不准做出了出格的事来。庆幸的事，春媚这丫头一直没有身孕，这才是不幸中的大幸。看来，这丫头真是没福之人。这让她彻底打消了顾虑，她要痛下狠手，快刀斩乱麻，斩断他们姻缘。即便蓝梓现在暂时痛苦，与儿子一辈子的运程相比，那算个屁！即使蓝梓恨自己一辈子，也不能让步！谁叫他是我儿子。

只是几十年的教书生涯，职业习惯让她养成了情不外露的性格，同时还要顾及蓝梓的面子。所以，这两天她一直把心事窝在自己的心中，尽管心里沉甸甸的，但脸上始终保持着一种微笑、慈祥的长者模样，对春媚客客气气，彬彬有礼。心中却五味杂陈，一直盘算着怎么跟蓝梓提这事。他爸是指望不上的，他那张嘴是半天说不出一个字来，这事只能自己来。如果，任由蓝梓与春媚如脱缰的野马似的发展下去，等到蓝梓奉子成婚，一切都晚了。

好不容易等到这一天，春媚独自下楼去买卫生巾，她再也按捺不住内心的冲动，一股脑儿把自己所做所想，毫无保留地向蓝梓诉说。为此，引起了母子之间一场没有硝烟的战斗。

只是，她不曾想到，春媚把她们母子之间的争执听了一个大概，明白了她的心事，而蓝梓的辩护却是那样软弱无力，总之，他们母子的谈话，使一向温顺的春媚又惊又怒，却又万般无奈！人家是母子连心，自己只是一个外人。千思百虑之后，春媚想出去南宁的招式，想进一步检验蓝梓对自己的态度。可是蓝梓对自己的提议没有反对，也没有赞成，算是默许吧！春媚对蓝梓的态度伤透了心，于是假戏真做，一怒之下，走了。蓝梓对春媚愤然离去，内心感觉忐忑不安，患得患失的情绪笼罩他的心头。可是母亲却高兴坏了。心想：走了好！走了好！好啊！竟敢给老娘使性子，老娘早就看你不顺眼了。你这一走，今后就永远别进这个门了。她心中暗自得意，真是个心高气傲、沉不住气的毛孩子。这样也好，可以让蓝梓这傻小子死了这片心了，同时也让他明白，春媚不是自己赶走的，是她自愿离开的。真是一箭双雕。

当然，看样子，蓝梓会痛苦一阵子，这样也不奇怪，毕竟儿子是一个重情的人。一时的疼与一生的疼，孰重孰轻？她越想越高兴，差不多身子都要飘起来了。

正如他母亲所料，蓝梓痛苦地在火车站候车室的外面徘徊，精神恍惚。各种思绪如浪花一样在心里涌现，欢乐的、痛苦的、光明的、幽暗的……此起彼伏，搅得蓝梓每一根神经都在疼。悲观、痛苦、彷徨、无助，在秋天透明的阳光下显得格外清晰、明亮，如苍鹰在蔚蓝的天空中坚定飞翔……

蓝梓不知道自己是几时、如何回到家中。蓝梓回到家时，他的父母都坐在客厅等他，看到蓝梓面色苍白，一脸憔悴，满眼凄苦地走进家门。他父亲很愕然，而他母亲心中有鬼，站起来与蓝梓打招呼。可是，蓝梓对他们和他们的言语充耳不闻，视而不见，一言不发，径直向自己的房间走去。显然在生母亲的气。她平静地看着蓝梓走到他的房门前，打开门，头也不回，“砰”的一声关上了身后的门。

他父亲则脸上写着愁苦，不满地望了妻子一眼，仿佛在说：这下你看着办吧！

她狠狠地瞪了丈夫一眼，只是用鼻孔吹出一个单调厚重的鼻音：“哼！”算是对丈夫的回答。

蓝梓进了门，如同一具僵尸一样跌倒在床上，空虚的冷，失神的冷，让他直打哆嗦。窗外，正是秋高气爽的十月，明媚的阳光如黄金一样照耀着大地，给大地涂抹一层金黄的颜色，给人温暖。而一墙之隔的室内，却是另一重世界，蓝梓仿佛置身在空旷的黑夜中，处在茫茫的冰原上，没有任何野兽，没有任何声音，甚至连风都没有，他看见自己灵魂如一缕青烟，轻飘飘地在房间里游荡。

蓝梓躺在床上，此刻，他的每一根神经都如发丝一样颤抖。当身体失去了重量，精神就显现了它的分量和敏锐。春媚在火车站里那副伤心欲绝的情态，此刻格外分明地如钟摆一样在自己面前晃动，又如普通列车沉重的车辙声，不间断地敲击着自己的心灵，低沉顽固地击打自己的自主神经，令蓝梓神经生疼，寝卧难安。他不停的在床上辗转反侧，内心涌起滔天巨浪，思潮翻滚，往事历历浮现在自己眼前。

与春媚交往的情景在他的脑海里回放：各种欢快的、鲜艳的、深刻的小事；友情、恋情、爱情如酒曲在日常生活中发酵，让普通的日子变得充满甘芳；爱情、婚姻、事业、人生这样严肃的话题也闪耀着迷人的光彩。可是，突然一股黑色的风暴袭来，大地一遍狼藉，气温骤降。他的世界进入了冰河期，所有的生命、所有色彩都被单一的白雪覆盖，厚重的冰川挤压，触目的是惊心的荒野。自己仿佛进入另外一个时代、漂泊在另外一个世界，向着另外一个人生驶去……

蓝梓无助地想：何日重见阳光？人生就一场对弈，与别人、与自己，生活无一不是人生的障碍，都等待着自己去进攻，去守卫，跨过去就会赢得暂时的胜利。

爱与情一样，不可能是任意得到的，必定要付出相应的代价，甚至会受到来自社会和家庭严重阻挠、挫折、失败，但关键是你愿不愿意接受考验，为之付出、为之搏斗。并不是所有的爱情的果实都是一颗丰腴、完美、鲜丽的果子，而往往是伤痕累累、血泪斑斑的苦果，才是爱情应有的果子，这样的果子也就显得格外的珍贵。

可是，蓝梓放弃了这样的果子。

最初，蓝梓希望春媚没有听到自己与母亲的对话，这种打破和谐的事，能捂一时是一时，得过且过。当春媚提出要去南宁，蓝梓意识到春媚可能听到了自己与母亲的谈话，但害怕春媚与母亲发生冲突，自己夹在中间难受，于是自己装聋作哑，希望能搪塞过去。当春媚提议要去南宁时，蓝梓不仅没有坚决反对，甚至觉得这也许是目前最好的处理方式，避免春媚、自己与母亲三人相对时的尴尬。因此，蓝梓对春媚去南宁的态度既矛盾、又暧昧。只是，蓝梓没有料到春媚对自己的态度反应是多么的失望！当蓝梓与春媚在火车站送别的时候，春媚的情绪爆发了，冷漠相对。春媚的冷漠和排斥，引起了蓝梓恐慌与害怕，才不得不正视自己与春媚今后的发展。可是，自己似乎隐隐有了答案，就是不能违背母亲的意愿。可是，内心里自己依然留恋着与春媚在一起时的那份温暖和醉人的感觉，这种体验和想法，让蓝梓痛苦。

此刻，蓝梓内心充满了矛盾："春媚决定要离去，自己作为她的男友，没有顾及春媚的想法，既没真心地挽留春媚，也没有私下推心置腹的说明原因、请求她谅解，而是与母亲一样用虚假、冷漠与伤害残忍地把春媚推向孤独痛苦的深渊。"

蓝梓回想春媚在车站对自己的态度，觉得春媚表现太冷漠了。他现在才明白：人的心灵一旦有了隔阂，精神和肉体、思想和行动的一致性就被打破了。现在报应来了，春媚用冷漠回击了冷漠，用伤害回击伤害，这又能怪罪谁呢？还就是自作自受。

可是蓝梓不这样想，他的心里充满了有苦无处诉的委曲。母亲逼他，春媚冷脸迎他，自己是猪八戒照镜子——里外不是人。可是，想到春媚离开时的凄苦，蓝梓心中生出了浓浓的怜惜之意，特别是在火车站分别时，蓝梓多么想出言请求春媚的原谅，可是他终究没有把话说出口。他当时多么希望春媚大哭大闹一场，或者对自己大打出手，让春媚的无礼和失态，来为自己的做法寻找解脱的理由，让自己不安的良心好受一点。可是，春媚却用她的理智、隐忍对待一切，把所有的痛苦独自担着。春媚是多好的一个女人啊！蓝梓这样想。

即使这样，蓝梓也没有勇气说出“我爱你，非你不娶”之类的誓言，哪怕是谎言，也会减少春媚当时的痛苦！可是蓝梓放弃了各种努力，听任春媚痛苦地消失在茫茫的人流中，像影子一样无声无息地消失在自己的眼前。

蓝梓又想起：昨天自己与母亲闭门谈话后，出去寻找春媚，春媚出来应答时的神色：面色苍白，神情凄苦，说话也很不自然。当时，蓝梓就应该想道：春媚可能听到自己与母亲的谈话。只是蓝梓不敢承认，或怯于往那个方面想，于是，潜意识认定春媚是受例假的影响，所以气色才那样差。蓝梓希望用这种自欺欺人的手段，搪塞过去，就能心安理得地继续欺骗自己，欺骗春媚。现在，蓝梓不由得自言自语讥讽自己：多么聪明的想法，多么周密的圈套，多么自以为是的骗局，多么勉强无力的说词。难道别人也如自己一样傻？

蓝梓多么希望春媚能站在自己的角度设身处地地想想：如果她听到了自己与母亲的谈话，就应该知道，自己一直在维护她，为她辩护，为她说好话。现在，自己处在母亲眼皮底下，自己又怎样向她解释，这样不仅解决不了问题，反而会激化矛盾。自己爱她，但自己也不能保证：这一生就注定能与她生死相依，白头到老，决不负她！誓言易发，天心难欺。自己的誓言故能令春媚一时高兴，可是生活却是切实功夫，哪能花巧？家是父母的家，春媚是没定名分的女友，自己纵使与母亲硬顶撞，这样又怎能让她安心、坦然地与母亲度今后的日子？

蓝梓扪心自问：自己爱春媚，是无条件的吗？答案是否定的。自己与春媚的爱情，绝没有到生死相许、百折不回的程度。否则，在这场风波里，自己就不会产生夹在中间不知如何是好的感觉。唉，冯道士一个与自己少有交集的人，却用几句话，就把自己的生活搅得一团糟。人生无常，生活无绪，心灵更是一条变动不安的河流，外境、外人随时都可以让它改变流向，这才是最要命的。“商女含愁歌一曲，楚妃无语过三年”，普通的歌女可以通过愁歌一曲来消胸中的块垒，而自己有苦却无处倾诉，只能用楚妃一样沉默来表达自己的委屈。

蓝梓痴痴地想：现在，春媚没有离开该多好，有春媚相伴的日子，即使是最寻常的自然风景也会成世界上最美好的风景。现在，春媚离开了，蓝梓世界变成纯粹的白天或黑夜，白的、黑的都那么深刻、那么漫长。你不能不佩服造物主的伟大，它把白昼与黑夜组合在一起，让矛盾变得那么平淡柔和，如流水一样顺畅有序。而人对白天、黑夜却泾渭分明，反应强烈。

蓝梓有点哀怨地叹道：时间不会为谁停留，更无法回头，感情也一样，一旦放手，要再拿起，已经是伤痕累累。戴叔伦在《对月》中称：“明年此夕游何处，纵有清光知对谁。”明年的今天，谁陪我回故乡？谁与我一起欣赏明月？唤不回旧日的梦想，多年未遂的宏愿，摇摇欲坠的爱情，前途渺茫的未来，生活的一切都不顺遂，都给蓝梓凭增了几分烦恼、不安、懊悔与痛苦。蓝梓想分析原因，寻找答案，眼前却一团迷雾，理不清头绪，让自己过早地领略疲惫和创伤。蓝梓多想找到一个灵魂可以栖息的地方，让自己的身体回归，让自己的心灵回归。可是，心中的世外桃源在哪里？回家，家也不是一个可以轻意得到安慰的地方。

蓝梓真想离开这个家！可是离了这里，自己的“家园”在哪里？物质条件总是限制了人们思想和决定。有人说：“人借以安身立命的不是物质，而是精神。”这就是一句废话。当人活不下去的时候，能通过冥想就能解决眼前的困难？只有那帮吃饱了闲饭的人才这样想。

蓝梓陷入了无穷无尽的胡思乱想之中，混乱的思绪增加他痛苦！

清醒的哀愁，如早晨的浓雾在笼罩大地。天不遂人愿，心力交瘁的蓝梓，只想用痛苦来洗刷痛苦，用懊恼来逼退懊恼，用忧伤来排斥忧伤。可是，这注定徒劳！也许，蓝梓就是喜欢这种痛苦、懊恼和忧伤的感觉！以此，来惩罚自己，坚持不愿意从这种感觉走出来。

因此，吃中饭的时，父母叫他去吃饭，蓝梓没有去。他浑浑噩噩地躺在床上，伤心、痛苦、赌气。他父母对他的行为佯装不知。可是，他父亲却放心不下，谨慎起见，一直坐客厅里看电视，借以冲淡自己内心的担忧。

他母亲阴着脸，她知道儿子是在跟自己闹别扭，却什么也没有说。有时，她心里感叹：可怜的儿子，你刚刚开始一种新的生活，又被我给搅和了。你真不幸呀！

只这一刻，他母亲心生出一股柔情，一股浓浓的母爱，同时迸发出一种内疚之情。特别是内疚之情，几乎动摇了她的意志：算了！放弃冯道士的说法，让年轻的生命去享受眼前属于他们的欢乐和欣悦吧，至于将来事，留给将来去解决吧。

可是，她的心，只是动摇了那么一小会儿，又变得坚硬起来。心中暗暗发誓：只要我还活在世上一天，就不能让他们在一起。她也担忧：蓝梓要是总这么下去，也不是办法，不能让他变成一个相思病、忧郁、无脑的人。

下午，她一直在厨房忙碌，准备了一桌蓝梓平时爱吃的饭菜，虔诚地让丈夫去叫儿子出来吃晚饭，自己也催促了两三次。可是，无论他们小声求告，还是恳辞劝导，蓝梓如同聋哑人一般，毫无反应。如此轮番数次，他们夫妻都泄了气，俩人坐在沙发上发呆。

沉默代表抗议，蓝梓就用这方式表达对母亲的不满。

秋日的黄昏，橘红的晚霞，透过落地窗的玻璃照映在地板上，把客厅所有物事照得格外的明亮，像镀了一层金。饭桌上的饭菜，正散发淡淡的热气，在晚霞的映照下如蒸腾的火焰，火热地呼唤主人快快坐下来品尝美味佳肴，品味生活宁静，安享天伦之乐。现在一家人却呈现另类状态，石化般坐的坐，躺的躺。本来幸福、快乐的时光仿佛被人按下了停止键，走不进这家人的厅堂。

家里静悄悄地，敞开的窗户传来小朋友在园里玩耍的嬉闹声。天色突然间就暗下来了，仿佛放下了厚重的窗帘，黑暗携带着阴冷在不断收缩它沉重的翅膀，令人窒息。

他母亲一肚子心事，一肚子的委曲，终于受不了这样的压抑，嘤嘤地哭了起来。看到妻子泪流满面的样子，他父亲一时手足无措，他从茶几上抽了几张纸巾塞进妻子的手中，说："别哭，好不好？"

丈夫话反而点燃了她心中的火气，她放声大哭。边哭边数："我竟犯什么灾星，临老了还要受这么多的折难！孩子小时，我怕他饿着冷着，口里不吃给他吃，身上不穿给他穿。"

她回忆蓝梓小时候的事，也许真的触发她内心的悲伤，她的眼泪和鼻涕如清幽幽的面条一般滑落，他父亲不停地往她手里塞纸巾，一边轻声地劝道："别说了，旧事重提干什么？"

她抱怨道："我不是旧事重提，只诉说自己的命苦。好不容易等他长大，参加了工作。可是，他却去了千里之外。在外乡工作，我每天为远在他乡的他担惊受怕，心里千万遍为他祈祷，希望他能平平安安、顺顺利利。十指连心，外面有点风吹草动，什么病情、天灾、人祸的，我就忧心忡忡，生怕降临到他头上，晚上噩梦不断。一段时间不见，我就想着，一家人什么时候能够团聚。我翘首远眺，盼啊！盼啊！我望眼欲穿，好不容易把他盼回来，他却这样对我。是我上辈子欠他的债，现在我也老了快还完了吧。不就是为了一个不值得他爱的女人吗？为她，他不念母子昔日的情分，要把我恨啦！我为谁？我值吗？我是不是上辈子作孽，才这般命苦。我还不如死了好！"

他父亲在旁边呵斥道："真是越说越不像话！吃饭吧。"

她不仅没有听丈夫的，相反连丈夫也骂上了："你这个不中用的草包，什么事你都拿不出一个主意来，凡是要我来扛着。你躲在后面充好人，我来做恶人。我只是想：年轻人经历的事太少，看待事物不准确，才不计怨谤，提意见，拿主意，只是希望这个家好啊，哪一点，哪一条是为了我自己？我好心好意来待你们，没日没夜把心血操干！你们却把我的好心当驴肝。我一辈子的气力付在岩石上。我活着还有什么意思。吃饭，吃饭！吃什么饭！我吃气都吃饱了，还吃饭。都饿死算了，大家爽快。"

怕处有鬼，痒处有虱，真是怕什么来什么。母亲的哭诉如一阵狂风暴雨一般横扫过蓝梓的心灵，母亲的话，在蓝梓的心中起了波澜，心生感动，往事如风一样掠过。

蓝梓不由得想起儿时的往事：小时候，自己体质弱，经常感冒、发烧，母亲带着自己三天两头地往医院跑。听人家说，小朋友经常打针吃药不利于发育，不如试试土方，也许有用。母亲不知从哪里打听到灯笼草或马兜铃熬水可以消炎镇痛，马齿苋煨肉吃有利于儿童提升体质。为此，母亲经常骑着自行车去郊外采集马齿苋、灯笼草或马兜铃回来，给蓝梓服用。小时候，家乡冬天比现在冷得多，蓝梓的手脚经常生冻疮，抹冻疮膏几乎没用。母亲又从别人打听到一些土方，用女贞子叶、辣椒树、茄子树、两面针等一起熬水，洗手洗脚可以预防、治疗冻疮。因此，每年初冬，母亲就跑到郊区，向一些菜农要几捆辣椒树、茄子树，放在家里，又到山上去折一些女贞子树枝和两面针枝条，熬水给自己洗手洗脚，后来，自己确实再也没有生过冻疮。

蓝梓怎么能忘记：在自己成长的路上，母亲付出的心血和精力，这是自己无法估算，无法度量的。是母亲陪伴自己一路走来，她的黑发变成灰白，红颜变成了苍颜，青年变成了老年。六年小学，是母亲用单车驮着走来的；中学又六年，是在母亲叫起和熄灯的命令声中，披星戴月走过了六年。错题本、考试后复盘都是母亲监督下完成的，家长会、考前的誓师会、十八岁的成人仪式、毕业会上，母亲身影从未缺席。自己的成长、成才，点点滴滴都离不开母亲的引导与呵护。为了自己，母亲的半辈子是风里来，雨里去，苦没少吃，罪没少受。人生难为是少年，可是母亲始终乐观向上。因此，我在她身上看到的希望，感觉到阳光和一种向上飞升的力量。正因为自己的柔弱，才造就了母亲的坚强和一颗不可征服的心灵。她强势，尽管有时让人难以接受，但爱儿的心永远是那么真挚、纯粹，为了自己真是倾注了母性的全部温柔，以致自己和父亲都眼望着她的眼色行事。

不知道谁说过：当人们沉醉于生活中的时候，是无暇来思考自己的生活状态的；当人们先入为主时，是无法理智思考事情的真相。人们常常被自己的生活状态所奴役，陷入爱生活的谜团中。母亲也许陷入这种生活状态。人非圣贤，怎会没有过错呢？改与不改要因人、因时、因事而定，不能一概而论。蓝梓不由得想起了晋代郗方回和郗嘉宾父子。

郗方回掌握兵权，桓温与郗方回同朝为臣，心中却有不臣的野心。因此，桓温很忌惮郗方回。郗方回不知自己危机已现，还寄信给桓温说："我正希望和您共同辅佐王室，修复先帝的陵园。"表现对皇帝的忠诚。桓温想取皇帝而代之，郗方回还稀里糊涂与桓温论忠于皇帝，为皇帝出力，这是把自己推入桓温的对立面，促使桓温对他出手吗？郗嘉宾是方回的长子，他在路上得悉父亲信件内容，心急如焚，于是撕毁了郗方回的信，另代父作书信一封。书信中称：自己年老多病，只想找一个闲散的官职休养。桓温收到郗嘉宾代父作的信大喜，于是下令把郗方回调为都督五郡军事、会稽太守，从而让方回躲过一劫。

可惜，郗嘉宾比郗方回死得早，郗嘉宾怕老父亲过于哀伤，伤了身体，于是对门人说，如果我父亲太过哀伤，就给他看我与桓温相商谋反的往来信件。郗方回很爱自己的儿子，当白发人送黑发人，郗方回哀伤不止。于是郗嘉宾的亲信按照郗嘉宾的遗嘱，给郗方回看了嘉宾与桓温暗中交往的信件。郗方回看了儿子的信，就不仅不哀伤，反而恨嘉宾为什么不早死。郗方回真是糊涂！嘉宾为了尽自己的孝道，暴露了自己的恶行，成全了父子之间的恩义。

蓝梓自言自语道：如今，母亲听信了冯道士的话，要拆散自己与春媚的姻缘，这是母亲的糊涂。但自己不能不尽孝啊！罢了，姑且再听母亲一回，也算成全自己孝道罢。

人只有在剧烈的动荡中，才会去思考生活，才思考将来，才会发现自己是一个什么样的人。在人生的十字街头，总是母子连心。人们深刻地观察、审视和思考自己的生活状态，又无法挣脱自己生活状态的束缚，这样的生活无疑是一种痛苦的体验。

蓝梓想起，孟懿子问孝，子曰："无违。""无违"，多难啊！孝心，有时让人变得如此软弱、固执、忠实和疼痛。孝心，原本是轻盈的东西，怎么就变得如此沉重？有孔子教导在前，再有郗嘉宾身教在后，在处理与春媚关系上，只好按照母亲的意图行事，姑且让自己违心一回，做一个"无违"的孝子吧！

于是，蓝梓从床上爬起来，来到客厅，对正在哭泣的母亲和不知所措的父亲说：“爸、妈，你们的用心我知道了。我不怪你们。怪只怪我与她无缘吧。回广州后，我会与春媚分手。晚饭我就不吃了，我不饿。”

说完，蓝梓回头又回到自己的房间。

蓝梓在家里又待了一天，才孤孤单单、郁郁寡欢地回到广州。

（三十五）再见芄兰

下午到达南宁，我就在高铁站附近找了一家四星级酒店住下。一个单身女子，出门在外，安全是第一要紧的事。

到达南宁后，我并没有急于与芄兰联系。

此行的目的，就是为了释放，更确切地说，就是舔伤。我已经被蓝梓母亲暗箭所伤，虽然，蓝梓还没有与我摊牌，或者永远不会摊牌，但蓝梓母亲的话却如重石压在我心头，成为我挥之不去的阴影。我不能明知道蓝梓母亲的想法还装作不知，这不是自己的性格。人为什么要戴着假面具生活？我不能自欺欺人，否则，被他们卖了，还要为他们数钱，这样情形，想想都让我不寒而栗。我得好好想想，今后该如何与蓝梓交往了。

我与芄兰，各人有各人事，能与芄兰见上一面固然好，不能见，也不必执着。

何况昨晚，我一夜未睡，来南宁的路上，又颠簸近五个小时。陌生的地方、找酒店，我的心弦一直绷得很紧很紧。现在，终于入住了酒店，整个人心都松弛下来了，倦意便如潮水般袭击我。我泡了一个热水澡，稍稍消除些疲劳。

晚上六点多，我在酒店随便点了一荤一素，吃了一些饭，就回房休息。

这一觉，我睡得很沉。第二天九点多，才醒来。匆匆地洗漱，换衣，下去用早餐。这里的自助早餐，到上午十点半就截止了。

吃完早餐，我回到房间，稍事整理，给艽兰打电话。

艽兰接到我的电话又惊又喜，大声地问："春媚姐，好久没有听到你的声音了，你怎么想起我来了？"

我也情绪激动："是啊，我们有一段时间没有联系了。艽兰，国庆节没出去？"

艽兰说："没有，搞培训的，越是别人闲的时候，就越是我们忙的时候。你呢？"

回南宁后，艽兰加盟了某知名品牌的培训机构，总算找到一个吃饭的地方。

我故意卖关子说："你猜？"

艽兰略略停顿，说："你是回老家？还是去男友家？"

我得意地说："猜不着了吧？我远在天边，近在眼前。"

我听到艽兰惊呼："姐，你到南宁了？你是说真的？没骗我？"

"骗你是小狗。我来南宁了，第一个想到的就是你。"

艽兰激动地问："好，什么时候到的？你现在哪？"

于是，我把到的时间和酒店的地址告诉她：民族大道，夏威夷大酒店。

艽兰表示她现在就来看我，我说手头还有些事要处理。于是，我们约好了下午四点见，晚上一起吃晚饭。

这次来南宁，纯粹是临时起意，我没有半点准备。我不能空手大老远跑来见艽兰，总得给她带点手信。这是家教，也是礼仪。

我不敢给艽兰买衣服。因为，几年不见，我不知道她现在的身材是否走样，生活的嗜好是否改变，人总是变化的。此外，衣服也是有灵性的，与人有缘的话，你到服装店，一眼就会选中它。这实际是设计者的生活理念和情趣与购买者的生活理念和情趣一致，通过衣服这个载体与购买者发生了共鸣。我给她选购衣服，自然不会产生这种效果。我决定给她买一款香水和一套护肤品，这款香水清新淡雅，适合年轻、知性的年轻女性，价格也挺好看。

下午，三点半，芄兰就来到了酒店。

人在最孤独的时候，知友如亲人。我一见到芄兰，就不受控制地“哇”的一声哭了，我不知道为何一见芄兰要哭，只觉得自己只有哭出来才痛快。芄兰吃了一惊，一把紧紧搂住我，口里喃喃地问:“怎么啦？怎么啦？我的姐。”

也许受到我的情绪感染，或是物伤其类，芄兰也崩溃似大哭。芄兰用手不断地拍着我的肩背，任由我趴在她的肩膀上痛哭。

我终于镇定下来，停止了哭泣，我的心明亮、轻松了许多。我没有来头的哭，定会增添芄兰的慌乱和哀伤。我心里充满歉意，含着眼泪对芄兰说:“芄兰，对不起。”

芄兰拍拍我的后背：“没关系，是我俗务缠身，对姐姐的关心不够。”

事已发生，多说无益。彼此为对方擦干眼泪，就像回到了从前。

芄兰还是那样漂亮，她的面颊光滑又有弹性，即使刚才哭过，也不掩其光华。芄兰有一头漂亮的黑色秀发，如漆黑的缎子，披落到肩。她穿着一件浅绿色碎花连衣裙，一件水红色长袖雪纺纱衣，挽着一只乳白色小包，如同天仙坠落人间。

芄兰玩笑道：“一定是那个不长眼的欺负到我的春媚姐姐啦？”

我不好意思，把话题引向一边，道：“还有谁？就是你喽。这么长时间也不去广州看看姐。”

芄兰道：“现在，我不是巴巴地跑来看望姐姐了吗？”

我说：“我跑五六百公里，你跑十五公里。究竟谁看谁啊。”

芄兰马上说：“是姐姐心疼妹妹。所以，今明两天，我三陪。”

我轻轻拍拍芄兰的脸：“算你还有点良心。为什么不与先生一起过来。”

“他过来，夹在中间。我们还有什么好聊的？”说罢，芄兰就哈哈大笑：“不过，晚饭他会陪我们一起吃。现在他去订座位去了。邕江边的南湖公园内，有一家吃羊杂的店，特别有名。所以，我与石岩决定，先请姐姐尝尝这里的特色菜。”

我说：“你看，我一来就给你们添麻烦了”

芄兰挽着我臂说："姐姐，平时请都请不到呢。"

我们尽量找一些轻松的话题，来掩饰刚才的尴尬。

纯洁的友谊、真挚的慰语、满满的善意、火样的热情，如阳光、如音乐、如春风，在我身上流淌，扫除我连日来心里荫翳。我暂时忘记了自己内心的痛苦，真是"同心之言，其臭如兰"，我与芄兰傻乐。

我把自己精心挑选的手信拿出来，递给芄兰。芄兰孩子般地欢呼，笑问："姐姐，这么客气。你来玩就好了，还带什么礼物？"

我说："我也不知道买什么礼物好。于是，给你捎带一瓶香水和一些化妆品。你未必用得上。"

芄兰好奇地问："为什么？"

我打趣地说："你还是那样水灵，就像新剥的鸡蛋一样，哪里需要化妆品？"于是我摇头晃脑背诵起宋玉《登徒子好色赋》："'东家之子，增之一分则太长，减之一分则太短；著粉则太白，施朱则太赤。眉如翠羽，肌如白雪，腰如束素，齿如含贝。嫣然一笑，惑阳城，迷下蔡。'所以啊，姐姐是枉费心机，请你原谅姐姐不察之罪。"

芄兰重重地在我肩膀上拍了一巴掌，笑道："姐姐跟谁学得这般油腔滑调？好样没有学，尽学些登徒子的玩意。你看，我现在就当着姐姐面用它。"芄兰调皮吐吐舌头，问："姐，我当着你面，拆你送的礼物，你不会介意吧？"

我嫌弃地说："哪能呢？"

芄兰利索地打开香水的礼品包装盒，拿出一个钻石切面水晶瓶，里面是金黄色的香水。芄兰拔开金色的盖子，在自己的手腕上喷了一点香水。刹那间，整个房间立即充满了幽远清雅的芳香。芄兰抬起手，凑近鼻子，又用力嗅嗅，十分享受地闭着眼睛说："真好闻！我就喜欢这种淡淡的花香味。"然后，她拉起我的手，也在我的手腕上喷了一些。

芄兰兴奋地说："谢谢姐姐，你给我带来了一个清新的春天。"

我们在房间稍坐了一会儿，就出发去吃饭的地方——南湖公园。据芄兰说：南宁晚高峰期，路上的摩托车特多，路况很不好。早点出发，错过高峰，我们还可以到南湖公园观赏从澳大利亚高价引进的酒瓶树。

客随主便。艽兰开车，走得很慢。一路上，艽兰不停地给我介绍沿途风光。到了南湖公园的名树博览园，我终于见到艽兰多次提及的酒瓶树。

酒瓶树种在公园里一个坡度不大的坡上，树的形状确实很特别，主干膨大，光光的、圆鼓鼓的似瓶身，最顶端连着枝叶的主干部分突然收缩，如同瓶颈。怎么看，这树就是活脱脱的高大的酒瓶，你不得不惊叹大自然的神奇。十几棵酒瓶树兀立在名树博览园中心，成为公园最高傲的王者。它睥睨群芳，即使是南宁市的市树——扁桃树也要让位给这位外国“客人”。

华灯初放时分，园内的景物淹没在暮色中。艽兰联系她的丈夫——石岩。我们在服务员的引导下，来到石岩早早预订的露天座位。过去，我曾听艽兰谈及过石岩的情况：石岩是他初、高中的同学。当年，艽兰去了北京，石岩考取了广西大学的物理专业本硕连读。毕业后，就留在广西大学任教。现在又在浙江大学攻读在职博士学位。因为，在大学这个高智的群体中，学历是走向成功不可或缺的舟桥。

艽兰与石岩算得上是青梅竹马，艽兰回南宁后，就进入某社会培训机构，做培训中小学生的老师。后来，艽兰与石岩走到一起。一年前，他们结了婚，又在南宁买了一套四居室的商品房，算是稳定下来。尽管没有见过石岩的面，有艽兰从中作代伐，也算神交已久。

艽兰拉着我的手向石岩走去。石岩见我们，立即站起来，热情地与我们打招呼。艽兰向石岩介绍：“这就是常常与你提起的春媚姐！他就是石岩。”

石岩身材高大壮实，估计有一米八左右，宽肩细腰，很健美。他留着寸板头，脸型瘦长，浓眉，高鼻梁，鹰钩鼻，厚嘴唇。他穿着一件休闲深蓝色大方格西装，内穿白色衬衣，敞开第一粒领扣。石岩给我留下清爽、威武、帅气美好的印象。

我伸出手，石岩轻握，热情大方地说：“欢迎春媚姐！过去，常听艽兰提起你。现在，终于见到你，很高兴。”

我与石岩有种一见如故的亲切感，这大概得益于艽兰长期游说的结果。我玩笑道：“是不是很失望，见面不如闻名？”

石岩认真地说："不。你是芄兰的姐姐，也永远是我的姐姐。"

大家笑着入席，他们夫妇硬把我推让到中间主位上。

酒家露天就餐部分，被安排在一个临水的凸弧形的大平台上，这个露天的平台上摆放着二十多张餐桌。这个点，所有的餐桌前都坐满了人。石岩预订的餐桌位置确实不错，位于大平台中间临水的位置。湖的对岸是公园的一部分，远处才是光明的城市，一览无余地呈现在我们面前。

墨蓝色的湖水就在脚下，一直向远处展布，如一块沉重的钢板，镶嵌在一个巨大的不规则的黑色边框里。湖心浮着一层油一样的白光，白光如一片羽毛般轻歙在淡墨色的湖面上。对面的湖岸与湖水相接处，如一道水汽淋漓的墨迹，待风吹干。湖面的上方和远方，被青色的宁静和虚空，填满了。近处的朦胧，高远处的清亮，远方的红云，组成一曲轻快、渺远的乐章，在低吟轻唱。前远方，稀疏的高楼，如旗杆一样挺立，从窗户里流出的灯光，如一面面光辉的旗帜，在青色的夜色里摇曳。

水的冷、火的热，羊杂的焦香，水藻湿润的气息将食客的私语嘈嘈逼到一角。身后，酒家的华灯散发的光芒如一堵高大的闸门，专横地切断夜的青色河流。但，酒家的灯光力量终究有限，只能占领低平处。夜的青色流水从天空高高的一角，如瀑布一样越岩跳下，我听到夜空遥远的轻响。我漂浮在夜色和轻柔的音乐里，如一只萤火虫，照亮身边径寸的地方。

芄兰向我介绍南湖公园，说，这里原是邕江的支流，后来筑堤建园，便有了这片广大的水域。邕江是珠江流域西江支流。"所以，姐姐在广州，我在南宁，却是'我住珠江头，姐住珠江尾。日日思姐不见姐，共饮珠江水。'"

芄兰调皮的自过腔，引得我们三人大笑。

芄兰接着介绍，南湖公园原来没有名树博览园、水幕电影综合水景等景观。这些都是近年新建的。这些项目听起来热闹，不仅把地方特色两个字掩盖了，还破坏了自然的本来面目，有点蛇足的味道。

人们总想把时尚引进生活，也就像一些粗俗的时尚女郎，买衣只看品牌，不管品牌的衣裳设计、款式、颜色、质料是否符合自己的气质、肤色、身段，硬生生地往自己身上套，没有了自己的风格和特色。结果是穿上龙袍不像太子，花钱不讨好。

（三十六）芄兰没有说完的故事

饭后，芄兰打发石岩回家，坚持要与我一起回酒店，陪伴我。我很难为情，劝止又无效，只能由她。

好在我当初要的是一个标间，房间有两张床。这样，当瞌睡虫侵袭时，我们可以互不打扰地休息！

我们先后做了简单的洗漱，换上睡衣，就坐在沙发上开始聊天。

我笑芄兰：“‘非累劫之缘，不得为佛’。你现在苦尽甘来，终于修成正果。”

芄兰没有急于说话，而是沉默了一小会儿说：“不过是一对柴米夫妻，平淡地过日子呗。”

我又问：“石岩不浪漫？”

芄兰摇头道：“也不是，人与人之间，总是有距离的。即使是夫妻之间，也会有的。打个比方，夫妻两人未结婚之前，是两个单独的圆。结婚后，两个独立的圆被人为地连接在一起。两个圆共质的点越多，它们重叠在一起的面积就越大，分开就越难。完全重合的两个圆，是不可能有的。日常生活中，两个圆组成一辆车，两个轮子并行不悖，同向而行，才能减少内耗或翻车。只是石岩这家伙很狡猾，他就是个马屁精，一味地讨好我父母。每年寒暑假我们计划外出，他都拉上我的父母。我与他闹，他只是嘻嘻哈哈地敷衍，最终，还是让拉上他们。我想要个独立浪漫的空间都没门。逢年过节更不用说，周末稍有空闲，就拉着我往我家里跑。这样一来，我的父母把他当成‘亲儿子’了，把这亲闺女反当成了‘儿媳’了。”

说罢，我们大笑起来。我赞成芄兰的观点：“石岩这家伙真狡猾！占了便宜还卖乖。你现在后悔了？”

芄兰说：“也谈不上后悔。只是平淡些。我曾经对我母亲提及。我母亲说：‘我和你父亲不就是这样平平淡淡地过了几十年，少年夫妻老来伴。不要被外面那些眼花缭乱表象所迷惑，你看看那些花花草草、花枝招展，能长久吗？喧嚣的蝉、嘤嘤的蝇，能长久吗？你看静穆的树、安静的龟，动则上百年。山不语、大海无声，才成其高、成其厚、成其久。所有的生命都在变动不居，最终都离不开被岁月淘汰的命运。宇宙安则守静，故能永恒。平淡无奇的生活，最考验人的感情韧性。浪漫不是生活的目的，而是一种改善生活的方式。少年们喜欢浪漫，那是因为他们还涉世未深，没有责任，没有独立，更不知道生活的艰难。当你既担忧自己，又担忧别人，还担忧事业时，你还能浪漫吗？作为一个家庭主妇，有了自己的家庭，将来有了孩子，还能像一个身无牵挂的少女一样，追求纯粹的浪漫？那样女人就成‘三不管女人’，不管家、不管孩子、不管丈夫，这样的女人，谁会要她、爱她？谁会看重她？人在不同的阶段，有不同的风景，也有不同的任务。一个女人长期沉浸在少女情怀中，对于一个有家室的人而言，并不妥当。’你看看，我母亲都站在对方立场发话了，我还能说什么呢？”

芄兰对母亲说：“只是，我一天到晚要工作，要忙家务，干不完琐碎事。”

芄兰的母亲却说：“你单身时不干吗？只是，那时没有人可以依靠。所以，才不得不干。现在，眼前有一个人在那里，你就心生懒惰的思想。不是吗？关键是你怎么想。家总得有人来付出、来牺牲。你知足吧，一切都是原配的好，二婚就是一张没有完成的画，不是大家很难下笔，即使下笔也难讨好的。要大度，人们常说：睁大眼睛挑婿，闭着眼睛过活。就是这个理。”

芃兰强辩道：“我不嫁。”

芃兰的母亲道：“嫁与不嫁，这是你的权利。难道人来到这个世界上，就如同木石一样？上天创造了男女，目的就是通过男女的结合，创造生命、创造幸福、创造价值。何况花争一春，人难道比花还脆弱？如果，人们没有步入婚姻，人的思想与生活体验，都是残缺的。它会影响你看待人生、看待社会、看待世界的维度。人既然来到了这个世界，为什么不把人生该经历的事都经历一遍，即使遭到种种苦难都无所谓。这样，人在面临死亡的时候，会自豪地对自己说：我这一生很精彩，很丰满，很充实。我活过、爱过，有家、有儿、有女、有事业。我为别人活过，也为自己活过。即使就是死，也死而无憾了。”

我感叹道：“古人说：‘稳当话，却是平常话，所以听稳当话者不多；本分人，即是快活人，无奈做本分人者甚少。’你妈真是一个智者，对夫妻关系、对人生看得多清楚，看得多么长远，真是金玉良言。看来，有时，付出也是一种幸福，有时吃苦也是一种甜蜜。那么平时，你们谁做家务？”

芃兰说：“家务，自然是我做得多。石岩也会做一些。”

我用怀疑的眼光看着芃兰，芃兰睁大眼睛看着我，问：“你不相信？”

我说：“可信吗？一个漂亮的、有才华的女子，谁安心于室？有几个甘愿压抑自己心中的理想，温柔体贴、相夫教子、洗手做羹？当男女趋向平等，女性谁还安守其家？现在国家已经给了女人们揭地掀天的权利，女人们又怎么会放弃这个权利？”

芃兰纠正我说：“春媚，你错了。安不安心于室，这是一个社会的问题，也是一个文化的问题，更是一个人类心理的问题。全世界的男人都羡慕日本的男人，因为，他们背后的女人甘愿为他们付出，这是社会的要求、文化的要求、世俗的要求。我是个传统的女孩，从小就受母亲教导，要做一个好孩子、好女儿、好妻子、好母亲。母亲告诉我，要做到这些，关键是待人宽和、谦恭和担当。何况石岩已经攻破我家的堡垒——我的母亲——她隔三岔五地跑来，在我耳边聒噪：‘芃兰，石岩这孩子又上进，又孝顺，很好的，要好好珍惜。’你看，我在家中都成了三等公民了。可把石岩那小子得瑟的，尾巴都翘上了天。”

我笑道：“哈哈！你已经落入了‘人民战争的海洋’。”

芃兰附和道：“是啊！处处受监视、受教训、受督促。再说，爱和幸福没有特定的标准，因人而异，因环境而变。爱与不爱，不过是你愿不愿意为之承担责任、义务和未来的风险，你愿意承担多大的责任、义务和风险。只要在自己心理承受的范围内，你就会觉得幸福。康德认为人伦核心问题是：能力、情感、意志三者的结合。能力，好理解，说明你能不能干；意志，决定你愿不愿干；情感，决定你愿意干多干少的问题。这样来看，男女之间爱不爱，爱也是一种能力、一种情感、一种意志的直接体现。理解了，就是这么简单明了。现在，我过着自食其力的生活，真切地感觉受劳动、生活、爱情的欢乐与痛苦，我灵魂因此而纯洁、自由、高尚，我现在吃嘛嘛香，浑身是劲。”

说罢，芃兰得意地哈哈大笑起来。

我好羡慕芃兰与石岩之间爱情的纯粹。他们两人的结合，不夹杂世俗的各种欲望和附加条件，笔床茶烟的生活，使得书香气韵犹在，人间烟火气息犹浓，这不正是芃兰梦寐以求的生活？在这个人人为名为利忙碌的世界里，他们的生活不正是山间的白云、天上的明月吗？

我完全同意芃兰的观点。这时，我向芃兰提出一个尖锐的问题：“芃兰，恕我冒昧。为什么当初那么多人甘愿为你付出，你却嗤之以鼻？”

显然，我犯了芃兰的大忌。别人最痛苦的病灶，最忌讳别人触碰。只是，芃兰深知我的为人和性格，何况事过境迁，芃兰早已回归平常。

芃兰严肃庄重地说：“你错了。权力和金钱的本质就是控制、扩张与占有。一旦一个人拥有了权力和金钱，都会被权力和金钱异化，控制欲、扩张欲与占有欲就会控制他们的行为，他们中许多人就成了权力与金钱的提线木偶。别人无底线的顺承、屈从，往往让他们觉得自己无所不能。当初，那些官二代和有钱的老板找我，他们想要的是我的外壳，想到的是独占之乐。独占我的躯体，却忽视我的灵魂，他们绝对不会尊重我的灵魂。他们需要的是我这具美丽的躯壳来证明他们控制、扩张与占有的能力，而他们内心是瞧不起我的。因为，我只是普通人家的女儿，他们占有了就占有了，就像从商店里买一个洋娃娃。他们要求的，不过是悦容貌，喜歌舞，调笑无厌，云雨无时，恨不能天下之美女供他片时之玩乐。也难怪，他们成功的路上，也经历了千辛万苦，他们受欺、受气、受压、受磨、受苦、受辱，可以说，他们的心灵在某种程度上是扭曲的。他们大部分忘记'己所不欲，勿施于人'的道理，一旦他们成功，在金钱与权力的引诱下，他们就开始作践起别人来。何况他们还需要阴谋、倾轧来维护他们现在的地位，他们内心从来没有安宁。因物质性财富而产生的宽裕、舒坦和豪华之感是与空幻感相伴随的，那是富足中产生极度贫瘠与无聊。人不再以凛然的正气、真诚的爱心来赢得人的尊重和爱。俗不可耐的繁荣所存在的贫困和空虚，促使他们寻求各种感官的刺激，来消除他们内心的不安。对未来的恐惧和无穷空虚，隐藏在他们内心深处，如一股暗流，无形推动他们行止。于是，什么刺激，他们就玩什么。他们爬高山、走荒野、上太空、下深海、作豪赌。玩女人只是他们最简单、最传统的套路，已不稀奇了。你听信他们的慷慨陈词，就惨了。他们的讲话有多少表演的成分在里边？只要拿到利益这个天平上称量一下就知道了。"

我没有想到，我现在提起这个话题，芄兰到现在还是那样的愤懑。

我们俩默然无语。

过了好一会儿，芄兰抱歉地对我说："春媚姐，对不起，我不是针对你，我是有感而发，一时没有控制好情绪。"

我说："没事的。"

芄兰问我："姐，你还记得当初我为什么离开深圳吗？"

我回答说："我记得。是那个叫杨鹤鸣的煤老板，还有那个叫朴天保的房地产开发商，对你纠缠不休。"

芄兰若有所思地说："不，他们岂止是纠缠，他们还当面威胁我的人身自由，扬言让我在文化单位干不下去。"

我惊愕："有这等事？"

芃兰极度痛苦地点了点。

接着，芃兰又陷入痛苦的追忆状态："我到文化单位前四个月，是我最快乐的时光。那时，谁也不知道我去了什么地方。我如一片浮云，消失在过去的天空，不知被风刮到什么地方。姐，你还记不记得，那时，我们俩一起看书、一起散步、一起讨论人生。当时，我们一起阅读夏洛蒂的《简·爱》，我深深地被简·爱的理想之爱所感动，也希望有一天，能像她那样去生活，去爱一个人。我俩把舒婷《致橡树》奉为爱情圣经，要为那时还虚无的他，增加高度，衬托威仪，分担苦难，共享幸福。俗话说：嫁鸡随鸡，嫁狗随狗，爱与身份无关，一颗渴望爱情的心灵岂能受狭隘的社会分工约束？我不仅要爱他这个人，也爱他在社会上位置，爱就爱他的全部。舒婷让我明白爱情的真谛：爱就是责任，爱就是担当，爱就是扶持，爱就是奉献，爱就是坚守。"

芃兰稍稍停顿了一会儿，拈起从额头上滑落的一绺头发，夹在耳郭上。说："上帝创造了男人和女人，这两种性别完全不一样的人。目的，就是让他们快活。让他们按照年龄的序列，年轻人来陪伴年轻人，中年人陪伴中年人，老年人陪伴老年人，不要搞错了顺序。可是，凭什么那些有钱的老板，他们已经进入了中老年状态，却要用他们的金钱来购买我们的青春？还那么洋洋自得、理直气壮？首先知道我来到深圳的，是那位姓朴的地产开发商。他在深圳开发了一个楼盘，我有一位叫芸的高中同学，在他的楼盘做销售。我来深圳后，曾经与芸见过面，一起吃过饭。结果，是这个女同学出卖了我。

"那是我来文化单位的第六个月底的一个周末。芸突然给来电话，约我去粤海荟吃饭。我知道，那是一家名贵的潮菜餐厅，芸并不是有钱的主，她突然这样好客，请我到那么高档的地方吃饭，引起了我的疑惑。我还劝她，那个饭店太贵，要么改地方。但是，芸坚持，说她也不经常去这样的地方，偶尔约老同学好朋友去聚聚，还是承担得起的，并谢谢我的善解人意。我问：'还有其他人吗？'芸说：'有，也是你的旧识。'我问芸是谁，她就是不肯说。我想：芸是同学又是老乡，凭着这样的关系，应该不会有诈。"

芃兰打车到达粤海荟时，芸已经站在门口候着。看见芃兰到来，她快步迎上来，热情地挽着芃兰的胳膊，说："芃兰，老同学，可把你盼来了。走，我们先去包间喝茶！”

芃兰说：“太破费了，大厅就行了。”

芸说：“那怎么行呢，怎能怠慢了我心中的女神。将来，我还要依靠老同学翻身呢。现在不多投入，临时抱佛脚就晚了。”

芃兰听了芸这样露骨势利的话，心中很不高兴。于是说：“都是同学，我也不是什么神仙姐姐、神仙妹妹。我只是一个普普通通的打工妹，承蒙老同学高看一眼，我才敢来这么高档的地方。”

芸知道芃兰不高兴，就自己调侃自己说：“你看我这张嘴，说话从不进大脑，想跟老同学套近乎，结果就变了味。老同学真有一天腾达了，还会忘了我吗？芃兰，你说是不是。”说罢，芸向芃兰挑了挑了眉毛。

芃兰说：“芸，我们都来自同一个地方，我的底细你也清楚，没有什么可以依靠的高朋贵戚，凭我这点能耐，飞黄腾达这一说就免了。”

芸说：“老同学，话也不能这么说。古人说：‘运去金成铁，时来铁似金’，你天仙一样漂亮，还有全国人民最羡慕的名牌大学毕业的身份，只要你纡尊降贵，房子还不随便你要，金子随你拿。嘻嘻。”

芃兰听芸说得越来越不成话，真想扭头走人。可是，芸说她订的包间已经到了。

芸推开门，拥着芃兰进入房间。这是一间硕大的包间，足可以坐二十多人，还配有专门的卫生间，沙发茶几一应俱全。包间里却只有一个男人坐在里面，那中年男子坐在沙发上喝茶，正是那个朴天保。

他见芃兰走进来，立即站起身来，笑容可掬地迎上来，说道：“千里有缘来相会，芃兰小妹，我们又见面了。”说罢，就哈哈大笑起来，并很做作地做了一个请的动作。

芃兰狠狠地瞪了朴天保一眼，冷声一字一句问芸：“这是他的主意？”

芸语无伦次地说：“他……他是我的老板，几天前，我提起你，朴老板说你是他的老朋友。我想……所以……所以就安排了这个饭局。”

芃兰挖苦芸道：“多好的同学，你为我考虑得真周到啊。谢谢你了！”说罢，转身就要离开房间。

这时，芸满脸通红，脸比哭还难看，拉着芄兰的手臂，哀求道："芄兰，求求你，看在老同学面上，就通融这次，好吗？"

朴天保道："芄兰，我们之间，并没有什么真正冤仇。我是个粗人，只是在下爱慕阁下过于心切。说话、办事不知进退。我看到你的羡慕者多，千不该，万不该，在你原来的工作单位中，散播你是我的女友这样不实的消息，让你受到委屈。没有想到因为我的过错，让你受到排挤，最终愤然离开原来的单位。每每深夜思及，心里十分自责，总想为你做点什么，以弥补我的罪过。这次，我从北京来深圳，偶然听芸说起你的近况，我心里又高兴、又自责、又害怕见你。但是，出于赎罪的心态，我请求小芸，安排今天的晚宴，算是我给你赔礼道歉。请你看在我诚心诚意的分上，原谅我不告之罪，只要你愿意摒弃前嫌，最近，我在南山区新推出一个楼盘，我愿意以三折的价格卖给你一套。如何？"

芄兰说："谢谢朴大老板的好意，我命薄，受不起。从来只有我们老百姓求你们这些贵人们原谅，哪有贵人们求我们小老百姓原谅的，难道太阳打西边出了？"

朴天保皮笑肉不笑："芄兰，我知道你心里对我有一股怨气，不过人都会变的，人得向前看，有误会，我们可以坐下来谈嘛。要不，我们都先坐下来，心平气和地边吃边聊，如何？"

芄兰说："对不起，絮我不能奉陪。"

这时，芸补充道："芄兰，何苦呢？杀人不过头点地，朴老板也是出于一片诚意。为了表达诚意，他还甘愿让利，你知道南山的房价多贵啊！新楼盘要十万一平方米啊，这是多好的机会！"

芄兰对芸怒斥道："你给我闭嘴！不是看在同窗的分上，我就不来了。但是，我没有想到你竟利用我对你的信任，在我面前耍花招。你眼里还有我这个老同学吗？你说的机会，只要我愿意，在北京大把，还用等到现在吗？"

芸说："老同学，你说的也许不错，在北京，你有大把机会。可是，现在这里是深圳！此一时，彼一时，还有多少如朴老板一样痴情的肯为你付出？骨气又值多少钱一斤？"

芃兰的肺都被芸的话气炸了，疾言厉色呵斥道：“我有没有人要，不需要你操心。你说的骨气，你身上没有的。我至少知道：人要走得正，行得直的道理。绝不会干出趋炎附势，出卖朋友，有奶就是娘这样勾当。”

芸用鼻孔冷哼道：“芃兰，你别太高傲。不就是上天给了你一副好皮囊吗？朴老板给你脸，你不要。真是不识好歹。”

芃兰反唇相讥：“芸！即使我不漂亮，我绝对不会像某些人为了自己的荣华，为虎作伥、助纣为虐、卖友求荣，姓朴的给你什么好处，让你能出卖自己的良心？你扪心自问，你对得起‘老乡’和‘同学’这几个字吗？我尽管出身普通，但我并不以此为耻。他，姓朴的，黄鼠狼给鸡拜年——能安什么好心？”

朴天保这时冷冷地：“美女，别这样激动好吗。多少年轻貌美的姑娘我还看不上。看上你，是给你面子。因为，我能给你幸福。”

芃兰不怒反笑：“真是笑话！你给我幸福？真是太阳打西边出了。我在北京工作好好的，你造谣惑众，弄坏我名声，把我从单位逼走。这就是你给我的幸福？我还没有找你算账，你倒跑到深圳来又扮演送财童子？恶魔摇身一变，装扮成菩萨！别人不知道你的鬼魅伎俩，我却清清楚楚。你不就是凭借自己手里有几个臭钱，就想我在前面充当幸福的布施者？你不曾听过‘志士不饮盗泉之水，廉者不受嗟来之食？’你手里沾满了老百姓的血汗钱，我消受不起，你也别在我面前表现得高人一等。”

朴天保没有想到芃兰言词如此尖利，一时语塞。

芸看到自己的老板受窘，急于表现，张嘴说道：“天底下美丽的女人多的是，作为老同学奉劝你一句：识时务者为俊杰。女人的青春没有几年，好好把握机会吧。”

芃兰狠狠吐了芸一口，骂道：“真是狗嘴吐不出象牙来。我从来不想通过攀龙附凤来抬高自己的身价，更没想过要大富大贵。谁想要大富大贵、想嫁有钱人尽管去，没人拦你。”

芃兰话直击芸的痛处，芸气得脸都变成了猪肝色，也一时说不出话来。

朴天保此时冷笑道：“尖嘴薄舌！给脸不要，走着瞧。我既然能在北京让你无法立足，在深圳我同样能够做到。俗语说得好：‘民不与官争，穷不与富斗。’自己几斤几两要清楚，跟我过不去，我要你在深圳也无法立足，你才知道锅耳朵是铁做的！”

芃兰撇了撇嘴，不屑一顾地说道：“哼！我也不是被吓大的！你的鬼魅伎俩我早就领教过了，我还不是过得好好的！天无绝人之路，你可以让我找不到工作，但你不能阻止我创业。即使，我不能创业，你也不能阻止我摆摊。我奉劝某些人，坏事不要做多了。古人说的好：举头三尺有神明，人生善恶终有报。你要知道，这是谁的天下？姓朴的，你一手遮不了天。我也要告你，以后离我远一点，别再惹我。如果硬要拼个鱼死网破，我奉陪，看最终谁失去的东西更多。你别忘了我也是知名学府出身的人！”

朴天保许是被芃兰没头没脑的话唬住了，一下子如泄了气的皮球，说：“芃兰，别激动，我只是希望给你幸福。”

芃兰不屑地说：“我不稀罕。人人都有爱与被爱的权利，爱不是少数人的特权。不是道德捆绑下的贞女子，也不是金钱与权力的雇佣。它是飞鸟的翅膀，是骏驹的四蹄，是鱼的长鳍。它是男人心中的太阳，女人心中的月亮。”

朴天保色厉内荏，威胁道：“好！好！痛快，走着瞧。”

芃兰摔门而去，留下恼羞成怒、气急败坏的朴天保和一脸愕然的芸……

这时，芃兰嘴角露出一丝不经意的微笑：“常言说得好：光脚的，不怕穿鞋的。春媚，这是我当初在北京想说却没有机会说的话，那天终于说出来了，我当时心情为之大快。我想朴天保也是一个明白人，真要弄成鱼死网破的局面，我好歹也认识几个人，谁怕谁？只是不到万不得已不用罢了。再说，必须用卑鄙对付卑鄙的时候，尤其对一个女人而言，并不是一件值得庆幸的事。”

我问：“后来呢？”

芃兰笑道：“后来，姓朴的再也没有来骚扰我。毕竟这些人，在全国做生意，他表面上还要顾及自己的身份、形象、社会规则和法律。他也知道，我不是一个软柿子，见好就收了。可是，那个煤老板，就不一样。他长期生活在一个地方，干的就是地下见不得光、乱挖乱采、没有规则的行当。他们的钱来得太容易，说白了，他的内心就是一个土霸王，根本不讲什么脸面、道义、法制、规则，就是社会上一个混混。他花钱在北京买房，也不过是充充门面而已。”

芃兰深吸一口气，说：“就在我辞掉文化单位工作的前半个月一个周末的傍晚，我独自走在回宿舍的路上。突然，一辆豪华轿车停在我身边。从车上下来三个人，其中一个就是煤老板杨鹤鸣。杨鹤鸣手里捧着一大束玫瑰花，见到我就大喊大叫：‘Hello！幸会。想不到在深圳也能碰上你，看来我们有缘！芃兰，请你给我一个机会。’说罢就单膝跪地，把手里的玫瑰花递过来，嬉皮笑脸道：‘请美人笑纳！’我侧身躲过他递过玫瑰花，怒斥他：‘请自重，我不认识你，请滚开！’杨鹤鸣依然厚颜无耻道：‘你不认识我没关系，关键是我认识你啊！再说大路朝天，各走半边，我喜欢。’我真感到无语。杨鹤鸣还像过去一样张扬，不要脸面，他把社会的厚黑学发挥到极致。我在北京的时候，他每次来单位的门口不远处堵我，都带着一群马仔，不是捧着鲜花，就是捧着礼品盒，招摇得很，唯恐天下人不知。正是他这种明目张胆、不要脸的行径，把我推上舆论的风口浪尖。旁人，尤其是女人们，被姓杨的表象打动，反而指责我矫情，不知好歹。人们有时真糊涂，他们是非不分，只要是‘高富帅’或‘富二代’的人，向一个普通人家的女子求婚，他们就一致认为：是女子高攀，女人就应该感到幸福和知足，也不管女子是否愿意，对方是否胁迫，是否符合道德，女子就应该答应，这样才符合她们的身份。否则，都是女子的不对。这实际隐晦地把他们的内心表露无遗：虽然是丫鬟的命，但是却向往小姐的生活，时刻想通过攀高枝，来获得富贵的机会。她们心中，也许自怨自艾，她们的命怎么没有我好？她们没有平台，没有人脉，没能进入富贵的圈子。她们忘记：他们也有姊妹、也有女儿，如果她们处在我的境地，她们有什么感觉呢？她们一定会认为自己的祖坟生烟了。但我却拒绝了，于是，大家都把矛头直接指向我，真正颠倒世界。这，让我深深体会到了社会舆论的恐怖，以及这样的时代给人带来的绝望。杨鹤鸣的无赖做法，几乎把我逼上了绝路。现在，他又故技重演。只是，深圳不是他的地盘，他带来的人规模、声势比原来少了许多，不敢太过造次。”

杨鹤鸣看到芃兰生气，反而更嚣张，油滑地笑道：“芃兰，美女堪比黄金，你不怕走夜路遭人打劫？”

面对杨鹤鸣的威胁，艽兰反唇相讥：“我行得正，坐得端，不怕。‘为人不做亏心事，半夜敲门心不惊。’只怕有些人亏心事做多了，才担心走夜路，出门才前呼后拥的。”

杨鹤鸣不怒反笑：“好！好！聪明俊俏的女人看问题就是不一般，很对我的脾胃。艽兰，你是世界上最珍贵的花，有缘没有缘无所谓，让我派几个人保护你，也让鄙人为朋友尽一份绵薄之力。”

艽兰冷笑道：“无功不受禄，我是生是死，与你无关。何况‘民不畏死，奈何以死惧之？’谢谢你的‘好意’！这里到处是天网，杨老板不会直接让人劫持我吧！我想，杨老板这点意识还是有的。再不然，我报警了。”

杨鹤鸣悻悻道：“好！好！算你狠。”

艽兰冷冷地说道：“我有一句话奉送杨老板，中国有句古训：‘善有善报，恶有恶报。不是不报，时候未到。时候一到，一切都报。’我希望杨老板好自为之。”

结果，杨鹤鸣带着自己的马仔悻悻而去。

我问：“后来，他还来纠缠你吗？”

艽兰说：“后来，我不是辞职了嘛。南宁是我的地盘，杨鹤鸣来，也要掂量掂量。我深知，杨鹤鸣这种人，信奉的人生哲学就是：金钱是万能的，烈女怕缠夫，见官就下跪，见硬茬就软。没脸没皮的，死缠烂打，就是一个无赖。这样的人，是社会的恶之花。他们在金钱的武装下，是不知进退的，就像牛皮癣一样，死不了人，只让人恶心。想当初，我在北京时，被机构的人排挤，我独自一人忍辱负重地生存着。各种嘈杂的声音在耳畔回响，我无法辨识声音来自哪里，是谁所发。但，所有的声音如软刀子刺在我的身上，令我如芒在背，如坐针毡，让我陷入一个看不见的罗网中，连真正的敌人的面目都看不清。我不想在北京发生过的情况在深圳再次上演。于是，我主动辞职了，也算是断尾求生，保证了本体，牺牲了局部。谁叫我的父母只是一介草民呢！家里却养着一朵雪莲花，谁都想染指。我不得不以牺牲、残缺、舍弃来求得生存空间，我仿佛看见我的‘尾巴’在脱离身体后剧烈地蹦跶，以及留在我的心灵创伤和痛苦的记忆。”

权力和金钱，已让这个世界癫狂，颠倒。

我想：芄兰是一个不平凡的女孩，她品德、个性招来的不是众人的赞赏。相反，引来的却是嘲笑和诽谤。“故木秀于林，风必摧之；堆出于岸，流必湍之；行高于人，众必非之。”一个花季的文弱的身躯，如何能屹立于横流，如何存在于风波。她不得不韬光敛彩，保全自己。每一次痛苦的选择与逃离，都是对过去努力和命运的一次否定。每次否定都令她离主流社会越来越远。为什么会这样，就是因为，她不愿意堕落，不愿意随波逐流。芄兰，我为你哭，为你咒，为你叹。

我感叹道：“女人不堕落，男人没机会。那些追求金钱下的所谓爱情，是把自己当成了商品。那些追求权势下的所谓爱情，是把自己当成了奴仆。在当今的社会，有多少人能像你一样抗拒命运的安排？为自己的命运做主？芄兰，你是姐心中悲壮的英雄。”

我不知道谁说过：命运鄙视地把畏首畏尾的人拒之门外，只愿意用热烈的双臂把勇敢者高高举起，送进英雄的殿堂。但，一个需要英雄的时代，是一个可悲的时代。尤其是，把女子塑造成英雄的时代，更加可悲！像芄兰这样才貌双全的女子，当她独自在痛苦中忍辱爬行，当许多人把她当成异类、令她痛不欲生时，当她一次又一次被迫辞职时，有多少人伸出同情的双手来拯救她？有多少人为她仗义执言，来声援她？

“瓜车反覆，助我者少，啖瓜者多。”这就是芄兰遇到的生活现实。

听芄兰说，现在，她在培训机构中，是数一数二的干将。虽然，我为芄兰骄傲，在她的身上，我看到一种力量，一种打不倒、摧不垮的力量。可是，我的心还是隐痛：许多人，并不想做豪杰，只是情见势屈，才成为豪杰。

芄兰说道：“哪有什么真正的勇敢！只是，人被逼到了墙角，不得不奋起反抗！人的本色是：自然、天趣、平和、宁静、平淡、安睡。人饥渴了就吃食，人累了就睡眠。有时有点闲情逸致，读些诗词歌赋，看点今古文章，过着‘物外风花月，清闲自在钟’的清闲日子，也挺好的。人的需要就是这么简单。可是，人们在实际生活中，往往是本末倒置。如解决的饥渴是食物，食物是通过劳动直接或间接获得。间接获得的方式是通过金钱购买，金钱在这里，只是起到媒介或工具的作用，人们需要的是食物。现在，人们往往放弃解决了饥渴本原，却把对金钱的追求作为了人生最终目标，这不是与我们的初衷背道而驰吗？社会的财富资源是有限的，于是上天设计权力和官位来管理和分配有限的财富资源。上天要求权力和官员必须公心，是用来为天下的老百姓服务的，让天下的百姓都得到生养。可是，权力到了某些人手里，却成了欺男霸女的工具，让别人不能好好地活着。”

（三十七）梦　了

朋友有两种：一种是关键时刻指望得上的，一种是指望不上的。

艽兰算是第一种。

我在南宁待了四天。自从我们见面后，艽兰就寸步不离地陪着我。不像有些人，口口声声说，你来玩。当你真的去到他（她）的地盘，他却以忏悔的声音在电话里："XX，不好意思，这段时间太忙，没有时间陪你。"仿佛他（她）比国家元首还忙似的。也许，此刻，他（她）正在追剧、刷视频、爬"楼梯"。没有诚意了，尽说些漂亮话，你也是懂得的。

我向艽兰毫无保留地坦陈了这次湖南之旅，把听到、看到的，都向她倾诉。有言是：当局者迷，旁观者清。

我说："这都是我长得不漂亮惹的祸。蓝梓的母亲，把我置于进退维谷的可怕境地，我的思想再也不能为自己的心灵把舵。所以，我来求助老朋友，希望你那聪明的脑袋瓜，帮我'把把脉'，给一些中肯的诊断。"

艽兰直接否定我的看法："俗语说'情人眼里出西施'。美与丑哪有绝对的？传统的美学观认为：美与丑对照，美的更美，丑的更丑。同一个东西可以是美的，也可以是丑的。美存在于丑之中，而不是与丑截然两样。一对情人、一对夫妻要像艺术家一样，要在对方的丑和缺点中挖掘美和优点，才是巩固情感，走向长久之法。何况美与丑，特别是心灵，更需要时间来验证。时间也有化腐朽为神奇的力量，你看那琥珀、树化石、乌木、崖柏等，时间把它们的生命封存、雕琢，就会创造出新的生命奇迹。”

我幼稚地问：“人也会变吗？”

艽兰说：“变是必然的。人为灵长，超迈万类，进化是向个性化、复杂化的方向发奋。如果，人类的发展趋同，与单细胞生物一样，进化的意义何在？人，生而有智，学而有慧。如果，都按照别人画好的模型，我们不成了豢养的狮虎猿猴、禽兽虫鱼，虽有鳞、有爪、有翼、有足，却不能游弋于江海、飞翔于天空、行走于高山丛林，与木石有何异？”

我说：“有道理！”

艽兰不以为然：“本来嘛！万变不离其宗，活出自己的个人风采，不要受制于社会的思潮和别人的想法过活。要活出自己想要的生活，社会和别人强塞给自己的生活方式只会让每一个人生活趋同。”

我思忖后答道：“列夫·托尔斯泰说：‘幸福的家庭都一样，不幸的家庭各有各的不幸。’要过自己想过的生活，多难！”

艽兰笑嘻嘻地说：“年年难过年年过。何况生活除了幸福与不幸，就没有第三条路？过去，我私下也听人对我的议论，说我不过是凭借自己有几分姿色，才装，才目中无人。那时，一听别人说我漂亮，我就急眼。现在，我知道，漂亮不是罪过，那是上天的恩惠。但，漂亮不代表有魅力。人的魅力来自独立，保有自我的风格，这比漂亮更具魄力。”

我故意气艽兰：“我也一直说你漂亮啊！”

艽兰说：“你就是一个捣蛋鬼。你说我漂亮，那是你对我慷慨的赞誉。你说我漂亮，是欣赏我，不是要从我这里得到什么。你是真心的，是赞赏‘漂亮’的本身。别人不是这样的。有时，他们说我漂亮，是挖苦我无知。古有‘虚有其表耳’讥评，这比直接诋毁我还要用心险恶。有时，他们说我漂亮，是没安好心，是有所企图，他们希望通过这种方式来赢得我的青睐，让我投怀送抱。这不是痴心妄想吗？有时，他们说我漂亮，希望从我的漂亮里分得一份荣耀，以我的青春与美丽来装点他们丑陋的门面，以满足他们的虚荣心，证明他们的魅力。他们的所作所为仿佛抬高我的身价。可是，这与广告中侵占了别人的肖像权又有什么两样？我只不过是他们拿来消费的牺牲品。他们侵权了，还霸道地认为抬举了我，这是什么世道？我一直恨这样的身份，也恨那些把我当成这种身份的人。现在好了，我终于出嫁了，嫁给一个爱我的穷小子，一切都尘埃落定，各种流言蜚语不攻自破，我与石岩过上了我自己选择的生活，虽然不完美，但是自己想要过的生活。现在，每月我要为新房还贷而忙碌。每天下班后，赶着回家为自己所爱的人做家务，我靠自己过上了自食其力、自尊自重的生活，证明了我独立的人格，而不是那个希望我吃'嗟来之食'的可怜虫。我现在不需要仰人鼻息，更不用看别人的脸色。为了这样的生活，我已经付出了常人眼中'巨大的代价'，放弃了过上等人生活的机会，放弃了成为上等人的阶梯。可我并不觉得可惜，我庆幸上帝创造我的双手时没有白花心思，我的双手正在创造我想要的生活。无论前路多么艰难，我也不会后悔！我会毫不动摇地坚持我的选择。我的选择，确实艰难。在常人眼中，那是多么光明、难得的机会、恩宠和前途，我却视而不见，听而不闻。反而用一把利剑把别人以为美好的、高贵的生活割开，把不要的全丢给了过去与坟墓；留下的，我虔诚地献祭给未来。这怎么不引起围观者、好事者、心怀叵测者的嫉妒和愤恨？但我深信，爱情有爱情的原则，爱情也不是生命中的全部，只是人生中一段浪漫的偶像剧而已。'我了解爱无法了解的事物。我原谅爱无法原谅的事物。'不错，我抛弃了一部分浮华无用的赘肉，留下坚韧致密的筋骨，我成了彻头彻尾的新人。我与新的世界和解了，我活得更加自由、自信、自为、有力。"

芃兰若有所思，又坚定地沉吟道："所以，关键是你的选择。你是选择纯粹的外表，还是内心的美？'试玉要烧三日满，辨材须待七年期。'哪能凭一面之缘，片面之词，来判定一个人的生死祸福？蓝梓和他的母亲不是胡扯吗？"

我突然理解了芃兰，我想：我与芃兰一样，我们分别站在美与丑的两极之上，美可以招惹是非，丑陋同样可以招惹是非。因此，我与芄兰得到的痛苦、受到的嘲讽都是一致的。社会需要的是平庸，过与不及，都是他们不愿意见到的。

我说："他们信命啊！相面的人说我命不好。"

芄兰严肃地说："姐，你也信这个？相由心生。一个人看到的事物，或者对事物的理解、解释、观感，由他的内心决定。'乾道变化，各正性命。'朱熹从佛学入儒学，提出'天地之心''圣贤之心''本心''道心'，皆归于'理'。并把'心'与'行'分开，认为：'心'可以影响到'行'，'行'也影响到'心'。'尽己则尽物，已外无物也；知性则知天，性外无天也。'人的命运皆由自己的性格所定。荣格那句有名的格言：性格决定命运，难道姐忘记了？你的性格那么好：稳定、积极、乐观、真诚、友善、包容、坚韧；再说，你现在的单位也好，工作稳定，待遇优渥。从哪方面来看，你的命运都不会差。"

我说："唉！不瞒你说，过去，我也谈过几个男友。他们最终都弃我而去。这不是命不好吗？"

芄兰说道："姐，我鄙视你这句话，人哪有什么命？我虽没有认真研究过《易经》，但我粗略知道：《易经》建议人们应通过五行相克相生或通过形、情、理、数、用、机的原理，达到阴阳平衡的境界。如'心'与'行'两说一样，有'命'之说，还有'行'之变。'命'与'行'交互作用，才组成人的'命运'。取决于上天的'命'是'不可知'的，而取决于自己的'行'是'可为'的。而决定人凶吉的，'以行为主，以命为决。''命'和'行'是对立统一的两个方面，'命'虽然是个决定因素，但个人凶吉，也得由'行'来主宰。人的命运的'天''人'之间，侧重点在'人'，'人行'能'动天地'。'天工，人其代之。'命运就像根雕，是可以化丑为美，化腐朽为神奇的。当然，也可以让它彻底毁灭。蓝梓不懂这个道理，好多人都不懂得这个道理。他们日常所作所为所思，只能俯伏于世间的风习之下，不敢越雷池半步，更不用说什么标新立异、化腐朽为神奇了。这样的男人配不上你，也撑不起你。明智之士，他们是'朱曦霄驾，洞彻八海'，哪会被迷信荒唐之语所糊弄？蓝梓的态度如何？他对你的感情基础是否牢固，以及你们为爱情奋斗的意志如何。韩非子说：‘佯爱人，不得复憎也；佯憎人，不得复爱也。’关键在己心，己心变，则天地人都变。我们是信命？还是信自己？还是信他人？全在个人。姐，我看你，有点不自信了。蓝梓那边有什么表示？”

我说：“我来南宁三天了，蓝梓来过两个电话，一个是我来南宁的当天下午，再就是第二天上午。”

芄兰若有所思地说：“姐，‘美言不信，信言不美。’我看蓝梓那小子好像缺少点主心骨。”

我沉吟一会说：“嗯，芄兰，姐该怎么办？”

芄兰冷静地说：“人人都有追求幸福的权利。我看有两个权衡之法，一是你等待，等待蓝梓摊牌或他主动靠近你。即使他主动靠近你，也不能全信。他这样做，许是出于人的思维惯性、肌肉的记忆、生活的无聊。关键看他，是否依然保持原有激情。有人说，爱情是一场病。是的，爱情就是一场温热病，只要差丝丝温度，都会引起强烈的身体反应。春媚，以你的智慧，应该能体察出来的。二是你主动，你主动摊牌或追求。常言：长痛不如短痛。如果你觉得你们有信任和感情基础，还可能走到一起，那你就全身心地去追求。当然，你可以说：我就这个样，得过且过，想勉强维系这种关系，这样你会过得很辛苦、很卑微，将来未必有美好结局。因为，蓝梓的母亲已经在你们情感的世界里掺沙子，就看你的牙口好不好，肠胃功能强不强了。我倾向于第二种，主动摊牌，进可以攻，退可以守。但感情生活太复杂了，我也说不好。这种机械性的切割，总令人产生切肤之痛，你得有心理准备。”

人要毁掉一切容易，而要创建一切却难。人生有八苦，目前我占其中四苦：怨憎会苦，爱别离苦，求不得苦，放不下苦。

人生的悲剧在于：知道自己需要什么，却眼睁睁地看着它从身边溜走，却无能为力。

我回到广州后的第三天，蓝梓才联系我。他在微信上说：“春媚，想你了。”

我：“谢谢！你还记得世界上有我这一号人物？”

蓝梓："什么话？一日不见，如隔三秋。"

我："是啊，如今已是深秋了。我怕冷，也很累，我想独自静静。"

蓝梓："你哪里不舒服吗？"

我："没有哪里不舒服，就是很累。"

蓝梓："我过来陪你？"

我："谢谢。我真的很累。"

蓝梓："好吧，改天来看你。"

我："谢谢你。"

这个周末，我谢绝了蓝梓的来访，可是，我的心里并不好过。蓝梓信息如一阵飓风，扫荡一切。我心里空荡荡的，蓝梓的身影依然在我身边晃荡，如同那落日的霞光，艳丽的背后却隐藏着夜色来临时的寒意。

有人说：爱情是女人的另一半生命，也是女人生命中最美的花。既然预感到这朵花将要凋谢，那她的生命也会随之凋零。没有爱的女人，在这世界上，不过是行尸走肉，这是女人的宿命。

没有蓝梓的日子里，我的心里一片杂芜，荒凉的时光里，我不由得想起了元好问的《摸鱼儿·雁丘词》："问世间，情为何物，直教生死相许？天南地北双飞客，老翅几回寒暑。欢乐趣，离别苦，就中更有痴儿女。君应有语：渺万里层云，千山暮雪，只影向谁去？

横汾路，寂寞当年箫鼓，荒烟依旧平楚。招魂楚些何嗟及，山鬼暗啼风雨。天也妒，未信与，莺儿燕子俱黄土。千秋万古，为留待骚人，狂歌痛饮，来访雁丘处。"

原来，自古以来，痴情儿女的心思都一样的，生死相许，可是最终落得过只影孤飞的结局。我曾对爱情充满了宗教般的感情，虔诚地相信，他的手心能够托起我的浪漫，他的心能容纳我的爱情。这样，我愿意为他狂歌，为他生死相许，只要他不厌倦即可。可是现在……

人的感情如同一辆机车，一旦奔跑起来，想立马刹住，是徒劳的。在这样清秋的早晨，当我的思想茫然地从倦怠的晨雾里探出头来，思维的惯性扯着我的思绪奔向他——那个我决定离开的人——蓝梓。

蓝梓出现了，又立即隐匿了，如雷雨中的闪电，一闪而没（绝非故意），却深深地刺痛了我。

我回眸我与蓝梓这几个月恋爱的经历：当初，我自愿接受他的爱情、恩惠与诱惑。从此，我与他的关系就结成一部漫长的恩怨史。起初，最吸引我的是他的爱恋。如今，当恋爱的人不再爱恋，我不得不接受他对我的伤害。爱他有多深，我的伤就有多深。当他和他的母亲把我们的爱恋变成迷信的祭品时，我们已经注定难得善终。

我与蓝梓相识不过五个多月，可心路历程，却是对过去全部岁月的判决。我打破了原有的禁锢、经验，远比跨越高山、渡过海洋经历的险阻与磨难还要艰难。为了爱情，我一一跨越。想到自己这一路千山万水跋涉过来，洗刷、限制、克服、改造、毁灭旧我的一切，就是为了接纳包容蓝梓的一切。可是，他却中途撒手，就像釜底抽薪，让我失去沸腾的热力。想起自己的努力，结局却是徒劳，我全身细胞都充满了眼泪。

蓝梓，如果你的爱情残酷地撤退了，我的心灵将出现巨大的空缺。那将让我感到自己的身体失去了重量与平衡。我用什么来填充生命中的空缺？谁给我温暖？谁还爱我？蓝梓，你还心疼那个到现在还心疼你的痴心女子吗？你想过没有，你现在的言行和态度对我是多么大的伤害。

过去一段时间，周末，蓝梓总会找各种机会或借口过来与我相聚，一起散步。我也慢慢习惯了这种有人陪伴热闹的感觉。因此，每当听到蓝梓要来，我如同一个妻子一样，欣然地洗手、换衣、系裙、作羹。在高压锅的“哧哧”声、瓦煲的“咕咕”声中，如闻雅乐，快活似小孩，等待他的来临。他稍稍晚点过来，我就开始担心，翘首倚门依窗观望，心里却不断宽慰自己：蓝梓不会有事的，也许路上又堵车了。

现在，我再也不用守着门窗苦苦等候，再也不用到气味难闻的菜市场挑选他喜欢吃的鱼虾，再也不用变着花样为他做爱心美食了。我似乎又回到当初与他未相识前的状态。可是，我的内心却再也回不到从前：我身体不再劳累，可是，我心却更累了。我的心如一面旗帜，在风暴来临前，已经感知遥远的风信，被它包围，受它撕扯，感受战栗。

我自怨自艾地默念着，思想的旋风在追索过去我与蓝梓共度周末的美好的时光。今天依然是一个美好的周末，天气晴朗，气候不冷不热，原是一个好日子。可是，当我与蓝梓之间心灵存在间隙，这一切都改变了模样。我不是一个善于作假的人，心里有了想法，就再也不能像过去一样面对他，为了避免尴尬，不如不见。

爱情，谁不希望有圆满的结局？然而，现实不是小孩手中的橡皮泥，想圆就圆，想扁就扁，爱情有时很无奈。爱情有爱情的原则，生活有生活的准则，做人有做人的准则，彼此相生相克。现实中锅的耳朵，是铁做的，不仅有铁的禀性，还要接受生活火焰的炙烤。

不是所有的奋斗都能成功，不是所有的付出都有收获，不是所有的梦想都能成为现实。爱情同样如此。

我仿佛又回到了原来的生活轨道，除了上班，就是宅在家里。过去，怕发胖，连东西也不敢多吃。现在，纯属慵懒，不想做，吃点水果、饼干，喝点牛奶，与吃斋的尼姑，没有两样，了无生趣。

尼姑，把自己封锁在山水中的小院高墙里，我却把自己封闭在心灵的深处。我的心在紧缩，我的肠胃在痉挛。它们都开始与我为敌，开始折磨我。

我仿佛听到自己的躯体与我的心灵在对话：

心灵说：你，是我的并不完美的宅舍，我早想弃你而去。可是，我却不能没有你，没有你那三寸不烂之舌摇动，没有你那薄薄的红唇关合，我就是行星的风系，一成不变的鼓吹，毫无意义。只有舌与唇的碰撞，躯体的诠释，才能生成朵朵浪花、热雨。我——心灵，如一片云影，风一吹就会陷入万劫不复，更别提什么繁花丽雨，明艳芳华。我暂时还离不开你，在我没有成为图画或文字之前，我什么也不是。你要好好打起精神，认真地活着。你不是没有生趣，而是没有生活的激情。当爱的春风吹拂你那熟透、肥沃的土地的时候，你就会变得生动起来，万物生长。你要是做尼姑，那，多可惜！这世界上还有那么的“单身狗”在等着呢！

躯体说：心灵，你无影无踪，你只是一束激光电流。你哪能体味到躯体被生活鞭挞的痛苦。我被爱情摔打得遍体鳞伤，你看我脸色多么苍白，你看我的嘴唇已经干枯，你看我的眼睛如干涸的老井，你看我的头发如秋天里的枯草。没有爱的甘露来浇灌的，即使是花，也会带着一脸愁容。心灵的你不会撒谎，躯体的我更加诚实。岁月吹老了我的热情，爱情又吸干我的精髓。我，成了荞麦皮、成了糟糠，只能用来喂猪！你——心灵，你能用你的灵慧，去丰满爱情的边边角角，让爱情显得更加美丽，更加完满。但是，我不能。在这个世界上，你始终在做叠加工作，而我却在做减损运动。哪有完美的爱情呢？你如此向世界宣称，蒙上眼睛，你就能让爱情变成美好。我不能，我的灵台如同猫头鹰一样警醒，即使是睡着的时候，也睁着一只眼睛。记不起是哪位大哲人讲过，陷入爱情旋涡里的女人都是愚蠢的，即使聪慧如你，也不能跳出这个圈子。

心灵提醒道：爱情对女人来讲，是多么可怕！又是多么美好！可是，我知道，这种美好与可怕，有多少是想象、虚幻的情分？你不能不叹服曹雪芹对爱情深刻的理解，他把司管人间爱情的仙子称为春山遗香洞太虚幻境警幻仙姑，并题诗："春梦随云散，飞花逐水流。寄言众儿女，何必觅闲愁。"爱情就是一场春梦，最终，如飞花逐流水，杳如黄鹤，无影无踪。

躯体说：爱情岂是闲愁？那是婚龄男女时共同的事业，你不见燃烧的热血？爱情最后都要用婚姻来标识。没有婚姻标识的爱情，就是一份孽缘。即使是孽缘，也是爱情的一种结果，是一种用一生忏悔来弥补的误会。否则，你不会痛，不会恨，不会伤心流泪。爱情就是细胞膜里包着的细胞液，包裹着生命的遗传物，从祖先那里得来的遗传密码，等待一个人去发现，去破译，去重组。

心灵说：爱情是放在桌子上的一本书，我是透明体，书本在我的影子里寻找自己的身影。我透过书本，看到过去的宇宙的变化，地球的洪荒，生命的火焰，死亡的微笑。

躯体说：点燃这火的，是我。灭掉这火的，也是我。我就是肉体，肉体就是火。火就是肉体燃烧的欲望，欲望就是肉体内隐藏的火。平时，我被理智的冰雪厚厚覆盖雪藏，阳光看似有力量，却对我的效果不大。只有那无孔不入的春风，才能渗透到里面，把我唤醒。

心灵说：躯体，你太自以为是了，如果没有我，你这把火，也会付之一炬。可是，没有你，我就是那空谷的一声叹息。

躯体说：我承认。没有你，我就是一团肉，一团火，一次毁灭，一团废墟。

心灵说：躯体，你也不要妄自菲薄。没有你，我就是空山的回响，深潭的云影，能在这片荒原上停留多久，都是一个巨大的问号。尽管，你——这躯体并不完美，但能装得下完整的我。

躯体与心灵异口同声地说：我不离开你，你也离不开我。让我们和解罢。否则，我们自己都会为对方制造痛苦——自残，自残的自残。

蓝梓，你曾经是我的灵，也是我的肉。

一天！两天！三天！我终于等来了蓝梓的消息，蓝梓坚持要来我的出租屋。我心里很挣扎，又抗拒又期待，抗拒与期待如两个大力士在撕扯着我。我竟哭了。

你哭什么呢？打起精神来！

来吧！缘未尽，债未完。我踌躇了一会儿，还是答应了。我要与这不公平的命运争论一番。趁考试题还没有拆封，秘密还是秘密的时候，蓝梓愿意谈，就坦诚地谈，不愿意谈，就算了。我且装傻充愣，得过且过。人不是经常这样屈服于现实吗？如果，蓝梓提出分手，我们就此别过。一别两宽，各生欢喜。

唉！那时一切都如过眼烟云，任凭自适。

古人说："暗者迷于物，迷于情。"我已经吃了那么多苦，喝了那么多的迷魂汤。现在，我就让自己吃苦喝汤，吃喝够罢。

蓝梓要来，我还是像过去一样准备饭菜。

蓝梓进了门，还是像往常一样嘻嘻笑，但是彼此行为都显得拘谨。我与蓝梓相对而坐，一起用餐时，竟相对无言，面面相觑。即使是我们初识的那阵子，彼此间虽然没有太多共同的语言，但两个人都乐于寻找共同的话题，来勾起对方谈兴，不让场面冷场。即使不说话，彼此眼中也潜伏着迷人的语言火花，无声的言语弥漫着甜美的芳香，也能摇动我们的心扉。一个眼神，一时沉吟，彼此都心领意会，达到无声胜有声的境界。而现在，我与蓝梓欲言又止，仿佛前面有着无数陷阱，彼此都害怕落入对方设计的彀中。是啊！心中有了隔阂，身体自然生出鳞甲，保护自己。我与蓝梓之间有了一道无形的“鸿沟”，横亘在我们的面前，让我们变得面目模糊，甚至生疏。

我垂下眼帘，机械地往嘴里填充食物，味同嚼蜡。“酒逢知己千杯少，话不投机半句多。”今时我才深味此句情境。

吃完饭，我洗碗，搞卫生。蓝梓靠近我，想与我亲热。折子戏，没有好的开头，后面的戏曲就演不下去了。我有意无意避开了他，他也不似往昔执着。

彼此无趣，蓝梓走了。

芃兰说得对，感情的机器一旦掺了沙子，就再难顺畅。

我也想过，如果蓝梓用强，我也认了。欲望的烈焰，可以暂时覆盖理性温和的光芒。

蓝梓回去后，给我发来微信：“春媚，我感觉你变了。”

我回复道：“你呢？”

蓝梓：“你心里藏着事。”

我：“扪心自问一下，你未必坦荡。”

蓝梓：“有事就说出来，藏着掖着，叫人难受。”

我：“你是男人，更应该坦荡。”

蓝梓：“我还是我。”

我：“花非花，雾非雾。大家都是聪明人。”

蓝梓：“我不懂。”

我：“真不懂，还是揣着明白装糊涂？我去南宁后，你关心过我吗？我回广州，你坚持来看过我吗？看似异常的行为，一定有内在合理的逻辑。究竟是谁变了心？不是一目了然吗？即使人弃我，也是正常不过。我是白虎星，我是扫帚星，你接近我，会给你带来噩运。”

蓝梓：“我不明白你在说什么？”

我：“那……那就好好回忆回忆，想想吧。”

我们的谈话进行不下去了。

我心有不甘。

在接下来的一段日子，我和蓝梓在微信上经常发生争执。但是，我们都是斯文人，没有暴粗口。古人说：“必死之病，不下苦口之药；朽烂之材，不受雕镂之饰。”一对曾经的亲密爱人，没有必要搬弄文字组成的刀剑来互刺！但，绕过初始的情由，来谈今天发生的事。他不会忏悔，我总觉委屈。一切果都有因，一切因不一定有果。

我不想与蓝梓争论，我也不指望纠正蓝梓的错误，我与之争辩，只是让他为他的错误，找出各种不相干的理由，来证明他的错误不是错误。有人说：家庭不是讲理的地方，社会一样。人们往往不会从最初的初心出发来反省，而是拼命地寻找现在的各种理由掩饰初心和私心。当他们撇开当初的初心、私心和环境，通过胡搅蛮缠、混淆视听的理由来狡辩时，争论还有意义吗？狡辩，就是为错误找托词。托词找到了，就有了“合理”的外衣和“正义”的光芒，反而证明他们现在这样做是正当的。于是，他们变得理直气壮，反而责怪你不懂风情，不善解人意。“真理”仿佛就掌握在他的手中，只是他手里的“真理”，是虚伪的。为了证明“真理”掌握在他们的手中，他们推出新的面目，如川剧变脸，任他们拿捏、变幻，需要哪张脸谱，就能变成哪张脸，不需要时，随时都可以撕下那张脸谱，就是不以真面目示人。“假作真时真亦假，无为有处有还无”，他们在变幻的脸谱时，恰恰忘记自己当初的模样。最终，他们连一丝愧疚心都没有了，还生出自怜自爱的悲情来。多没趣，我还是省省心吧。

“留得人情千日在，人生何处不相逢？”再说，生活本来不易，这样的争执，对我们的感情毫无益处。相反，就如同用受伤的手指去拨弄琴弦，身心俱伤。司汤达认为爱情有七个阶段：赞叹、多么愉快、期望、爱情产生、第一次结晶、产生怀疑、第二次结晶。可是，我们第二次结的不是“晶”，结的是“瘤”。

人望破镜重圆，重圆的镜还是原来的镜吗？

有人说：家庭或爱情生活需要经营。我承认，但，两人必须为了共同向好的目标，相向而行，彼此建立在坦荡、忠诚、担当、互信、互爱、互助、互动、互济、互利、互悯、互惜的基础之上，才能心生光明，突破一时疑云，形成第二次结晶。

爱情也是如此。

夫妻之间最好的样子是什么样的呢？

我想：至少满足几个条件，他们互相信任、互相依赖、互相扶持；他们能共享福贵，也能分担苦难；他们不矫情，不伪饰，坦坦荡荡；他们不因平凡而寡淡；不因生活崎岖而丧失追求；他们琴瑟和谐，发于情，止于礼；他们生儿育女，建家立业，他们坚实地走好人生的每一步，他们之间也许没有亲昵的举止，却有着不可言传的默契，一笑一颦，举手投足间都知道对方的思想，他们把彼此间的默契变成了肌肉之记忆。

爱情生活也需要经营，恋爱中的人，深明其理。于是变着花样，试图去营造一个新的情境，让对方惊喜。可是，人一旦走进了婚姻里，以为彼此的感情稳定了，就再也没有恋爱时的用心，想方设法去吸引对方。然而，人恰恰存在着喜新厌旧的劣根，千篇一律的家庭生活，如同漫长而晦暗的雨季，令人感到沮丧。人只有在改变、调整、创造、精心经营下生活，才会过得星光点点。一对夫妻的一生最大、最得意的创造，莫过于他们有了爱情的结晶——儿女。儿女是夫妻心中的太阳，照亮夫妻漫长的人生路，夫妻的成长伴随着儿女的成长。

过去，我曾想，如果我们有孩子，我希望我们的孩子能够生活幸福、快乐，希望孩子们成为自己喜欢的样子。那么，我们现在就得先过出个幸福的模样来，让孩子见识什么是幸福的生活。我们只有充满希望，才令孩子对未来的生活充满希望。我们心中有阳光，才能令儿女心中有阳光。到时，有人对我们的孩子说：孤独是可怕的。孩子们会梗着脖子反驳：孤独并不可怕，可怕的是没有希望。有人对我们的孩子们说 ：婚姻是爱情的坟墓。他们会大声反驳：不啊，我们父母过得很好，很幸福。当有人对孩子们说：这世间已经没有了爱。我们的孩子们会自豪地说：不，我的父母很恩爱，我也爱我的父母，我的父母也很爱我们。

有时我委屈地想，蓝梓隐瞒着他与他母亲的谈话，又不敢承认他受了母亲的蛊惑。如果，他坚定地表示不会受他母亲的影响，我都会原谅他。他的这种暧昧不清和摇摆不定的态度，更动摇了我们的感情基础，让我很受折磨。我需要的是坦坦荡荡，明明白白，我不想被欺骗，也不想被愚弄。“经事还谙事，阅人如阅川。”我是一个成熟的女性，有自己的判断与思想，不是一个不谙世事的小女孩。

我的肉体渴望缠绵的温暖，我的心灵渴望激情的照亮，我伸出的求爱的手在我克制的思想中萎缩。

这世界上，那些最优秀的人，不会做莽夫，也不会做软弱无力的人。

我不是一个臆想者，我是一个有独立行为能力的人。

蓝梓不再常来，我的世界满是杂草和尘埃。

这段时间以来，我上班，总是心不在焉，却总装作若无其事的模样。“人前语欢笑，侧头有泪痕。”这样遮遮掩掩的日子，我过得很苦，却不敢与外人道。

在无事的夜晚，我独自翻阅过去蓝梓发来的微信：我爱你，以百年为期，相携相持，不离不弃。

可是，他现在却决绝地准备离开了。过去的誓言，那些曾经让我感觉温暖又幸福的誓言，如今变成了嘲弄的利刃，血淋淋地刺向我的心脏，让我感到呼吸困难。

他说过：“即使死亡，我也会在你的灵台占据那么一角。如果有来生，我也不会忘记往生的快乐。如果有来生，我也要凭着灵台的记忆，在茫茫的人海中，寻找那个爱过我、痛过我、抚慰我、扶持我，走过风雨，见证过彩虹的你。”

当时，我好感动，开心地笑了，又开心地哭了。我对蓝梓，充满了感激。在这样的年代，超越生死的爱情，比中双色球大奖还难。我这样一个丑陋的女人，又何德何能，竟然能够得到一个优秀、高贵的男子，用生死来灌溉这一朵凄美的爱情之花？这种跨越生死的爱恋的誓言，怎能不令我以身相许、为之动容？

我曾相信爱情的美好，甚至内心暗暗发誓：我要用一生来爱蓝梓，要用单薄的躯体来为蓝梓遮风挡雨。我甘愿做他的幕后英雄，助他成功，不枉他爱我一场。

我的头脑中充满各种预设和愿景，我把未来的生活幻想成七彩的花朵，从来不曾想到撕毁一片花瓣的疼痛。

曾经我以为，我们的岁月挥霍不尽，时间多得用不完。我们可以长久地相依相伴。如今，我虽然长发依然，却青春不再。个人的愿望，哪能作数？

过去，我把所有爱的幻象珍视如同真实，想来令我悲伤，我真是一个书呆子，反应迟钝的傻瓜。

现在，我恍若从噩梦中惊醒，心有余悸地睁着眼睛，看见身后黑色的废墟，正冒着袅袅青烟，爱情离去未远。

残阳如血……

我不想这样长时间留恋过去。回忆过去情爱的温暖与光明，只会增加今时我的痛苦。我又想起了郑秀文的《终身美丽》那一首歌："在爱与不爱间，来回千万遍"。在爱与不爱间徘徊太久，只是让自己咀嚼更多的痛苦。我不想再转过身去，以免触目都是悲凉。我必须如芃兰所说，主动出击，让所有的不义和流言蜚语，都冲着我来好了。好在人类进化时，让所有的心灵对痛苦，能产生抗体。心理学家称：人无论经历多么大痛苦，在四十八小时内都会得到缓解，所有人的记忆都会被新的记忆所覆盖。

于是，我主动邀约，去了我与蓝梓第一次单独相约的酒家。我直接把我那天上午，在蓝梓家听到的他与他母亲的对话内容讲了出来。我问蓝梓："你如何对待？"

蓝梓愤怒地谴责我："你偷听我们的谈话，是很不礼貌的行为！"

我辩解说："我是无心之间听闻你们的谈话。纵使有错，也是你们谈论我在先。我们还是名义上的恋人，我有权知道你现在怎么想的，而且经过了近一个月的冷静期，你应该想清楚了我与你的未来。请你爽快点。"

蓝梓无言以对，他沉默起来。

我催促道："说吧，看在这几个月我对你倾心相爱的情分上，什么都说出来，别瞒着我。"

蓝梓盯着窗外，依然保持沉默。我也不由得随着他的目光，看向窗外。

酒家外，阳光依然灿烂，湖边的梭鱼草、纸莎草、风车草、水蓼、香爪鸢尾等水草，在秋风中瑟瑟摇摆。穿堂风带来一阵寒意，我心中却缺少阳光，充满了沉重，耳畔传来苦恶鸟发出“姑恶”“姑恶”的欢叫。听民间的传说，苦恶鸟是怨魂的化身，所以，才得到苦恶鸟的恶名。

我不想在这样萧索的情境中待得太久。于是，我收回目光，仿佛自言自语道：“我这些天什么东西都不愿意去想、不愿意去触碰，我们俩的事，我们两人的现状已使我万分痛苦。自从去了湖南后，这段日子，我心口上总有一块沉重的磨盘压着，让我喘不过气来。我胸骨疼痛，两肋刺痛。胃的老毛病似乎又犯了，时不时刺我一下。我太阳穴被紧箍咒牢牢挤压似地胀痛。我的肩胛骨的痛，如闪电一样牵引到两腰和脊柱。蓝梓，我一想起你与你母亲的对话，就害怕。夜间，我常常一两点才睡，而且睡眠很浅，我经常从噩梦中惊醒。醒来后，想睡又睡不着，辗转反侧，把自己弄出了一身又一身的汗。早晨不得不起来上班，也是头重脚轻，脚步虚浮，就如踩在云朵上，无处着力。这就是我目前的精神与身体状态。我不是希望你同情，也不是希望怜悯，我只是想，我不能再过这样痛苦的日子。古人讲：‘杀人不过头点地——请给个痛快！’”

蓝梓用略带自责的口气对我说:“对不起。春媚,想不到,我与母亲的谈话,竟然给你带来了如此巨大的伤害，我现在心里也不好受。你应该知道，我是爱你的。”

我追问道：“那，我们今后该怎么办？”

蓝梓双手抱头，怯懦地说：“你别逼我，我现在真的不知道怎么办。”

我望着这个——自己曾经深爱过、现在左右为难的男人，我不由心疼了，妥协道：“好！好！我不逼你。古人说：‘夫妇之道，有义则合，无义则去。’恋爱一样。你好好想，想清楚了再说。但我们之间，总得拿出一个章程来。我不想像目前一样，如得了慢性病的人，半死不活的过日子了。”

结果，我与蓝梓之间事，什么也没有决定，不欢而散。但，彼此约定：一周之后到这里说明白。

显然，蓝梓动摇了，他相信了他母亲的话了。失恋的感觉，就同我胃壁上的一块溃疡，我摸不到它，可它却在无时无刻地折磨我的身体和我的精神。

在这个星期里，蓝梓音信全无。我患得患失，心事重重。身体不适的症状愈发明显：头痛、胸闷、胃痛、失眠、浑身无力，如影随形地追逐着我。理智不断提醒我，不要再想他，我要像电脑删除一段文字一样删除与蓝梓相关的一切。“蓝梓”已经变成一个符号，存在云上，在我脑海里萦绕，多么令人绝望的感觉。

这是深秋的一个周末，我与蓝梓又在麓湖酒家见面。阳光依然明媚，湖水依然碧绿，四周的树木大部分还青翠欲滴，只是对面的水杉树，叶枯萎了，如一树树火焰一样在燃烧。那分明是水杉叶在与自己过去的一切告别，所有的快乐与痛苦、留念与不舍、过去与未来、中断与待续、毁灭与得救，用一种出乎意料的热烈的方式，向现实投降、割裂。

我等待今天终审的爱情判决。我平静地坐在蓝梓对面，彼此慢慢地喝着茶，没有了激动，没有争吵，没有解释，没有挽留。我们的谈话如同茶水一样，越喝越淡。所有的解释已经说了，不过是为各自开脱，而根本的理由，他不愿意说出口。到了这个时候，所有开脱、说理都没有用，还不如不说，留在自己的心中吧！姑且相信你的说辞。

我终于说：“蓝梓，今后怎么办？”

蓝梓没有立即回答，他在斟酌用词：“春娟，对不起！我真的不想离开你。但是，我有我的生活环境。有时，我们生活的环境，就像那海，表面平静，底下却是暗流汹涌，足以倾覆航船。我不是蓝鲸，不是海中的巨无霸没有天敌。我不是大白鲨，是海中的王者，统治世界。我只是大海中的一条小鱼，不仅受到洋流的影响，还被生活这条鲨鱼追逐。我自知，我是一个怯弱者，我的性格负担不起你的爱情重量。对不起，我也想过，我能不能像焦仲卿对刘兰芝一样倾心倾情？可是，我是一个懦夫，我做不到。因为，我是家中独子，也不能那样做。父母可以伤害我，我却不能伤害他们。”蓝梓痛楚地捂着自己双眼。一会儿，他又接着说：“春娟，你睁眼看看，当爱情与社会普遍价值观发生冲突，伦理总是以铁的坚硬对待爱情，社会的流言蜚语足可以把人淹死。还有迷信，如同一片阴云笼罩大地。不管多少年，总有人记得我们曾经犯过或不曾犯过而他们坚信将来可能发生的错误和过失，时时拿出来折磨我们。我，也是一个庸碌之辈，尽管我痛恨庸俗、痛恨恶习、痛恨迷信、痛恨邪恶、痛恨懦弱、痛恨逃匿。可是，对父母、社会、他人的依赖，也是一种让人难以破除的迷信。从此，我不再有自己的灵魂，我只是活在这世界上的一具行尸走肉罢了。春媚，你是一个好姑娘，是我无福消受你的恩义，不能相伴你过一生。因为，我摆脱不了过去。你恨我吧，你忘记我吧。”

说罢，蓝梓双手抱头，暗自呜咽。

尽管我对今天的情形早有预感，对失恋也早生抗体。当分别的理由从蓝梓那张吻过我、赞过我、说亲昵话的嘴巴说出来的时候，我还是不争气地深深地感到震撼。他的话如同地震来临时的摇晃，令我晕眩。我自知柱小倾大，支不起他们家族的危重。我愿意急流勇退，祝福他，将有左氏娇女为伴，好风相送至永久。

我的心一阵绞痛，胃一阵痉挛，全身发冷。我紧握自己的拳头，竭力忍住泪水。但是，眼睛发涩，令我难受。我站起来，我努力克制自己的情绪，尽量保持步履平稳，不紧不慢地走向厕所。

快到厕所时，我终于忍不住了，泪水如泉水一样迸发。我不敢放声悲哭，只能用纸巾紧捂着自己的嘴巴，全身颤抖，惊悸气促，独自饮泣。我如打摆子一样，一阵冷，一阵热，一会儿工夫，全身被汗水浸湿。我擦干泪水，以水洗面，稍稍收拾，才昏昏沉沉从厕所走出来。风一吹，我打了一个寒战，脚下一阵踉跄，我坚强地走向自己的座位。

蓝梓还趴在桌上。我脑袋里只是空白。

现在，我们两人，如突兀在海中的两座岛屿，当连接的桥梁毁了，我们就成了两座硬生生的孤岛。

你的风景，我的雨，从此不再相干了。

别了，我的爱情。别了，我的过去。别了，曾经爱过、现在伤我的蓝梓。

我要化成一泓静止井水，深深地沉睡到井栏围成的风吹不到、阳光照不到、月光透不进的黑暗中，用洁净和痛苦来洗涤我的灵魂。让我有一天，在离开人世时，还能洁来洁去。

我低低地向蓝梓说了一声：“珍重”，就踉踉跄跄地离开了酒家。

我不知道，自己是怎样回到出租屋的。一回到出租屋，我就无力地摔倒在床上，如一条鼻涕虫一样黏在床上。我没有哭，没有思想，只是睁着一双大眼，看着屋顶。如果这时有人看到我的神态，一定会认为我中了邪。风停了，外面的声音停了，时间也停了，我仿佛被埋葬在一个阴冷的坟墓。

我不吃不喝，不知道躺了多长的时间。身体的自我生理调节机能，在不受控制地操弄我，我的眼皮重似千斤闸门，不由自主地合上，我迷迷糊糊地睡着了。

睡着的时候，我做了一个梦：

我仿佛又回到了中学时代、回到大学时光、回到了文化单位的那段岁月，我正坐在一个堆满书本、拥挤的书桌旁，写故事。

故事的构思十分简单，没有丝毫的杂质和含蓄，爱直指人心，离去也彻底决绝。

我的笔下满是淡定的从容，词句如繁花丽雨，明艳芳华。

隐藏背后的女子，操纵一切殇离烟如蝶舞九天，安然背后，有夜未央，有梦倾城，有花飘零，有水长流。

他似乎来过，趁我熟睡的时候。

曾经的她那样地爱他，如同爱空气，让呼吸畅快；曾经他们深深相爱，熟悉的眼神，熟悉的低语，熟悉的歌声，让心情畅快；曾经他殷勤珍爱她，耳鬓厮磨，宽厚的肩，有力的手。

失眠曾经像噩梦一样日日轮回，她想，她一定是前生有过好生之德，不然，拖着多年黑白颠倒的惯性怎么能存在这么久。

她最近过得很颠倒，呼风唤雨纵横江湖的性子，受不得委屈，享不得寂寞，可是孩子一样的淘气张扬，爱的决绝，恨也能够在顷刻消逝。

他说寂寞已经长成长河。

可知道，她，枝头繁花已凌乱。

渐渐的，暑热在晨起时渗透裸露的皮肤，她多羡慕北方的寒，呼啸着汹涌着奔进怀抱。可是南方，渐行渐微又柔肠百结，细水长流地将凉寒深入骨髓。

江山已萧条。

他也说隔着迢迢山水，如何能够再重聚。

所以相见，抵不过怀念的千般美好。

她，泪如雨飞。

这是一个平淡无奇、简单至极的故事，戛然而止，扼杀在襁褓中的故事。

我醒来，脸上挂着冰冷的泪水，亮晶晶地照亮了四周夜色，如遥远的星河。